MARTIN S. BURKHARDT

DAS ECHO DER ZUKUNFT

akms Verlag

akms Verlag, Hochkamp 35, 22113 Oststeinbek, www.akms.info

Cover & Umschlaggestaltung: Mark Freier, www.freierstein.de

Lektorat: Sabine Fuhlenhagen
Korrektorat: Veronika Moosbuchner

Druck und Distribution:
tredition GmbH, Heinz-Beusen-Stieg 5, 22926 Ahrensburg

ISBN: 978-3-384-30215-1

Bibliografische Information der Deutschen Nationalbibliothek:
Die Deutsche Nationalbibliothek verzeichnet diese Publikation in der Deutschen Nationalbibliografie; detaillierte bibliografische Daten sind im Internet über http://dnb.dnb.de abrufbar.

Liebe Diana,

viel Spaß

beim Lesen.

:)

[illegible]

Prolog

Carl spürte den Luftzug, als das Messer mit voller Wucht neben seinem Ohr hinuntersauste und im orangefarbenen Lehnsessel stecken blieb. Noch ehe seine Frau Gelegenheit fand zu reagieren, griff er um ihre Taille und stieß sie zur Seite. Laut fluchend verlor Beatrice die Balance und fiel auf die Knie. Carl warf die Wärmflasche weg, die wegen heftiger Magenschmerzen auf seinem Bauch lag, und sprang auf. Jetzt war also wirklich passiert, was er sich bisher stets verboten hatte zu denken. Seine geliebte Ehefrau trachtete ihm nach dem Leben.

Die ersten Schritte kamen ihm vor wie die Hölle. Sein Unterleib zog sich zusammen, als hätte er einen Tritt in die empfindlichsten Stellen bekommen. Doch er durfte keine Zeit verlieren, Beatrice konnte wieselflink sein. Während seine Flucht ihn durch den breiten Flur zur großen Wendeltreppe führte, hörte Carl bereits ihr schweres Atmen hinter sich. Sie hatte sich erstaunlich schnell wieder aufgerichtet. War es ihr in dem kurzen Augenblick etwa auch gelungen, das Messer aus dem Sessel zu ziehen?

Carl widerstand der Versuchung, sich umzudrehen. Für sein Alter war er topfit, aber heute schien sich sein Körper eine konditionelle Auszeit nehmen zu wollen. Und ausgerechnet diesen Tag suchte sich Bea aus, um ihn zu töten.

Die erste Stufe der Treppe kam gerade in Reichweite, als seine Schulter plötzlich zu brennen anfing.

»Hab dich!«, hallte die triumphierende Stimme seiner Frau durch den Flur.

Voller Panik wirbelte Carl herum. Das Messer fiel scheppernd auf die feingeschliffenen Holzdielen. Die Spitze war dunkelrot eingefärbt und kleine rote Spritzer verteilten sich über die glänzende Klinge. Es dauerte einen Moment, bis ihm klar wurde, dass es sich um sein Blut handelte. Die Verrückte hatte ihm tatsächlich in die Schulter gestochen. Ihre Blicke trafen sich. Beatrice verzog den Mund zu einem hässlichen Grinsen, das jedoch kurz darauf verschwand, als Carl keine Anstalten machte, aus den Latschen zu kippen.

»Nicht tief genug«, stellte sie enttäuscht fest. »Der nächste Hieb trifft deinen verdammten Hals.«

Wie in Zeitlupe ging sie vor ihm in die Hocke, um nach dem Messer zu langen. Carl war so perplex, dass er diese Gelegenheit beinahe ungenutzt hätte verstreichen lassen. Erst als sich Beatrice' rechte Hand bereits um den schwarzen Holzgriff des Küchenmessers schloss, erwachte er aus seiner Starre. Sein Fuß schnellte hervor und traf Bea irgendwo im Gesicht. Sie stieß einen gellenden Schrei aus und knallte wie ein schweres Möbelstück nach hinten. Für den Bruchteil einer Sekunde überfiel Carl das Verlangen, ihr zu Hilfe zu eilen. Er hatte es noch nie ertragen können, seine einzige große Liebe leiden zu sehen. Doch bevor sein Körper sich reflexartig auf sie zubewegen konnte, riss er sich vom Anblick seiner wimmernden Frau los und stürmte die Treppe hinauf.

Doch es war fast zu spät.

Beatrice war so schnell wieder auf den Beinen, dass sie ihn bereits eingeholt hatte, ehe er die Galerie des ersten Stockes erreichte. Im Grunde genommen handelte es sich dabei nur um einen großen Flur. Auf der linken Seite befanden sich Türen, die in unterschiedlichste Zimmer führten, rechts zog sich ein Geländer über die gesamte Länge des Weges, von dem der Blick mehrere Meter herab in den großzügigen Eingangsbereich der Villa ging.

»Du entwischst mir nicht«, keuchte seine Frau, und es kam ihm vor, als würde sie ihm diese Drohung beinahe ins Ohr flüstern.

»Nein!«, schrie Carl, bremste unvermittelt ab und hielt sich an der Brüstung fest. Wieder hatte ihn sein Instinkt richtig geleitet.

Beatrice wollte gerade zustoßen, doch sein plötzlicher Positionswechsel irritierte sie anscheinend. Das Messer in ihrer Hand beschrieb einen lang gezogenen Bogen nach unten, die Spitze bohrte sich in ihre eigene kakifarbene, weite Hose und sie kreischte überrascht auf.

»Das geschieht dir recht«, schnaufte Carl, und einen schrecklichen Augenblick lang befürchtete er, ohnmächtig zu werden. Seine Beine, plötzlich weich und kraftlos, fingen zu zittern an. Hätte er sich nicht an der Geländerstange festgekrallt, wäre sein Körper zweifelsohne ungebremst auf den Boden gestürzt.

Sein Blick verschwamm. Kurz sah es so aus, als würde Bea vor seinen Augen einfach zerfließen. Der undeutliche Schatten schräg neben ihm gab ein gequältes Geräusch von sich, blieb jedoch stehen. Anscheinend hatte die Klinge nicht allzu viel Schaden angerichtet. Carl blinzelte mehrmals angestrengt und spürte, wie Tränenflüssigkeit seine Pupillen buchstäblich unter Wasser setzte, aber das Gefühl der Orientierungslosigkeit verschwand. Die Kraft kehrte zurück in seine Oberschenkel.

Mit dem Ärmel seines blau-weiß gestreiften, maßgeschneiderten Hemdes wischte er sich übers Gesicht. Sein Sichtfeld klarte genau im richtigen Moment auf. Plötzlich wurde die Furie, die mit einem irren Lachen und hoch erhobenem Messer auf ihn zustürmte, deutlich wie ein Scherenschnitt. Carl dachte nicht nach, als er in die Hocke ging und eine halbe Drehung zum Geländer hin vollführte. Sein Instinkt sagte ihm, die Überlebenschancen wären größer, wenn die Klinge den Rücken durchbohrte, anstatt sich durch Brust oder Bauch zu schneiden. Tatsächlich verspürte er nur Sekunden später ein schmerzhaftes Brennen in der Nähe der Schulter, beinahe genau dort, wo sie ihn eben schon einmal getroffen hatte. Fast gleichzeitig begann Beatrice, hysterisch zu kreischen. Ihm war nicht klar, was ihn mehr erschreckte, der glühende Stich unterhalb des Schulterblattes oder die unnatürlichen Geräusche seiner Frau, doch plötzlich gehorchte sein Körper wieder. Der Schreck hatte ihn aus seiner Lethargie befreit, alle Kraft kehrte schlagartig zurück. Carl stemmte sich in die Höhe und merkte sofort, dass Beatrice ihm auf die Schultern gesprungen war, während er am Geländer gekauert hatte. Sie keuchte, als ihre Füße den Halt verloren. Eigentlich wollte Carl sich nach hinten fallen lassen und seine Frau auf diese Weise unsanft zu Boden befördern, aber seine Beine gerieten ins Stolpern und er stieß mit der Brust gegen das Geländer. Kurzzeitig fiel es ihm schwer, zu atmen. Und dann realisierte er, dass sich sein Körper immer weiter nach vorn beugte. Plötzlich gab es einen gellenden Schrei und ein Schatten flog an ihm vorbei. Beatrice stürzte kopfüber in die Tiefe.

»Nein!«, schrie Carl panisch.

Obwohl der Sturz nur Sekunden gedauert haben dürfte, kam es ihm vor wie eine Ewigkeit. Das Bild seiner wild mit den Armen rudernden Frau brannte sich tief in sein Gedächtnis ein, und sogar Einzelheiten wie der Blutfleck an ihrem Bein und der Schmutz unter ihrer rechten Schuhsohle konnte er in diesem Moment klar erkennen. Es gab ein fürchterliches Knacken, als Beas Kopf auf das Parkett schlug und ihr Körper wie ein schweres Stück Holz kurz danach den Boden erreichte.

Es hätte nicht viel gefehlt und Carl wäre einfach hinterhergesprungen. Das Verlangen, seiner geliebten Ehefrau beizustehen, war beinahe übermächtig. Er begann den Flur entlang zu rennen, behäbig erst, dann immer schneller. Die Schmerzen im Rücken waren verschwunden, alle Empfindungen konzentrierten sich ausschließlich auf Beatrice. Auf der Treppe wäre er fast gefallen, aber schließlich kam er in den weitläufigen Eingangsbereich.

Beatrice lag genau in der Mitte der Halle. Ein großflächiger, dunkelroter Fleck breitete sich neben ihren Haaren aus, ihr Hals wirkte seltsam verdreht.

Dennoch hegte Carl die Hoffnung, dass sie den Sturz vielleicht überleben würde. Er kniete sich vor sie und drehte ihr Gesicht in seine Richtung. Erst als er den schreckgeweiteten Blick ihrer toten Augen sah, wurde ihm vollends bewusst, dass seine einzige große Liebe endgültig von ihm gegangen war.

1.

Lars bekam keine Luft mehr.

Es fühlte sich an, als steckte etwas in der Größe einer Walnuss in seincm Hals. Dabei wusste er genau, dass es sein Kehlkopf war, der infolge einer allergischen Reaktion die Atemnot verursachte. Instinktiv krallte er sich an der aufwendig bestickten, cremefarbigen Tischdecke fest, doch es nützte nichts. Ihm wurde schwindelig, und einen Moment schien sein Körper vollkommen schwerelos zu sein.

Es gab ein dumpfes Geräusch, als sein Kopf auf dem Parkettfußboden aufschlug. Lars hatte keine Kraft mehr, den Sturz abzufangen. Seine Arme hingen schlaff an ihm herunter wie zwei Schläuche, die nicht zu ihm gehörten. Er spürte, wie die Haut an seiner Schläfe aufplatzte und eine warme Flüssigkeit über die Wangen lief. Sein Herz raste und seine blonden Haare klebten an der Stirn.

Das ausgeprägte Gefühl, sich übergeben zu müssen, rettete ihm das Leben. Ein Teil des Abendessens bahnte sich einen Weg zurück und Lars erbrach laut keuchend neben dem Stuhl.

Der Würgereflex war angenehm, stark genug, um den Kehlkopf vibrieren zu lassen. Es gelang ihm, ein paar schwere Atemzüge zu machen.

Dann setzte das Zittern ein. Die Beinmuskulatur spannte sich an und das dröhnende Klacken, das die Sohlen seiner Schuhe von sich gaben, als sie wieder und wieder auf das Parkett schlugen, drang wie Pistolenschüsse tief in seinen Kopf.

So fühlte es sich also an, wenn die Allergie schließlich gewann und die Lebensenergie aus dem Körper warf. Dabei hatte der Abend so harmonisch angefangen. Sogar Sophie machte einen entspannteren Eindruck als sonst. Ihre schlechte Laune hielt sich erfreulicherweise in Grenzen.

Während Lars merkte, wie die Sinne langsam schwanden, lief die vergangene Stunde noch einmal in seinem Gedächtnis ab.

Ein anstrengender Arbeitstag lag hinter ihm. Eigentlich wollte Lars früher als üblich nach Hause kommen, aber wie so oft kam etwas dazwischen. Einer seiner Angestellten hatte fehlerhafte Auskünfte verschiedener Versicherungen eingeholt. Auf Grundlage dieser falschen, viel zu niedrigen Preise wurden Angebote erstellt, die bereits am nächsten Tag mit der Post an alle gut situierten Kunden herausgeschickt werden sollten. Eine Katastrophe, wenn diese Werbeschreiben tatsächlich das Büro verlassen hätten. Das durfte einer seriösen Anlageberatung nicht passieren. In dieser Branche konnte man schnell seinen Ruf verlieren. Und seine Firma besaß einen exzellenten Ruf. Also kam er erst kurz vor 21:00 Uhr nach Hause. Sophie hatte wie üblich mit dem Essen auf ihn gewartet. Als sie ihn im Flur rascheln hörte, streckte sie den Kopf aus der Küche.

»Wolltest du heute nicht früher kommen, Lars?«

Er brummte zustimmend. Wenn Sophie ihn mit Vornamen ansprach, anstatt Schatz zu sagen, war sie stets ärgerlich auf ihn. Das versprach, ein eisiges Abendessen zu werden.

Zu seiner Überraschung jedoch verflog ihre Wut, sobald er sich an den gedeckten Tisch setzte. Fröhlich pfeifend brachte sie das Essen. Es gab Rinderfilet mit Reis. Wie immer hatte sie die Speisen nur mit einer Prise Salz gewürzt, andere Gewürze und Kräuter konnten ihm gefährlich werden. Als Sophie den Wein entkorkte, fielen ihr die langen roten Haare über die Stirn.

Obwohl Sophie ausgeglichen wirkte, zeigten ihre Mundwinkel auch jetzt streng nach unten. Das verlieh ihrem Gesicht einen harten Ausdruck, so als ob sie niemals lächeln würde. Nun, genau genommen tat sie das auch nicht sehr oft. Ihre Haut sah heute besonders gebräunt aus. Musste das Solarium Sonderschichten fahren?

Lars griff nach dem Weinglas, deutete damit in ihre Richtung und trank einen kleinen Schluck.

»Wie war dein Tag?«, fragte er.

»Prima. Und deiner?«

Lars nickte und nahm einen weiteren Schluck. Er wusste, dass Sophie sich nicht sonderlich für seine Arbeit interessierte.

»Iss, sonst wird es kalt«, sagte sie freundlich, aber bestimmt.

Gehorsam führte Lars die Gabel zum Mund. Es schmeckte ausgezeichnet. Sophies Kochkünste begeisterten ihn schon seit Anbeginn ihrer gemeinsamen Jahre. Er konnte sich während ihrer Ehe nicht an ein einziges Mal erinnern, an dem es ihm nicht geschmeckt hatte.

»Ich habe mich heute wieder an der zu tief liegenden Herdplatte verbrannt«, stellte Sophie fest und wedelte mit der Hand. »Es wird Zeit, dass wir uns eine neue Küche zulegen. Ich möchte eine andere Aufteilung. Die Kochfelder sollen höher und an der gegenüberliegenden Seite angebracht werden. Außerdem brauchen wir einen Herd mit sechs Feldern, lieber Infrarot als Ceran. Auch Gasherde sind gerade wieder angesagt.«

Lars schnaufte überrascht. »Aber die Küche ist doch erst fünf Jahre alt.«

»Ja, schon. Aber wir haben uns bei so manchen Dingen eben verplant. Die Hängeschränke beispielsweise sind viel zu hoch. An die oberen Fächer komme ich nur mit Hocker heran. Das ist doch sehr unpraktisch.« Sie füllte sich Reis auf und schaute ihn durchdringend an. »Oder können wir uns keine neue Küche leisten?«

Lars seufzte. Wenn seine Frau sich auch kaum für seine Arbeit interessierte, sie wusste ganz genau, was sein Job Monat für Monat abwarf. Sophie hatte das gemeinsame Konto stets im Blick.

»Doch, natürlich«, sagte er.

»Na also. Dann ist ja wohl auch eine neue Küche drin.«

»Wir können uns am Wochenende ja mal umsehen.«

Lars schüttelte resignierend den Kopf und schnitt ein weiteres Stück Fleisch ab. Seine Hand juckte. Er kratzte sich mit den Fingern über den Handballen und dachte an die kaum verschlissene, fünf Jahre alte Küche. Plötzlich bemerkte er ein Kribbeln auf den Lippen. Zuerst glaubte er, sich gebissen zu haben, aber das Gefühl breitete sich schnell aus. Es fühlte sich an, als hätte es vom Zahnarzt eine Betäubungsspritze gegeben. Auch sein Gaumen begann zu kratzen und schien anzuschwellen.

Lars lebte schon lange genug mit der Allergie, um zu wissen, was das bedeutete. Gleich würde seine Nase zu tropfen beginnen und höchstwahrscheinlich müsste er sich nach dem Essen erbrechen.

»Schatz? Ich befürchte, das Fleisch war gewürzt«, stellte er ruhig fest.

Sein Mund fühlte sich beim Sprechen seltsam trocken an. Sophie schaute ihn mit einem zweifelnden Blick an.

»Wieso? Was ist denn? Bekommst du schon wieder Magenkrämpfe?«

»Ich hoffe nicht, dass es diesmal so schlimm wird. Aber etwas an dem Essen scheint nicht in Ordnung zu sein.«

Mit dem Messer schob Lars das Fleisch an den Rand des Tellers. Da ihm der Appetit noch nicht vergangen war, wollte er wenigstens den Reis zu sich nehmen. Irritiert wurde ihm bewusst, dass er überhaupt nichts mehr schmecken konnte, das Kribbeln zog sich inzwischen bis zu den Ohren hoch. Es fiel ihm schwer, zu kauen.

Der Schweißausbruch kam vollkommen überraschend. Von einer Sekunde auf die nächste kam es ihm vor, als hätte er sich kurz unter eine voll aufgedrehte Dusche gestellt. Sein Hemd blieb an der

Brust und den Schultern kleben, Schweißtropfen liefen ihm die Wangen hinab. Als sein Herz zu rasen begann, wurde ihm zum ersten Mal schwarz vor Augen.

Lars wankte hin und her und hielt sich an der Tischplatte fest. Konzentriert fixierte sein Blick das dunkle Nussbaumholz. Dann setzte die Atemnot ein. Plötzlich fiel es ihm schwer, genügend Sauerstoff in die Lunge zu pumpen. Die nächste Schwindelattacke ging einher mit dem Gefühl, überhaupt keine Luft mehr zu bekommen. Das war der Moment, in dem er endgültig vom Stuhl kippte.

Jetzt spürte Lars den harten Holzfußboden an seinen Wangen. Sein Körper zuckte und krümmte sich noch immer, als würde er unter Hochspannung stehen. Ihm fehlten die Mittel, etwas dagegen zu tun.

So schlimm war es bisher nie gewesen.

Als Lars merkte, wie eine bedrohliche Schwärze versuchte, ihn einzuhüllen, gab es keine Möglichkeit mehr, sich zu wehren. Seine Augen schlossen sich, und sein Geist tauchte ein in die Finsternis.

2.

Es fühlte sich an, als wäre man bei einer nächtlichen Achterbahnfahrt während des Loopings aus der Gondel gefallen. Alles drehte sich, obwohl überall nur tiefes Schwarz herrschte. Vorsichtig versuchte er, die Lider zu öffnen. Die grelle Deckenbeleuchtung verursachte ihm Schmerzen. Ein großer dunkler Fleck beugte sich dicht über ihn. Nur ganz allmählich wurden die Konturen schärfer. Der Schatten erwies sich als ein Gesicht.

Lars schaute auf einen glänzenden Kopf ohne jegliche Haare. Zwei kleine Augen fixierten ihn hinter einer sechseckigen Brille aus Stahl. Er kannte das Gesicht irgendwoher. Die Lippen des Mannes bewegten sich. Lars konzentrierte sich darauf, zu verstehen, was der Mann sagte.

»Der Kämpfer kommt zu sich«, freute sich Doktor Meinhardt. »Gott sei Dank, das war knapp.«

»Wie gut, dass du so schnell kommen konntest«, sagte Sophie.

»Natürlich.«

Meinhardt betrachtete Lars aufmerksam und gab ihm erneut zwei Klapse auf die Wangen.

»Hörst du mich? Bist du wieder da?«

Lars stöhnte und versuchte, vorsichtig zu nicken.

»Prima!«, rief der Arzt und hielt ihm ein Glas an die Lippen. »Trink das bitte. Du brauchst viel Flüssigkeit.«

Lars spürte, wie sich das kalte Wasser im Mund ausbreitete. Erleichtert stellte er fest, dass es ihm gelang, ohne größere Beschwerden zu schlucken. Sein Kehlkopf fühlte sich noch immer geschwollen an, verursachte aber keine Atemnot mehr.

Er lag nicht mehr auf dem Boden. Fritz Meinhardt und Sophie hatten ihn auf das Sofa gehoben.

»Tut gut, dich zu sehen, Fritz«, sagte Lars schwach.

»Das glaube ich dir.« Der Arzt hantierte an einer braunen Ledertasche herum. »Du hast einen anaphylaktischen Schock erlitten. Ich habe dir eine Dosis Adrenalin gespritzt, damit sich dein Kreislauf stabilisiert. Außerdem habe ich dir ein Mittel verabreicht, welches die Atemwege erweitert.« Meinhardt zog ein kleines Gefäß hervor und stach mit der Nadel einer Spritze hinein. »Und jetzt bekommst du noch ein Antihistaminikum. Dein Körper setzte infolge der allergischen Reaktion Unmengen von Histaminen frei. Daher kam es zu dem Schock. Nun wollen wir die Verhältnisse in deinem Inneren wieder geraderücken.«

Lars spürte den Einstich im Unterarm. Einige Minuten verstrichen, in denen Meinhardt die Mailbox seines Handys abhörte und anschließend ein Telefonat führte. Sophie saß wie festgefroren und mit unbeweglicher Miene auf dem Sofa. Irgendwann konnte Lars sich aufsetzen. Er blickte in den Essbereich und sah den elegant geschwungenen Esstisch. Neben dem umgekippten Stuhl leuchteten rote Flecken auf dem Parkett. Instinktiv berührte er seine Stirn und traf auf ein breites Pflaster, welches von seiner rechten Schläfe bis über die Augenbraue reichte. Doktor Meinhardt brachte ihm ein weiteres Glas Wasser und setzte sich an den Rand des Sofas.

»Wie konnte das passieren?«, fragte er ernst und schaute abwechselnd Lars und Sophie an.

Sophie nippte an dem Sherry, den sie sich kurz zuvor eingeschenkt hatte.

»Ich wollte einen neuen Schlachter ausprobieren«, erzählte sie. »Die Filetstücke lagen direkt neben einer Schale mariniertem Grillfleisch. Ich habe extra gefragt, ob auch gewiss keine Kräuter oder Gewürze der Marinade an das Filet gekommen sind. Die Verkäuferin hat verneint.« Sophie setzte ihr Glas an und kippte die Hälfte des Sherrys hinunter. »Nun, das entsprach wohl nicht der Wahrheit.«

Der Arzt knurrte leise. »Wenn du dir unsicher bist, kaufe lieber etwas anderes. Ein anaphylaktischer Schock ist die schwerste Form einer allergischen Reaktion. Lebenswichtige Organe können angegriffen werden. Wenn der Kreislauf versagt, kann der Spaß tödlich enden.«

Meinhardt drehte den Kopf und schaute suchend über den Tisch. Er fand die Sherryflasche und schenkte sich ebenfalls ein.

»Du hast viel Glück gehabt. Wenn ich nur Minuten später eingetroffen wäre, hättest du es vermutlich nicht mehr geschafft. Oder du hättest bleibende Schäden davongetragen.«

Lars schnaufte benommen. »Ich habe so etwas noch nie erlebt. Ich hätte nicht gedacht, dass mich ein leicht gewürztes Stück Fleisch so umhauen könnte. Ich hatte bisher niemals solche massiven Kreislaufprobleme, von dem geschwollenen Kehlkopf mal ganz zu schweigen. Unfassbar, dass mein Körper so heftig reagiert hat.«

Meinhardt stand auf und packte seine Tasche. »Ja, das ist in der Tat ungewöhnlich. Es deutet darauf hin, dass du nicht zum ersten Mal mit Lebensmitteln in Kontakt gekommen bist, die du nicht verträgst. Mir scheint, als wäre dein Körper in der vergangenen Zeit kontinuierlich Stoffen ausgesetzt gewesen, die ihm zusetzten. Irgendwann musste das zwangsläufig zu einem Anfall führen.«

»Das glaube ich nicht. Ich achte genau auf meine Ernährung. Ich esse Stullen im Büro, die Sophie mir macht. Ich bin kein großer Frühstücker, und mein Abendessen nehme ich ausschließlich zu Hause ein.«

Meinhardt nickte, während sein Blick über das Display seines Handys huschte. »Wie hast du dich in den letzten Wochen gefühlt?«

Lars dachte nach. Es war schon so, dass er sich seit längerer Zeit kraftlos und ausgelaugt fühlte. Es kam ihm vor, als hätte ihn ein Infekt heimgesucht, der aber nicht ausbrach, sondern nur lauernd in seinen Gliedmaßen steckte.

»Ein bisschen schlapp«, antwortete er. »Ich kam schnell außer Atem und glaubte, jeden Moment eine ungewöhnlich starke Erkältung zu bekommen.«

Der Doktor nickte schweigend und ging zu der breiten Flügeltür, die den Wohn- und Essbereich von der großzügigen Diele trennte.

»Sophie, vielleicht sollten wir noch einmal die Nahrungsmittel in deiner Küche durchgehen. Manchmal denkt man nicht an die einfachsten Dinge. Da kann man als Köchin rasch betriebsblind werden, wenn du verstehst, was ich meine.«

Sophie zuckte mit den Achseln und folgte ihm mit federnden Schritten. Meinhardt stellte seine Tasche auf einen kleinen Vitrinenschrank neben der Tür und faltete die Hände vor dem Bauch.

»Es gibt da ein Ehepaar, welches schon seit Ewigkeiten zu mir in die Praxis kommt«, begann er zu erzählen. »Die beiden dürfen kein Obst essen, weil sich die Medikamente, die sie nehmen, nicht mit den Säuren der meisten Obstsorten vertragen. Neulich klagten die Armen über Beschwerden, die sie bereits viele Wochen mit sich herumschleppten. Ich machte verschiedene Untersuchungen, konnte aber nichts finden. Letzten Dienstag war ich bei ihnen zu Hause. In der Küche sah ich eine asiatische Würzmischung stehen. Die beiden erzählten mir, dass sie neuerdings Geschmack an indonesischen Speisen gefunden hätten, aber natürlich stets darauf achteten, keinerlei Obst zu verarbeiten. Ich schaute mir die Inhaltsstoffe der Mischung an und sah, dass sie Bananen-, Pfirsich- und Mangoextrakte enthielt. Das Pärchen fiel aus allen Wolken. Normalerweise kontrollierten sie gewissenhaft die Zutatenliste, nur diesmal kam es ihnen eben nicht in den Sinn. Seit sie die Würzmischung nicht mehr benutzen, geht es ihnen wieder gut.«

Sophie wippte ungeduldig mit dem rechten Fuß. Lars wusste, dass seine Frau das immer tat, wenn ein Gespräch sie langweilte.

»Ich habe nichts Neues bei mir in der Küche verwendet«, betonte sie. »Aber wirf ruhig einen Blick in die Schränke.« Sophie lächelte dem Doktor etwas säuerlich zu und öffnete die Tür.

»Nur um sicherzugehen«, sagte Meinhardt und zwinkerte ihr zu. Dann schaute er um einiges ernster zu Lars. »Und du schonst dich bitte die nächsten Tage. Dein Körper wird einige Zeit für die Regeneration brauchen. Das bedeutet für dich absolute Bettruhe.«

Lars nickte und hob fahrig die Hand. Plötzlich übermannte ihn eine ungeheure Müdigkeit. Er hörte noch, wie in der Küche ein Schrank geöffnet wurde, dann fiel er in einen finsteren, traumlosen Schlaf.

3.

Den nächsten Tag verbrachte Lars, wie vom Doktor angeordnet, im Bett. Sophie hatte den Wecker ausgestellt, und so erwachte er erst, als das Licht der Sonne in den Spiegel fiel und ihn blendete. Ihr Schlafzimmer verfügte über eine riesige Fensterfront. Das Bett stand mit der Kopfseite vor dem Fenster. Insofern blickte man auf die gegenüberliegende Wand, an der ein ausladender, neuntüriger Kleiderschrank aus Pinienholz thronte. Zwei der verspiegelten Türen reflektierten und verstärkten das Sonnenlicht. Davon wachte Lars stets auf, wenn er mal etwas länger schlafen wollte und das Wetter wolkenlos blieb.

Er setzte sich brummend auf, schaute zu den Korbstühlen mit den weißen Polstern, die sich ein Stück abseits neben dem Bett befanden, und versuchte, den Zustand seines Körpers zu analysieren. Das Atmen verursachte keine Probleme mehr. Das war das Wichtigste. Ein leichter Juckreiz an den Händen und im Gesicht zeugte von einem Ausschlag infolge der allergischen Reaktion, was aber kein ernst zu nehmendes Problem darstellte.

Doch als Lars sich aufrichtete und seine Füße die kühlen dunkelgrauen Fliesen berührten, merkte er, wie sehr ihn der Anfall geschwächt hatte. Für einen Moment bezweifelte er sogar, dass ihn seine Beine überhaupt tragen würden. Mit äußerster Anstrengung erreichte Lars den kleinen Tisch im Ankleidebereich, auf dem sein Handy lag. Er überlegte kurz, das Gespräch im Stehen zu führen, entschied sich aber dagegen. Sein Körper schrie bereits danach, sich wieder hinsetzen zu können. Lars griff nach dem Mobiltelefon und balancierte zurück ins Bett.

Tina hörte sich ehrlich erschrocken an, als er von seinem Missgeschick erzählte.

»Lars, pass besser auf dich auf«, sagte seine Sekretärin streng. »Oder wolltest du dir nur einige erholsame Tage gönnen?«

Lars lachte. »Nein, das hatte ich nicht vor. Du weißt doch, wie schwer es mir fällt, untätig herumzusitzen.« Er stockte und zupfte an der Bettdecke. »Ich werde meine Termine für nächste Woche nicht wahrnehmen können. Heute bin ich mit Herrn Yıldız verabredet. Seine Dönerfabrik hat wieder unendlich viel Gewinn gemacht und er sucht nach weiteren Anlagemöglichkeiten.«

Am anderen Ende der Leitung schien Tina in ihren Tischkalender zu blättern. »Ja, ist um 16:00 Uhr eingetragen. Soll ich ihn verschieben? Ich kann auch Hans bitten, das Gespräch zu übernehmen.«

Lars lächelte. Hans Klausner war einer seiner erfahrensten Mitarbeiter. Dennoch wollte er lieber persönlich mit dem Dönerkönig sprechen. Yıldız schätzte es, wenn sich der Chef selbst Zeit für ihn nahm.

»Nein, Tina. Ich werde mich um ihn kümmern. Mache bitte einen neuen Termin für Anfang nächster Woche.«

Nachdem auch drei andere Kundengespräche delegiert wurden, wünschte Tina ihm eine gute Besserung und beendete das Gespräch.

Lars streckte die Beine aus und gähnte herzhaft. Manchmal fiel es ihm noch immer schwer, zu glauben, dass mittlerweile fünfzehn Mitarbeiter für ihn arbeiteten. Als freier Anlageberater hatte er sich damals selbständig gemacht und beriet Kunden in allen Fragen des Geldmarktes. Er bot Finanzprodukte für die private Vorsorge und Vermögensbildung an, hatte unzählige Versicherungen im Programm und legte die Gelder seiner Mandanten gewinnbringend in Wertpapieren, Fonds und Aktien an. Dabei gab es eine eiserne Regel: keine Kryptowährungen, nur ETFs von großen Instituten, nur seriöse und eher konservative Anlagen. Schon nach einem halben Jahr stellte er die ersten beiden Mitarbeiter ein. Kunden aus der gesamten Region vertrauten ihm ihre Geldgeschäfte an. Und seine Provisionen wuchsen von Quartal zu Quartal.

Inzwischen bewohnten Sophie und er ein riesiges Haus mit jeglichem Luxus in einem kleinen Hamburger Vorort. Es besaß eine Freitreppe im Flur, die von ihren Ausmaßen her auch in jedes Schloss gepasst hätte. Als seine Lebensmittelallergie vor einigen Jahren schlimmer wurde, wollte er beruflich kürzertreten, seine freie Zeit intensiver genießen und nicht mehr so lange in der Firma herumhängen.

Schnell wurde ihm jedoch klar, dass etwas fehlte. Er wusste nichts mit sich anzufangen, wenn er bereits nachmittags nach Hause kam. Er hatte probiert, sich Hobbys zu suchen und machte den Sportbootführerschein, um ein eigenes Boot zu kaufen. Aber es war sterbenslangweilig auf dem Wasser hin- und herzutuckern. Schnell hatte er das Boot wieder verkauft. Danach versuchte er es mit Golf. Eigentlich sehr praktisch, da viele seiner Kunden ebenfalls Golf spielten. Doch die kurzen, durchaus anregenden Gespräche mit den Mitspielern wogen die ellenlangen Wanderungen auf diesem unnatürlichen grünen Rasen nicht auf. Jedes Mal hatte er das Gefühl, dass die Natur vergewaltigt wurde, während er über das *Green* schlich. Nichts brachte ihm wirklich Spaß. Die Arbeit war sein Hobby. So einfach lagen die Dinge manchmal.

Außerdem machte es ihm überhaupt nichts aus, bis spät am Abend im Büro zu sitzen. Oft war es unerlässlich, da viele berufstätige Kunden erst nach Feierabend mit ihm über interessante Anlagemöglichkeiten sprechen konnten.

*

Es wurde Mittag. Lars blickte gedankenverloren in den Spiegel und beobachtete die vorbeiziehenden Wolken. Ihm war langweilig. Die Tageszeitung und die aktuellen Wirtschaftsnachrichten im Netz hatte er sich bereits durchgelesen. Er würde die verordnete Bettruhe von Fritz Meinhardt großzügiger auslegen und zur Hausruhe umgestalten. Vielleicht konnte er auf diese Weise Arbeiten erledigen, für die sonst keine Zeit blieb.

Mühsam trugen ihn seine Füße ins Badezimmer. Während er den Wasserhahn aufdrehte, kreisten seine Gedanken um Sophie. Seine Frau hatte das Haus bereits vor über zwei Stunden verlassen. Er erinnerte sich, im Halbschlaf ihre Verabschiedung gehört zu haben. Zu welcher Freundin wollte sie doch gleich? Oder gab es einen neuen Kurs im Fitnessstudio?

Lars musste zugeben, dass er sehr wenig darüber wusste, wie sie die Tage verbrachte. Sie hatten sich im Laufe der Zeit wohl etwas auseinandergelebt. Vielleicht ein vollkommen normaler Vorgang, wenn die Ehe seit fünfzehn Jahren funktionierte. Trotzdem liebte Lars seine Frau, schätzte sie als zuverlässige, liebenswerte Gefährtin. Aus diesem Grunde war er auch nicht unzufrieden mit ihrer Beziehung.

Er wusste, dass er sich einen nicht unerheblichen Anteil am Verlauf ihrer Ehe zuschreiben musste. Immerhin war er es, den man während der Woche kaum zu Hause antraf. Und an den meisten Wochenenden standen ebenfalls berufliche Verpflichtungen im Vordergrund.

Seine Schritte hallten auf der Treppe. Die Treppenkonstruktion passte zum modernen Stil der Villa. Die schweren, fast drei Meter breiten Stufen bestanden aus massivem Ahornholz, das Geländer glänzte matt in gebürsteter Edelstahloptik.

Sein knurrender Bauch führte ihn geradewegs in die Küche. Missmutig wanderte sein Blick über die weiß glänzenden Lackschränke. Sie hatten ein Vermögen gekostet. Ein Jammer, dass seine Frau plötzlich unzufrieden damit war.

Unvermittelt wurde ihm schwindelig. Eilig füllte Lars sich ein spezielles, allergikerfreundliches Müsli ein, goss Milch dazu und machte sich auf den Rückweg ins Schlafzimmer. Seine Pläne hatten sich kurzerhand geändert. Den Rest des Tages würde er doch lieber im Bett verbringen. Alles andere konnte warten.

4.

Das Telefon riss ihn aus den Gedanken. Tinas Stimme klang ernster als sonst.

»Hier ist jemand ganz außerordentlich aufgebracht«, verkündete sie ruhig. »Herr Mard möchte Auskunft, warum seine Aktiengewinne deutlich geringer ausgefallen sind als prognostiziert.«

Lars seufzte und rückte den Stuhl zurecht. Während Tina ihm die Daten des Kunden auf den Bildschirm übermittelte, stellte sie das Gespräch durch. Es wurde eine unangenehme Unterhaltung. Mard, Professor an der Universität und Herausgeber zahlreicher Fachbücher zum Thema Kindererziehung, schimpfte in einem fort und überhäufte Lars mit Kraftausdrücken. Er tobte, da er sich von dem im Voraus kalkulierten Gewinn bereits einen teuren Wagen gekauft hatte. Jetzt schütteten seine Wertpapiere deutlich weniger Geld aus als erwartet. Nur mit Mühe schaffte es Lars, ihn zu beruhigen. Er rief ihm ins Gedächtnis, dass die am Anfang berechneten Ausschüttungen Durchschnittswerte seien, die in den nächsten Jahren durchaus noch erreicht werden könnten.

Nach dem Telefonat verschränkte er die Hände hinter dem Kopf und schaute ärgerlich auf das Telefon. Früher hatte er solche Situationen wesentlich besser gemeistert. Es kam immer mal vor, dass Kunden mit der von seiner Firma übernommenen Vermögensverwaltung unzufrieden waren. Insbesondere wenn sich die Aktien schwach entwickelten und am Ende eines Geschäftsjahres nicht die Zahlen für die Kunden heraussprangen, die sie sich erhofft hatten. Lars hatte es in all den Jahren sehr gut verstanden, aufgebrachte Gemüter wieder zu beruhigen. Einer seiner großen Stärken war es, charmant und freundlich, aber auch unmissverständlich darzulegen, warum sich die Werte so entwickelten, wie sie es eben taten und warum daher die Gelder nicht so flossen, wie anfänglich kalkuliert. Meist gaben sich die Kunden mit seinen Erklärungen zufrieden und sahen anschließend ein, dass nicht er oder seine Firma schuld an den niedrigeren Erträgen waren, sondern die allgemeine wirtschaftliche Situation.

Mard jedoch hatte kein Einsehen. Der Professor beschimpfte ihn als Dilettanten und drohte, sein Portfolio künftig jemand anderem anzuvertrauen. Lars dachte an ein weiteres Gespräch in der letzten Woche, welches ganz ähnlich verlaufen war. Was geschah nur mit seinem überzeugenden und kompetenten Auftreten? Warum erreichte er seine Mandanten nicht mehr? Lag es daran, dass es ihm nach wie vor schwerfiel, sich über einen längeren Zeitraum zu konzentrieren? Seit zwei Wochen arbeitete er wieder. Die Erinnerung an den Allergieschock verblasste langsam, trotzdem fühlte er sich nicht gesund. Er war schlecht gelaunt, antriebslos und ließ sich viel zu schnell ablenken. Er kam leicht außer Atem und tendierte zu Schweißausbrüchen und Herzrasen. Und das, obwohl Sophie seit dem Vorfall penibel darauf achtete, ihre Lebensmittel nur noch bei einer Handvoll Geschäfte ihres Vertrauens zu kaufen. Was stimmte bloß nicht mit ihm?

Tina unterbrach seine Gedanken, indem sie mit einer dampfenden Tasse Kaffee ins Büro kam und aufmunternd lächelte.

»Hier kommt Kaffee und die Post.«

Lars streckte die Hände aus und nahm ihr die Tasse ab. Einige Tropfen des heißen Kaffees liefen ihm über die Finger.

»Hans hat in einer halben Stunde ein Meeting angesetzt und hätte dich auch gern dabei.«

»Ja, natürlich. Das wird mich ablenken. Ich bin heute mit meinen Gedanken sowieso nicht ganz bei der Sache.«

Der Besprechungsraum war gut gefüllt. Alle leitenden Angestellten hatten sich eingefunden. Lars ging auf den Platz am Kopfende des ovalen Glastisches zu und lächelte in die Runde. Hans Klausner saß neben ihm und hob entschuldigend die Schultern.

»Verzeih mir, dass ich dich nicht vorher informiert habe. Ich habe diese Sitzung kurzfristig einberufen.«

»Kein Problem, Hans.«

Lars schaute auf die knallgrüne Krawatte seines zweiten Mannes und unterdrückte ein Grinsen. Hans war ein verdammt guter Vermögensberater. Er konnte überzeugend argumentieren und blieb stets souverän. Er kannte die Produkte der Firma in- und auswendig. Keiner konnte ihm etwas vormachen. Aber wer suchte bloß seine Krawatten aus? Seine neue, achtzehn Jahre jüngere Freundin?

Hans Klausner stand auf und breitete kurz die Arme aus.

»Schön, dass ihr alle so schnell meinem Ruf gefolgt seid«, sagte er und kramte dabei in den Papieren, die vor seinem Platz lagen. Er berichtete von mehreren Anrufen unzufriedener Kunden in den letzten Tagen. »Ich hatte Mühe, die Wogen wieder zu glätten. Bei einigen Leuten ist es mir nicht gelungen. Sie waren zu enttäuscht und werden unserer Beratung den Rücken kehren.«

Lars klopfte auf den Tisch. »Wie kann das sein? Auch ich hatte unangenehme Gespräche. Wieso häuft sich das momentan dermaßen?«

Hans lachte ärgerlich. »Viele unserer Kunden kennen sich untereinander. Sie kommen aus den gleichen gesellschaftlichen Kreisen. Politiker, Schauspieler und andere Prominente. Die tauschen sich natürlich aus. Ist der eine enttäuscht von der Entwicklung seiner Vermögensanlagen, plaudert er darüber mit seinen Bekannten. Die wiederum haben nichts Besseres zu tun, als die Vögel scheu zu machen und die schlechten Nachrichten in der ganzen feinen Gesellschaft zu verbreiten.«

Tina, die die Besprechung protokollierte, schaute Hans bestürzt an. »Gefährlich. Daraus kann schnell eine unkontrollierbare Dynamik entstehen.«

Hans stimmte zu. »Plötzlich bekommen auch Kunden Angst, deren Vermögen sich positiv entwickeln. Aber aus der Unsicherheit heraus, es könnte ja doch etwas passieren, denn man hört ja so viel, wechseln sie trotzdem zu anderen Beratungsfirmen. Es ist ein Teufelskreis.«

Lars presste die Handflächen aneinander und schaute in die Gesichter seine Mitarbeiter.

»Wie kommen wir da am besten wieder raus?«, fragte er in die Runde.

»Wir müssen mit guten Leistungen glänzen«, sagte Birger, ein junger und engagierter Bursche, den Lars vor einem halben Jahr eingestellt hatte.

Hans seufzte. »Wenn das so einfach wäre! Eine schlechte Nachricht verbreitet sich siebenmal so oft wie eine gute Nachricht. Allein mit Leistung werden wir nur wenig bewerkstelligen können. Es sei denn …« Hans unterbrach den Satz und schaute aus dem Fenster.

»Es sei denn was?«, fragte Birger neugierig.

»Es sei denn, uns gelingt es, für unsere Kunden ganz hervorragende Gewinne herauszuschlagen. Aber die derzeitigen Produkte der Banken und Versicherungen bieten nicht viel Spielraum. Wir könnten einen Großteil der Gelder in Aktien umwandeln, aber das birgt natürlich ein hohes Risiko.«

»Zu hoch«, sagte Lars entschieden. »Wir sind keine Zocker. Denkt stets daran.«

Hans nickte stumm und drückte die Hände auf die kalte Tischplatte. Lars stellte erstaunt fest, dass sie kaum feucht waren. Hans hatte sich wie immer erstaunlich gut im Griff. Er selbst fing allmählich wieder an zu schwitzen. Hätte er seine Hände auf den Tisch gelegt, wären die Abdrücke der Finger und des Ballens auf der Glasplatte sicherlich bis zum Ende der Besprechung sichtbar geblieben.

»Ich bin froh, dass wir keine Spieler sind«, sagte Hans, stockte und wirkte zum ersten Mal während des Meetings unsicher. »Es gab da auch noch ein persönliches Gespräch mit Gerd Feldtmann.«

Lars schluckte. Was kam jetzt? Die Familie Feldtmann zählte zu den größten Kunden, sie besaß Immobilien auf jedem der fünf Kontinente und war an mehreren Dutzend hochprofitablen Unternehmen beteiligt. Gerd Feldtmann, das Familienoberhaupt, verwaltete die Besitztümer.

»Herr Feldtmann hat mir unmissverständlich klargemacht, dass er uns nicht länger als Berater wünscht, sollten die Halbjahreszahlen gegenüber unserem Forecast mehr als zwei Prozent nach unten abweichen.«

»Und wie sieht es aus?«, fragten Tina und Birger fast zeitgleich.

Hans' Miene gab bereits eine deutliche Antwort.

»Selbst wenn wir in den letzten acht Wochen gute Gewinne mit den Aktienpaketen der Familie machen, werden wir die Prognose nicht erreichen. Uns würde jetzt nur noch ein Sechser im Lotto helfen.« Er räusperte sich. »Und eigentlich ist selbst der noch zu wenig.«

*

Es war dunkel geworden. Lars saß auf dem Bürostuhl und schaute auf den Lichtkegel, den die kleine grüne Lampe auf den Schreibtisch warf. Er fuhr mit den Fingern über die stählerne Arbeitsplatte und bemerkte lustlos, dass nur wenige Staubpartikel an seinen Kuppen hängen blieben. Wenigstens die Putzfrauen verstanden ihren Job. Momentan kam ihm sein Leben wie ein einziger großer Albtraum vor. Er hatte nach dem Meeting versucht, noch etwas zu arbeiten. Vergeblich. Immer wieder schweiften seine Gedanken zu den unzufriedenen Kunden ab, immer wieder drängte sich das kahlköpfige Antlitz von Gerd Feldtmann in sein Gedächtnis, immer wieder machte Feldtmann diesen merkwürdigen Gesichtsausdruck. Es war kein Zorn oder Unmut darin zu lesen, eher so eine Art Bedauern und Resignation. Und das machte Lars total fertig. Glaubten seine Klienten noch an ihn? Glaubte er selbst noch an sich? Es wäre alles so viel leichter, wenn er sich wenigstens körperlich gesund fühlen würde.

Das leise Summen eines Telefons schreckte ihn auf. Wer rief um diese Zeit hier an? Alle waren bereits nach Hause gegangen. Der Anrufer hatte die Sammelnummer gewählt und leuchtete jetzt wahrscheinlich als kleiner hektischer Punkt in der Telefonanlage auf Tinas Schreibtisch. Tina hatte sich vor über einer Stunde verabschiedet, ihn kurz vorher eindringlich angeschaut und ihm geraten, ebenfalls schleunigst Feierabend zu machen. Sie hatte wohl geahnt, dass er nach der Besprechung keinen konstruktiven Gedanken mehr fassen könnte. Sie kannte ihn in- und auswendig.

Das Telefon summte noch immer, der Anrufer besaß Geduld. Lars schnaufte. Ihm war nicht danach ranzugehen. Vielleicht handelte es sich um den nächsten schimpfenden Mandanten? Sein Bedarf an nörgelnden Klienten war für heute mehr als gedeckt.

Aber der Anrufer schien nicht aufgeben zu wollen. Warum schaltete sich der verdammte Anrufbeantworter nicht endlich ein? Wie lange surrte es schon auf Tinas Schreibtisch?

»Bald sind es fünf Minuten«, sagte Lars halblaut in den leeren Raum und griff zum Hörer. »Also gut, gewonnen.« Er drückte eine Taste und holte das Gespräch heran.

»Meine Güte, Lars. Bei euch steppt der Bär. Ich habe Ewigkeiten gewartet.« Die Stimme seines alten Geschäftsfreundes Carl Nethan. Sofort hellte sich Lars' Stimmung auf. »Ich bin gerade in Deutschland und besuche einige Freunde und Verwandte. Da wollte ich es nicht versäumen, auch dich anzurufen.«

Carl hatte früher ebenfalls eine Anlage- und Vermögensberatung besessen. Er hatte sich in den Achtzigerjahren auf diesem Gebiet selbständig gemacht. Zu einer Zeit, als noch nicht jeder abgebrochene Student in diesen Berufszweig drängte, pflegte er immer zu sagen. Ihm war es gelungen, in all der Zeit mächtig viel Geld zu scheffeln. Vor zehn Jahren verkaufte Carl seine Firma plötzlich an eine große Versicherung, genau einen Tag, nachdem er seinen fünfundfünfzigsten Geburtstag gefeiert hatte. »Ich habe genug gearbeitet und genug Geld verdient«, hatte er als Begründung angegeben und sich mit seiner Frau eine Villa in Brasilien gekauft, wo die beiden glücklich und zufrieden lebten, bis seine Frau vor vier Jahren auf tragische Weise ums Leben kam.

»Carl! Wie schön, deine Stimme zu hören«, sagte Lars lachend. »Wird es dir in Brasilien zu langweilig? Oder hast du etwa Sehnsucht nach Tabellen und Statistiken?«

Carl kicherte eine Spur heftiger. »Oh nein, ganz gewiss nicht. Ich genieße mein Leben als Privatier. Gelangweilt habe ich mich eben bloß bei der Wartemusik deiner Firma.«

»Was rufst du auch um diese Uhrzeit an. Außer mir ist niemand mehr im Büro.«

Carl zog hörbar die Luft ein. »Früher gab es Tage, an denen herrschte bis weit nach Mitternacht geschäftiges Treiben bei euch.«

»Das kommt heute ebenfalls noch vor. Aber momentan gibt es ein paar Unannehmlichkeiten.« Lars erzählte in wenigen Sätzen von der Besprechung am Nachmittag.

»Wir sollten uns treffen«, sagte Carl sofort. »Ich werde meine Reiseroute ändern und morgen zu dir nach Hamburg kommen.«

Lars lächelte. Das war typisch Carl. Wenn es Probleme gab, stand er einem zur Seite.

»Das ist furchtbar lieb von dir. Doch du brauchst nicht extra herkommen. Du kannst mir auch am Telefon Trost spenden.«

»Unsinn!«, rief Carl entschieden, und Lars hörte durch den Hörer einen dumpfen Knall und ein schepperndes Geräusch. Etwas musste heruntergefallen sein.

»Lass dein Hotelzimmer heil«, mahnte er und grinste.

»Ich sitze hier in der guten Stube meiner Schwester Clara in Stuttgart«, erklärte Carl gut gelaunt. »Aber wahrscheinlich nicht mehr lange, wenn ich noch eine Flasche Champagner auf den Boden befördere. Wo wollen wir uns also treffen?«

»Der Japaner in der Innenstadt ist lecker«, sagte Lars. »Außerdem kennt Tahara mein Leiden und nimmt ausgesprochen gut Rücksicht darauf.«

»Da waren wir früher oft.«

»Genau.«

»Das hört sich ordentlich an. Mach doch einen Termin für morgen Abend. Was macht deine Allergie?«

Lars erzählte von seinem Anfall. »Es scheint schlimmer zu werden. Aber vielleicht hängen der Stress im Büro und mein körperliches Unwohlsein ja auch miteinander zusammen.«

Carl brummte leise. »Es wird jedenfalls höchste Zeit, dass wir uns treffen.«

Lars schloss seinen Wagen in der firmeneigenen Tiefgarage auf und dachte an Carl. Sein alter Geschäftsfreund reiste regelmäßig nach Deutschland. Carl hatte viele Freunde hier. Alle zwei Jahre nahm er sich mehrere Wochen Zeit, um kreuz und quer durchs Land zu fahren und seine Kontakte aufzufrischen. Auch Lars stattete er turnusmäßige Besuche ab. Dann aber gab es Carls außerplanmäßige Reisen. Meistens waren es familiäre Angelegenheiten, die ihn zwangen herzukommen. Während solcher Reisen rief Carl höchstens einmal an. Er besuchte niemanden und hatte es eigentlich immer sehr eilig, zurück nach Brasilien zu kommen. Es war äußerst ungewöhnlich, dass er sich nun extra mit ihm treffen wollte. Trotzdem freute sich Lars auf seinen alten Freund. Carl konnte hervorragend motivieren. Bestimmt würde es ihm besser gehen, wenn jemand seine geschäftlichen Sorgen mit ihm teilte.

5.

Die Nacht schlich wie ein unruhiger Schatten dahin. Bereits kurz nachdem Lars ins Bett gegangen war, gab es da diesen Druck in der Magengegend. Rastlos wälzte er sich hin und her. Gegen zwei Uhr musste er sich übergeben. Glücklicherweise trugen ihn seine Beine noch rechtzeitig ins Badezimmer. Als sein Kinn das kalte Porzellan der Toilettenschüssel berührte, dachte er darüber nach, was nun schon wieder in seinen Körper gelangt sein konnte. Außer dem Abendessen, welches Sophie in der Mikrowelle für ihn bereitgestellt hatte, da sie längst ins Bett gegangen war, als er heimkam, fiel ihm nichts ein. Am Morgen und während des Tages hatte er sich von zwei Butterbroten ernährt. Vielleicht veränderten die Strahlen der Mikrowelle die Speisen in irgendeiner Weise? Lars schüttelte den Kopf, als er zurückschlenderte. Was für ein Unsinn. Die große weiße Schirmlampe auf Sophies Seite des Bettes brannte. Sophie saß auf der Bettkante und schaute ihn neugierig an.

»Was ist passiert?«

»Das Übliche.«

»Wie fühlst du dich?«

»Als würde ich in einem Fahrstuhl stehen, der gerade abstürzt.«

Sophie nickte nur und faltete die Hände zusammen.

Er musste sich in dieser Nacht noch zwei weitere Male übergeben. Die ganze Zeit über saß Sophie auf der Bettkante und schaute im Zimmer umher.

»Du kannst dich ruhig schlafen legen«, sagte er, als die ersten Vögel anfingen, den Morgen zu begrüßen.

Sie lächelte ihn müde an. »Ich bleibe ein bisschen wach. Ich sorge mich um dich.«

Er brummte kurz und drehte sich zur Seite. Ihre Gefühle in allen Ehren, aber Sophie kam ihm eher lauernd als sorgend vor. Als wartete sie auf etwas.

Als der Wecker ihn um sieben aus dem Schlaf riss, fühlte er sich seltsam ausgezehrt. In seinem Mund hatte sich ein Geschmack ausgebreitet, als hätte seine Zunge im Biomüll übernachtet. Stöhnend setzte Lars sich auf. Wenigstens war das Völlegefühl verschwunden. Er schaute auf seine Frau. Sophies Kopf lag unter dem Kissen vergraben, gleichmäßige Atemgeräusche drangen hervor. Leise stand er auf und ging ins Badezimmer. Als er den Wasserhahn aufdrehte, dachte er daran, schwimmen zu gehen. Im Keller ihres Eigenheimes befand sich ein großes Schwimmbecken. Es maß stolze dreizehn Meter in der Länge und fünf Meter in der Breite, besaß eine Gegenstromanlage und Unterwasserbeleuchtung. Direkt daneben lag ein runder Whirlpool. Eine Sauna und ein Ruheraum mit künstlicher Rasenfläche rundeten die Einrichtungen ab. Sophie und er nutzten diesen Bereich viel zu selten – leider.

Lars nahm den Bademantel vom Haken und machte sich auf den Weg in den Keller. Er war schon seit über zwei Wochen nicht mehr dort gewesen. Dutzende, in die Decke eingelassene Spotlights hüllten den Raum in ein warmes Licht. Indirekte Beleuchtung strahlte die Holzdecke über dem Pool an. Die Villa lag an einem Hang, der an der Hausrückseite sanft abfiel. Dadurch befand sich dieser Bereich des Kellers zu ebener Erde. Gewaltige Glasschiebetüren gaben den Blick auf eine mit Holzstegen ausgelegte Terrasse frei. Lars setzte sich an den Rand des Wassers und ließ die Beine in das Becken baumeln. Carl hatte ihnen dieses Haus damals zugeschanzt. Es gab eine Menge Interessenten für die Villa in moderner Glas- und Stahlbauweise. Carl kannte den Makler, der die Transaktion abwickelte, und legte ein gutes Wort für Lars und Sophie ein. Der Rest war Formsache. Carl wusste über das Haus Bescheid und schwärmte in höchsten Tönen davon. Und das zurecht. Lars liebte es. Nur der Pool war im Grunde genommen überflüssig. Lars mochte zwar hin und wieder gerne schwimmen, aber dafür benötigte er kein eigenes Becken. Sophie ging es ebenso.

Lars schaute auf die Marmorsäulen, die an den vier Ecken des Beckens in die Höhe ragten und mit der Holzkonstruktion der Decke verschmolzen. Sauna und Whirlpool hätte er behalten, aber das Schwimmbecken kam ihm so nutzlos wie seine Lebensmittelallergie vor. Allein die Kosten für Reinigung und Instandsetzung verschlangen jährlich ein kleines Vermögen. Doch das Wasser abzulassen, stellte auch keine Alternative dar. Nichts bot einen traurigeren Anblick, als ein leeres Schwimmbecken.

Seine Füße verursachten Wellenbewegungen. Das Licht der Lampen am Grund des Pools kräuselte sich auf der Wasseroberfläche. Lars lachte leise, als er daran dachte, wie vehement Carl für den Erhalt des Beckens eingetreten war. Als Lars ihm kurz nach dem Kauf der Villa erzählte, er wolle den Pool eventuell abreißen, um den Keller anders nutzen zu können, war sein alter Geschäftsfreund fast aus allen Wolken gefallen.

»Das lässt du schön bleiben! Der Pool gehört untrennbar zum Haus«, rief er aufgeregt.

In den folgenden Tagen redete Carl immer wieder auf ihn ein, bis Lars seine Pläne, den Pool dem Erdboden gleichzumachen, schließlich aufgab. Allerdings zeichneten nicht nur Carls flammende Appelle dafür verantwortlich. Sophie und er konnten sich einfach nicht auf eine sinnvolle Nutzung der Räume einigen. Und so beließen sie den Keller, wie er war.

Lars beobachtete eine Weile das Wellenspiel des Wassers und stand dann auf. Ihm reichte das Fußbad. Wie so oft.

Sophie lächelte ihm vom Frühstückstisch an, als er die Küche betrat.

»Besonders nass siehst du aber nicht aus.«

Lars hob das Bein. »Meine Füße waren baden. Das genügt doch wohl am Morgen. Bei mir wird es übrigens heute spät werden. Carl ist in der Stadt. Wir treffen uns am Abend.«

»Nanu? Einer seiner außerplanmäßigen Besuche?«

»Ja, genau. Er will mich unbedingt sehen.«

*

Der Arbeitstag gestaltete sich angenehm. Lars hatte keine wütenden Kunden am Telefon und fühlte sich einigermaßen brauchbar. Die nächtliche Reinigung seines Mageninhaltes hatte ihm anscheinend gutgetan. Um kurz nach fünf schaltete er den Computer aus und verließ das Büro. Hans Klausner stand neben Tina am Empfangsdesk und sortierte Akten.

»Lars!«, rief er erstaunt. »Wo willst du denn schon hin?«

»Das würde mich aber auch interessieren«, warf Tina ein.

Lars lachte. »Ich sehe, ich bin meinen Mitarbeitern Rechenschaft schuldig.«

»Unbedingt«, bestätigte Tina.

»Carl Nethan ist in der Stadt. Ich treffe mich gleich mit ihm.«

»Das finde ich klasse«, sagte Tina ausgelassen.

»Warum?«, fragte Hans.

»Weil Lars endlich mal rechtzeitig aus dem Büro kommt. Es ist nicht gesund, immer bis in die Puppen zu arbeiten.«

Lars zuckte mit den Achseln und öffnete die Eingangstür. »Ich kann halt nicht anders.«

»Grüße Carl ganz herzlich von uns«, rief ihm Hans ins Treppenhaus nach.

Obwohl Lars zehn Minuten vor der vereinbarten Zeit auf den Parkplatz des Restaurants fuhr, sah er seinen alten Freund schon neben dem Eingang warten. Carl war elegant gekleidet, wie immer. Unter dem hellgrauen Mantel erkannte Lars einen Designeranzug einer italienischen Nobelmarke. Englische, handgemachte Lackschuhe glänzten im trüber werdenden Licht des Tages. Nur seine grauen Haare waren noch schütterer geworden.

»Lars! Ich freue mich, dich zu sehen«, sagte er vergnügt und kam einige Schritte auf ihn zu.

Seine Augen blitzten unter der modischen sechseckigen Brille.

Sie umarmten sich.

»Du hättest nicht extra diesen Umweg machen müssen, um dir meine Probleme anzuhören«, sagte Lars.

Carl rückte die Brille zurecht und gab einen zischenden Laut von sich.

»Unsinn«, erwiderte er in einem Ton, der keinen Widerspruch duldete. »Bin froh, dass ich gekommen bin. Du siehst wirklich ziemlich mitgenommen aus.«

Der Kellner führte sie zu einem in der Ecke gelegenen Tisch. Unmittelbar darauf öffnete sich eine unscheinbare Holztür neben den Toiletten. Ein breiter Mann mit winzigen Augen bewegte sich in ihre Richtung.

»Ich freue mich, Sie als meine Gäste begrüßen zu dürfen«, sagte er mit asiatischem Akzent und verbeugte sich leicht.

»Herr Tahara«, rief Carl erfreut. »Wir haben uns sehr lange nicht mehr gesehen. Geht es Ihnen gut?«

Der Küchenchef nickte, griff nach den Speisekarten und stellte sich neben Lars. »Ihnen empfehle ich die Entenbrust in pikanter Soße. Ich bereite die Soße für Sie selbst vor und werde dafür ausschließlich eine Kombination von Soja, Salz und Pfeffer verwenden.«

Lars stimmte zu.

Tahara ging einen großen Schritt zur Seite und lugte Carl über die Schulter. »Wenn ich mich recht erinnere, mögen Sie Huhn. Ich schlage Tori Teriyaki vor. Hühnerfleisch in einer herzhaften Teriyakisoße.«

Carl schaute noch einen Moment in die Karte und lächelte anschießend.

»Ja, da haben Sie recht. Das nehme ich.«

Nachdem die Getränke gebracht worden waren, lehnte Carl sich weit nach hinten und blickte Lars auffordernd in die Augen. Lars verstand die Geste und begann, ausführlich über die Probleme in der Firma zu sprechen. Er zitierte Hans Klausner und erwähnte die Gespräche, die er selbst mit unzufriedenen Kunden hatte führen müssen.

»Es ist ein Teufelskreis. Wir müssen unsere ganze Kraft aufbringen, um verlorenes Vertrauen wieder zurückzugewinnen.«

Carl drehte sein Bier in den Händen und blickte kurz auf eine mit Pergamentpapier bespannte Trennwand. »Das wird euch kaum gelingen. Gerade die Entwicklung mit Gerd Feldtmann halte ich für sehr gefährlich. Der Mann braucht bloß anzudeuten, mit den Leistungen seiner Berater nicht zufrieden zu sein und setzt damit eine Lawine in Gang. Menschen sind Herdentiere. Man muss sich wundern, mit welcher Konsequenz sie Gerüchten zu folgen bereit sind. Wenn Feldtmann abspringt, werden noch viele andere deiner besten Kunden die Biege machen. Selbst wenn ihr deren Geld hervorragend anlegt.«

Lars seufzte kraftlos. »Also habe ich keine Möglichkeit, aus dieser Geschichte mit blauem Auge herauszukommen?«

Carl trank das Bier mit zwei gierigen Schlucken aus und hielt das leere Glas dem Wirt entgegen. Der verstand und nickte.

»Du kommst da nur raus, wenn es dir gelingt, rauschende Gewinne für Feldtmann einzufahren.«

Lars brummte und stützte den Kopf auf die Hände. »Aber davon können wir wohl erst einmal nicht ausgehen. Die Zeiten, in denen man auf die Schnelle riesige Aktiengewinne einstreicht, sind vorbei. Oder kommen erst noch, je nachdem.« Er nippte an seinem Bier und spürte den Schaum an den Lippen kribbeln. »Außerdem zockt man mit den Geldern seiner Mandanten nicht. Das ist doch auch deine Devise.«

»Unbedingt«, antwortete Carl und versank anschließend in Schweigen.

Das Essen kam und sie konzentrierten sich auf den Geschmack der japanischen Spezialitäten. Carl sprach von einigen belanglosen Dingen, blieb sonst aber verschlossen. Er schien tief in Gedanken versunken.

Nachdem der Kellner das Geschirr abgeräumt hatte, beugte sich Carl nach vorn.

»Ich hatte auch nicht immer Glück bei meinen Geschäften«, stellte er zusammenhangslos fest.

Lars schaute ihn lächelnd an. »Aber meistens besaßt du den richtigen Riecher. Aktien und Wertpapiere, die sich in deinem Sortiment befanden, verzeichneten stets hohe Kurssteigerungen.«

Carl lachte. »Mit dem richtigen Riecher hatte das wenig zu tun.« Er griff nach dem Bierglas und stockte. »Wo fange ich an?«, fragte er leise. »Das Universum ist um einiges vielschichtiger, als wir annehmen.«

Lars hob die Brauen. Was kam denn jetzt?

»Es breitet sich nicht nur mit rasender Geschwindigkeit aus, sondern entwickelt auch seltsame Eigenheiten. Manche Leute vermuten, dass das Universum wie ein Parkdeck aufgebaut ist. Es besteht aus etlichen Ebenen. Zwischen den Ebenen gibt es keinerlei Verbindungen, denn sie liegen in unterschiedlichen Raumzeiten – oder wie immer man das nennen mag.«

Lars nickte seinem alten Freund zu. »Bist du unter die Astrophysiker gegangen? Ich habe gehört, in Brasilien kann man die Sterne wesentlich besser beobachten als in Deutschland.«

Für einen Augenblick schien Carl verwirrt. »Nein, nein«, sagte er und machte mit der Hand eine wegwischende Bewegung auf der Tischdecke. Dabei schoss er mehrere Reiskörner auf den Boden, die während des Essens aus der Schüssel gefallen sein mussten. »Es ist ja eh alles Theorie. Niemand weiß wirklich, welche Geheimnisse das Universum bereithält. Aber darum geht es überhaupt nicht. Es geht darum, dass eine zweite Erde neben der unseren existiert. Vielleicht auf einer anderen Ebene, vielleicht in einer andern Zeit, vielleicht auch in einem Universum versteckt hinter dem Sternbild der heiligen Vermögensberater. Wer kann das schon sagen.«

Carl lachte fahrig, nahm die Brille ab und legte sie vor sich auf den Tisch.

»Mein alter Freund«, begann Lars vorsichtig, »was willst du mir sagen? Nimmst du mich auf den Arm? Habe ich dich in irgendeiner Weise beleidigt?«

»Wenn du weiterhin dieses mitleidsvolle Gesicht machst, als wäre ich nicht ganz bei Sinnen, werde ich mir noch einmal überlegen, ob ich dir wirklich helfen soll.«

Lars versuchte, einen neutraleren Ausdruck hinzubekommen.

»Auf dieser zweiten Erde ist praktisch alles so wie hier. Sie stellt ein exaktes Ebenbild unserer Erde dar. Es existieren die gleichen Gebäude, die gleichen Tiere und die gleichen Menschen wie auf unserem Planeten. Dennoch gibt es Unterschiede. Der Wichtigste: Dort ist man unserer Zeit voraus. Zwar nur um etwa vier Stunden, aber das reicht vollkommen aus, um manchmal, wie du es nennst, den richtigen Riecher für gewisse Dinge zu haben. Man kann beispielsweise dort einen Blick auf die Entwicklung der Börsenkurse werfen und hier angemessen reagieren …«

Lars lehnte sich zurück und seufzte. »Das wäre was. Man würde sich nie wieder verspekulieren.«

Ohne drauf einzugehen, erzählte Carl weiter. »Der unheimlichste Unterschied ist allerdings, dass alle Menschen in der Parallelwelt verkehrt herum gepolt sind. Wer hier gut ist, ist dort böse und andersherum.«

Lars lachte. Er wusste zwar nicht, wohin dieses Gedankenspiel führen sollte, aber es war allemal unterhaltsamer, als sich über die Probleme der Firma zu unterhalten.

»Dann muss es dort sehr gefährlich sein«, gab er zu bedenken. »Auch wenn in unserer Welt längst nicht alles bestens läuft, gibt es doch immer noch viel mehr gute Menschen als Verbrecher oder Mörder.«

Carl schaute ihn interessiert an. »Ah, du hast deine Abwehrhaltung aufgegeben.«

Er winkte den Kellner zu sich und verlangte nach der Dessertkarte. Als sie wieder allein am Tisch waren, schüttelte Carl den Kopf.

»Die Parallelwelt ist nicht unbedingt gefährlicher. Es gleicht sich nämlich alles aus. Die Jugendbande, die dich hier zusammenschlagen würde, wäre dort lieb und zuvorkommend. Dafür würden die netten Kerle von hier auf der anderen Erde zu deinem schlimmsten Albtraum werden. Und alle die, die weder besonders böse noch besonders nett sind, verhalten sich auch dort weiterhin gemäßigt. Auch wenn sie in die jeweilige andere Richtung tendieren.« Er schlug die Karte auf und lehnte sich zurück.

Lars schaute ihn grübelnd an.

»Es ist gar nicht so schwer zu verstehen«, sagte Carl und startete einen zweiten Erklärungsversuch. »Du könntest jetzt annehmen, dass man dort lieber nicht mit der Polizei in Kontakt kommen sollte. Die müssten ja alle hinterhältig und unberechenbar sein. Das ist natürlich nicht der Fall. Auch hier gibt es brummige und fiese Polizisten. Die sind dort wiederum zuvorkommend und stets bestens gelaunt.«

Lars zupfte an der Dessertkarte herum. »Du sprichst von exakt den gleichen Leuten, die auf dieser anderen Welt existieren, habe ich das richtig verstanden?«

»Ja. Es gibt dort keine losgelösten Existenzen. Es leben dort nur die Menschen, die auch auf unserer Welt leben.«

»Also könnte ich dort auch dich treffen, oder dein Ebenbild, oder wie immer man die Person nennen möchte.«

»Ich bevorzuge den Ausdruck Parallel-Ich.«

»Parallel-Ich? Also könnte ich dort deinem Parallel-Ich begegnen?«

»Natürlich. Aber du würdest ihn vermutlich nicht mögen. Er wäre ungenießbar und verschlagen … Glaube ich jedenfalls. Das kann ich nicht genau sagen.«

»Du warst also noch nie dort?«

Carl lachte. »Oh doch. Schon mehrere Dutzend Male. Aber man sollte es vermeiden, mit Leuten in Kontakt zu kommen, die man von dieser Welt her kennt. Die Unterschiede sind einfach viel zu verwirrend.« Er machte eine Pause und sprach leiser. »Richtig gefährlich kann es werden, wenn man sich selbst begegnet. Sollte man sein eigenes Ich treffen, können Kräfte frei werden, die tödlich wirken.«

»Wie kommst du bloß auf so was?«, fragte Lars ebenso leise zurück.

»Es gab schon Leute, die sich selbst begegneten«, antwortete Carl und winkte unvermittelt nach dem Kellner. »Ich hätte gern ein Eis vom grünen Tee«, sagte er fröhlich.

»Für mich bitte auch«, sagte Lars.

Der Kellner nickte geschäftig. »Zweimal Mach Aisu, sehr wohl.«

Carl verfolgte ihn mit den Augen, bis er außer Hörweite war.

»Viele Leute kennen die Parallelwelt«, sagte er, nun wieder mit normaler Stimme. »Die Elite der Gesellschaft hat diese Welt besucht. Politiker, Wirtschaftsbosse und was weiß ich wer noch alles. Wenn du auf einem Foto die Regierungsbosse der führenden Industrienationen beisammen siehst, gibt es wohl keinen unter ihnen, der nicht schon einmal in der Parallelwelt war. Was glaubst du, warum viele Spitzenpolitiker und Wirtschaftsmagnaten sprichwörtlich oft einen Schritt voraus sind? Weil sie wissen, wie die nahe Zukunft aussehen wird und dementsprechend reagieren können.«

»Das wäre ja unfassbar«, meinte Lars. Er fragte sich noch immer, warum sein Freund ihm das alles erzählte.

»Was dort geschieht, geschieht auch unweigerlich hier«, erklärte Carl weiter. »Das macht die Parallelwelt als Informationsquelle so wertvoll.«

Der Kellner kam mit dem hübsch angerichteten Eis.

Lars nahm den Löffel und verharrte in seiner Bewegung.

»Alles in Ordnung mit dir?« Carls Stimme klang besorgt.

»Mein Magen grummelt. Es ist nichts Ernstes. Ich fühle mich nur schon seit Wochen ausgelaugt und wie von allen Lebensgeistern verlassen. Mein anderes Ich aus der Parallelwelt hat diese Probleme wohl nicht?«

»Doch, hat er«, antwortete Carl überzeugt. »Die Charaktere mögen entgegengesetzte Eigenschaften in der Parallelwelt besitzen, aber ihre körperlichen Zustände entsprechen denen aus dieser Welt. Jemand, der körperlich behindert ist, kann sicher sein, dass auch sein Parallel-Ich gehandicapt ist. Wenn du eine Krankheit hast, ist auch dein Parallel-Ich betroffen. Dasselbe gilt für Allergien.« Plötzlich wurde Carl ungewöhnlich ernst. »Meistens jedenfalls. Natürlich gibt es auch seltene Ausnahmen …«

Schweigend löffelten sie ihr Eis. Nachdem Lars den letzten Bissen im Mund hatte zergehen lassen, schob er die Dessertschale zur Seite.

»Wieso hast du mir das alles erzählt?«

»Du glaubst mir nicht«, stellte Carl wenig überrascht fest und sprach weiter, ohne eine Antwort abzuwarten. »Warum, denkst du, war ich in meinem Berufsleben so erfolgreich? Lag es an meinen überzeugenden blauen Augen, an meiner unvergleichlichen Spürnase? Nein! Der einzige Grund war, dass ich beinahe täglich in dieses andere Parkdeck reiste und mir Informationen über die Kursentwicklungen meiner Aktien holte. Natürlich machen die Kurse innerhalb von vier Stunden keine wahnsinnigen Sprünge, aber Kleinvieh macht auch Mist. Selbst wenn sich ein Papier nur um wenige Cent verändert, kann man mit einem entsprechend hohen Einsatz ganz beträchtliche Gewinne realisieren.«

Lars faltete die Hände zusammen. Carl galt während seiner aktiven Zeit als hervorragender Taktiker. Stets kaufte er im richtigen Moment Aktien, kurz bevor sie an Wert gewannen. Und ebenso zielsicher stieß er alle möglichen Wertpapiere ab, die wenig später tatsächlich dramatische Verluste aufwiesen. Dafür hielt man ihn in der Branche für einen wahren Gott.

Plötzlich tauchte ein großer Schatten neben dem Tisch auf.

»Ich hoffe, Sie waren zufrieden?«, erkundigte sich Tahara und kaute dabei nervös auf den Lippen. Es sah aus, als hätte er Angst vor einem vernichtenden Urteil. Erst als Lars und Carl gemeinsam eine Lobeshymne ob des guten Essens anstimmten, entspannten sich seine Gesichtszüge. Tahara verließ eilig den Tisch, um kurz danach mit einem kleinen Schnaps zurückzukehren.

»Der geht auf das Haus.« Er bedankte sich ein weiteres Mal und verschwand in seiner Küche.

Carl nahm das Gläschen zwischen Mittelfinger und Daumen und prostete Lars zu. »Das war bestimmt die ungewöhnlichste Geschichte, die dir jemals beim Essen erzählt wurde, habe ich recht?«

Lars nickte. »Du hast mir noch gar nicht berichtet, wie man auf dieses andere Parkdeck gelangt.«

Carl kippte die klare Flüssigkeit herunter und stellte das Glas mit einem lauten Knall auf den Tisch.

»Das ist keine große Sache. Es gibt etliche Zugänge in die Parallelwelt. Viele Regierungssitze und Firmenzentralen besitzen welche. In den Villen einer Menge Manager finden sich ebenfalls Zugänge.« Er grinste Lars an. »Selbstverständlich auch in deiner Villa.«

Lars blickte ihn irritiert an. »In meiner Villa?«

»Sicher. Was glaubst du, warum ich dir das Haus damals so ans Herz gelegt habe? Ich dachte mir, früher oder später hättest du Verwendung für diesen Zugang. Und nun ist es so weit.«

»Wo?«, fragte Lars gespannt. Was würde sich Carl denn noch alles einfallen lassen?

»Im Pool natürlich.« Carl machte ein Gesicht, als wäre dies die selbstverständlichste Sache der Welt.

Dann schob er den Sitz nach hinten. »Ich werde dir gleich Morgen zeigen, wie du hinübergelangst. Ihr habt doch noch euer gemütliches Gästezimmer?«

Carl stand auf und winkte dem Kellner. Der nickte und kam kurz danach mit ihren Mänteln zurück.

»Im Pool?«

»Also kann ich nun bei euch schlafen oder muss ich mir ein Hotel suchen?«

»Nein, natürlich nicht. Du bist herzlich eingeladen.« Lars versuchte, das Lächeln von Carl zu deuten. Was für eine merkwürdige Nummer zog sein alter Geschäftsfreund hier nur ab? Während sie zum Ausgang schlenderten, klopfte ihm Carl auf die Schulter.

»Ich freue mich schon darauf, morgen Früh mit dir baden zu gehen.«

6.

Geweckt wurde Lars durch leises Rascheln. Sophie hatte sich aufgesetzt. Die Sonne schien in die Spiegel.

»Wenn du das Frühstück machst, decke bitte ein zusätzliches Geschirr auf.«

Sophie schaute ihn fragend an.

»Carl schläft im Gästezimmer.«

»Carl? Wieso denn das? Er übernachtet doch sonst lieber in den besten Hotels der Stadt.«

»Wir wollen heute Morgen noch etwas besprechen«, antwortete Lars gedehnt. »Da dachten wir, es wäre praktischer, wenn er gleich vor Ort wäre.«

Sophie drehte sich achselzuckend um. »Wie ihr meint.«

Lars stand auf und warf den Bademantel über, der an einer kleinen Garderobe neben der Schrankwand hing. Er schlich in den Flur. Auf der gegenüberliegenden Seite lag das Gästezimmer. Lars trat vorsichtig an die Tür heran und horchte einen Augenblick. Als hätte Carl seine Anwesenheit gespürt, glitt die schwere Eichentür zurück.

»Guten Morgen, Lars.«

»Hallo Carl. Hast du gut geschlafen?«

»Wie im besten Hotel. Die Matratze ist herrlich hart. So mag ich es. Und die Einrichtung ist sehr stilvoll. Wirklich.« Carl drehte sich um die eigene Achse und breitete die Arme aus. »Wann habt ihr umgestaltet?«

»Erst vor Kurzem. Sophie hat das zu verantworten.« Lars schaute auf die zwei Meter großen Kunstwerke, die auf beiden Seiten neben dem Bett standen. Es handelte sich um Holzschnitzereien aus Afrika. Aus zwei dicken Stämmen waren Hunderte filigrane Linien herausgearbeitet worden, die unzählige Male miteinander verschmolzen und sich ebenso oft wieder trennten. Das Holz, aus dem die Skulpturen geschnitzt worden waren, war fast schwarz. Auch alle übrigen Einrichtungsgegenstände trugen den gleichen dunklen Farbton. Selbst das Parkett besaß eine tiefschwarze Farbe. Nur die Wände hatte Sophie weiß gelassen.

»Ich bin selten im Gästezimmer«, stellte Lars fest, während er die Einrichtung betrachtete.

Carl lachte. »Ich habe irgendwo gelesen, dass man sich, rein statistisch gesehen, nur einen halben Tag lang im Jahr in seinem eigenen Gästezimmer aufhält. Insofern überrascht mich deine Aussage nicht.« Er schnürte den Gürtel seines Bademantels fest und hob die Arme. »Der passt ausgezeichnet.«

»Gut. Dann lass uns frühstücken. Wir haben doch noch Zeit für ein Frühstück?«

»Unbedingt!«

»Ich werde mit meinen Freundinnen gleich in die Stadt zum Einkaufen fahren«, erklärte Sophie am Frühstückstisch.

Lars hob die Augenbrauen. »Suchst du etwas Bestimmtes?«

»Nein. Nichts Bestimmtes. Es kann aber trotzdem dauern. Ihr wisst ja, wie Frauen sind.«

Sie gab Carl die Hand und hauchte Lars einen Kuss auf die Wange. Während die Haustür ins Schloss fiel, grinste Carl erleichtert.

»Das passt ausgezeichnet. Sophie muss ja nichts von unserem Vorhaben erfahren.«

Lars schaute seinen Freund aufmerksam an. Wie wollte Carl aus dieser Nummer eigentlich wieder herauskommen? Spätestens jetzt, da sie gemütlich am Tisch bei Brötchen und Ei saßen, hätte er einen Rückzieher machen und erklären können, wozu er diese ganze Geschichte überhaupt erzählt hatte. Stattdessen löffelte er seelenruhig sein Ei aus und schien bester Laune zu sein. Zum ersten Mal kam Lars der Gedanke, dass an seinem Bericht doch etwas dran sein könnte. Genauso schnell jedoch verwarf er diese Vorstellung.

Carl beobachtete ihn amüsiert. »Du bist schwer in Gedanken versunken. Ich kann mir denken, worüber du nachgrübelst.«

»Carl, ich weiß nicht, was du bezweckst …«, begann Lars unbeholfen.

Carl hob abwehrend die Hände. »Sag nichts. Ich kenne alle deine Zweifel. Ich hatte sie ja selbst, bevor ich die Parallelwelt kennenlernte.« Er stand abrupt auf und schlürfte den Rest des Kaffees im Stehen aus.

»Ich will dich nun auch nicht länger auf die Folter spannen. Wir sollten in den Keller gehen.«

»Ja, das sollten wir«, pflichtete Lars bei.

So oder so würde dort diese abstruse Geschichte enden.

Als Lars die Beleuchtung einschaltete, pfiff Carl leise.

»Ja, so hatte ich diesen Bereich noch in Erinnerung. Und all das hättest du fast abgerissen.« Kopfschüttelnd ging er näher an das Becken heran. Die feinen Bewegungen des Wassers warfen filigrane Muster an die Holzdecke. »Die meisten Übergänge sind unter Wasser«, stellte Carl nachdenklich fest und strich vorsichtig über das Chromgeländer, in dessen Mitte eine Leiter ins kühle Nass führte. »Hast du dir bestimmte Aktienkurse gemerkt? Immerhin soll dieser erste Besuch auch der erste Schritt auf dem Weg zur Stabilisierung deiner Firma sein.«

Lars lachte freudlos. Wenn das alles so einfach wäre.

»Ich habe die Werte meiner wichtigsten Papiere von heute im Kopf, glaube ich.«

»Du solltest nicht glauben, du solltest dir sicher sein. Suche dir die entsprechenden Kurse lieber noch einmal heraus.«

Carl breitete ein Handtuch auf einer der weißen Liegen aus, legte sich hin und verschränkte die Arme hinter dem Kopf. »Ich werde hier auf dich warten.«

Lars nickte kurz und ging zurück zur Treppe. Als er im Wohnzimmer nach seinem iPhone griff, konnte er sich ein Grummeln nicht verkneifen. Vielleicht wollte Carl ihn nur vom Keller weglocken, um die Flucht ergreifen zu können? Wenn Carl schnell wäre, könnte er ins Gästezimmer laufen, seine Sachen aufsammeln, aus dem Haus stürzen, sich hinter einem Gebüsch die feinen Klamotten anziehen und dann ein Taxi rufen.

Während das Handy eine entsprechende Internetseite suchte, horchte Lars auf Geräusche. Es hätte ihn nicht gewundert, wenn er die Haustür gehört hätte. Wie sonst sollte Carl aus diesem Schlamassel wieder herauskommen, wenn nicht durch eine überstürzte Flucht? Er wusste zwar, dass so ein Verhalten unter normalen Umständen ganz und gar nicht zu Carl passte, aber was war momentan schon normal? Etwa die Geschichte mit der Parallelwelt? Lars schüttelte den Kopf, merkte sich drei Aktienkurse, die ihm als Erstes in den Blick kamen, und legte das Handy weg.

Sein alter Freund hatte sich nicht von der Stelle bewegt. Carl hockte auf der Liege und schien sich zu konzentrieren.

»Ich habe die Zahlen.«

»Gut, dann können wir baden gehen.«

Carl sprang auf, ging zum Rand des Beckens, tauchte den rechten Fuß ins Wasser und schaute dabei aus den verglasten Schiebetüren.

»Es ist herrliches Wetter draußen«, sagte er unvermittelt.

Lars folgte seinem Blick.

»Aber nicht mehr lange«, sprach Carl weiter. »Der Wetterbericht warnt schon vor einem Gewitter, das in einigen Stunden bei uns sein soll.«

Lars zeigte auf die Terrasse. »Wir können das gute Wetter noch ausnutzen, wenn du willst. Wir könnten uns die Liegen zurechtrücken und uns den Pelz wärmen lassen.«

Carl schien einen Moment über diesen Vorschlag nachzudenken.

»Nein. Ein andermal«, sagte er dann fröhlich und ließ sich mit einer erstaunlich fließenden Bewegung in das Becken fallen. Für eine kurze Zeit verschwand sein Kopf unter der Wasseroberfläche, ehe er laut prustend wieder auftauchte. »Meine Güte, ist das kalt.«

Lars grinste. »Na ja, wir schwimmen halt nicht so oft. Da muss das Wasser keine Badewannentemperatur haben.«

Carl nestelte im Wasser herum, hielt kurz darauf seine Badehose in den Händen und warf sie an den Rand des Beckens, wo sie mit einem lauten Klatsch auf die Fliesen fiel.

»Wir wollen FKK baden?«, fragte Lars lachend, hob die Hose auf und hängte sie über einen der Liegestühle, die an der Stirnseite des Pools standen.

»Habe ich schon erwähnt, dass wir nackt sein müssen, wenn der Übergang gelingen soll?«

»Nein, hast du nicht.«

Lars legte seinen Bademantel auf die Liege und zog zuerst sein T-Shirt und anschließend die Hose aus. Beides drapierte er sorgfältig auf den Bademantel. Vorsichtig ging er zur Treppe, hielt sich am Geländer fest und setzte behutsam den ersten Schritt ins Wasser.

Carl beobachtete ihn amüsiert. »Wenn du in diesem Tempo weitermachst, wirst du in zwei Stunden noch nicht im Wasser sein.«

Die Sonne fiel auf die Wasseroberfläche und spiegelte sich darin. Lars ließ sich nicht beirren und setzte seinen kontrollierten Einstieg fort. Ihm machte die Kälte des Wassers nichts aus, er hatte lediglich Angst um seinen Kreislauf. Erneut war ihm nicht besonders gut. Er wollte sich aber vor Carl nichts anmerken lassen und versuchte, dieses bekannte Gefühl der Kraftlosigkeit zu unterdrücken. Das gelang bisher auch ganz passabel, es stand jedoch zu befürchten, dass ihm mit einem Schlag schwindelig werden würde, wenn er sich zu schnell in das Wasser stürzte.

Als Lars einige Minuten später neben Carl paddelte, atmete dieser geräuschvoll aus.

»Jetzt tauchen wir einfach zum Grund des Beckens. Am besten, du berührst die Bodenkacheln leicht mit deinem Gesicht oder Oberkörper.«

Lars nickte. »Und dann?«

Carl lachte vergnügt. »Dann dürften wir schon auf Parkdeck B sein.«

Gemeinsam atmeten sie mehrere Male tief ein und aus. Auf Carls Zeichen hin hielten sie die Luft an. Lars sah, wic sein Freund mit dem Kopf unter Wasser ging und mit hektisch rudernden Armen und Beinen dem Grund entgegensteuerte. Lars folgte ihm. Er hatte vorsorglich die Unterwasserbeleuchtung des Beckens eingeschaltet und schaute jetzt auf die kleinen Lämpchen, die sich etwa einen halben Meter über dem Boden in einem Band um den gesamten Pool zogen. Das Schwimmbad war hier in der Mitte knappe zwei Meter tief. Lars benötigte nur einige kräftige Schläge mit den Beinen, um bis zum Grund hinunterzutauchen. Als er die Bodenfliesen mit seiner

Brust berührte, kam es ihm vor, als würden sie leicht vibrieren. Es knisterte an seiner Haut, als läge eine ungefährliche, geringe Stromspannung darauf. Für den Bruchteil einer Sekunde hatte er das Gefühl, doppelt zu sehen. Der Eindruck, als befände sich unter der ersten Fliesenschicht noch eine zweite, stellte sich ein. Ehe ihm dieses Phänomens richtig bewusst werden konnte, war es schon wieder verschwunden. Er spürte kein Kribbeln mehr auf der Haut. Carl befand sich nur einen Meter neben ihm und war eben im Begriff aufzusteigen. Lars beobachtete einen Moment, wie Carl den Kopf aus dem Wasser stieß und an der Oberfläche umherpaddelte. Dann ging ihm die Luft aus und er tauchte ebenfalls auf.

Alles war so wie immer. Lars merkte eine gewisse Enttäuschung in sich aufsteigen, und das ärgerte ihn. Was hatte er auch erwartet? Dass sie tatsächlich in eine andere Welt eintauchen würden? Seine Augen brannten, gechlortes Wasser bereitete ihm stets Schwierigkeiten. Er schwamm zur Leiter und stieg aus dem Becken. Carl verließ das Wasser ebenfalls und schaute ihn aufmerksam an.

»Alles in Ordnung mit dir?«

»Meine Augen jucken. Diesmal ist es besonders schlimm. Es ist, als ob ein Schleier auf ihnen liegt. Es ist dunkel.«

Carl zeigte zum Fenster. »Das ist kein Schleier, sondern das Unwetter.« Er lachte und legte die Hand auf Lars' Schulter. »Willkommen in der Parallelwelt.«

7.

Lars griff zum Handtuch, das er vorsorglich neben den Bademantel gelegt hatte, und rieb sich die Augen trocken. Ungläubig starrte er aus dem Fenster. Der Himmel war stockduster geworden, Regen prasselte an die Glastüren und in kurzen Abständen leuchteten Blitze durch die aufgetürmten Wolken. Wie konnte das Unwetter derart schnell aufziehen? Als sie unter Wasser getaucht waren, hatte doch noch herrlicher Sonnenschein geherrscht.

Er drehte sich einmal um die eigene Achse. Nichts sah anders aus. Die Liegestühle standen genau dort, wo sie immer standen, der harzige Fleck auf dem Holzdachbalken direkt über der Mitte des Pools schimmerte in einem dunkelgelben Ton so wie schon seit Jahren, und selbst die Glühbirne auf der rechten Seite der Kellertreppe war noch immer kaputt. Es bestand gar kein Zweifel: Er stand ganz eindeutig in seinem Keller. Sogar der Bademantel mit der darauf liegenden Wäsche befand sich exakt dort, wo er die Sachen vor wenigen Minuten platziert hatte. Carl sah seinen zweifelnden Blick und lachte.

»Du wirst keine Veränderungen merken. Alles ist genauso wie in unserer Welt.« Er stockte und griff nach seiner Badehose. »Allerdings, wie ich schon erwähnte, sind wir hier der Zeit etwas voraus.« Er warf Lars die Hose zu. »Was spürst du?«

Lars fing die Badehose, hielt sie in den Händen und betrachtete sie skeptisch.

»Sie ist fast trocken.«

»Genau. In zwei Minuten kann sie unmöglich so schnell getrocknet sein. Sie müsste eigentlich noch klitschnass sein.« Carl streifte seinen Bademantel über. Ein Blitz ließ die Konturen des Gartens hell aufscheinen. Kurz danach gab es ein tiefes Grummeln. »Ein Jammer. Wer hätte gedacht, dass sich das Wetter zum frühen Nachmittag hin so verschlechtert?« Carl schaute einen Augenblick trübsinnig aus dem Fenster und wandte sich ab. »Zieh dich endlich an. Wir sind ja nicht nur zum Vergnügen hergekommen.«

Als Lars sein T-Shirt überzog, wurde ihm bewusst, dass seine Hände zitterten. Er dachte an die getrocknete Badehose und sah die vor Nässe triefenden Holzbalken der Terrasse. Sie waren dunkel und glänzten im trüben Licht, welches durch die Wolken fiel. An einigen Stellen hatten sich kleine Pfützen gebildet. Es musste schon seit längerer Zeit regnen.

»Ich kann es noch immer nicht glauben.«

»Das glaube ich dir«, antwortete Carl vergnügt und musste über sein Wortspiel grinsen. »Lass uns in dein Arbeitszimmer gehen und die Online-Börsendaten aufrufen.«

»Geht auch mit Handy.«

»Kommt nicht infrage. So ein kleines Display macht doch keinen Spaß.«

»Wir könnten den Nachrichtensender im Fernsehen einstellen«, schlug Lars vor.

Carl schüttelte energisch den Kopf. »Nein. Lieber kein Fernsehen in dieser Welt. Es könnte zu verwirrend für dich werden.«

Ohne auf Lars fragenden Gesichtsausdruck einzugehen, wandte er sich um.

Sie gingen die Treppe hinauf und erreichten das Erdgeschoss. Plötzlich blieb Lars stehen.

»Was machen wir eigentlich, wenn wir auf unsere Parallel-Ichs treffen? Du sagtest doch, das könnte gefährlich werden.«

»Keine Sorge. Es ist stets so, dass das Parallel-Ich schläft, wenn man diese Welt betritt. Warum das der Fall ist, weiß niemand. Es ist eines der vielen unerklärlichen Dinge im Zusammenspiel der beiden Welten.«

»Du meinst, wir liegen jetzt schnarchend irgendwo herum?«

»Nun, höchstwahrscheinlich nicht irgendwo, sondern dort, wo wir auch tatsächlich schlafen würden. Dein zweites Ich träumt in eurem Ehebett und meine schlechtere Hälfte hat es sich im Gästezimmer bequem gemacht.«

Lars blieb stehen. »Dann müssen wir verflucht leise sein. Das Arbeitszimmer befindet sich ebenfalls im ersten Stock, direkt neben dem Gästezimmer. Was, wenn sie aufwachen?«

Carl beugte sich vor und hob den Zeigefinger.

»Aufstehen! Feuer! Es brennt!«, schrie er mit gewaltiger Stimme.

Lars sah seinen Freund entgeistert an. Carl lachte herzlich und stemmte die Arme in die Hüften.

»Entschuldige. Ich konnte nicht anders. Dein Gesichtsausdruck war köstlich. Unsere Parallel-Ichs lassen sich nicht so einfach aufwecken. Wir können so laut sein, wie wir wollen, sie schlafen weiter. Erst nach knapp zwölf Stunden werden sie wach. Ganz von allein. Dann wird es richtig gefährlich. Aber so lange Zeit sollte man in dieser Welt sowieso nicht herumkrebsen.«

Lars entspannte sich. Er ging in die Küche und holte eine Flasche Wein aus dem Regal. Die Backofenuhr zeigte ihm, dass tatsächlich mehr als vier Stunden vergangen waren.

»Können wir einen Blick auf unsere Ichs werfen?«, fragte Lars auf der Treppe ins Obergeschoss.

»Keine gute Idee. Wenn man seinem Parallel-Ich begegnet, können jede Menge Energien frei werden, die ernste Schäden anrichten. Manche behaupten sogar, dass viele verrückte Leute, die in unseren Nervenanstalten sitzen, ihrem Parallel-Ich über dem Weg gelaufen sind. Zum Beispiel, indem sie die Parkdecks wechselten, ohne es zu wollen oder überhaupt von der Parallelwelt zu wissen.«

Lars schaute seinen Freund amüsiert an. »Na, das ist doch wohl ein bisschen weit hergeholt.«

Carl zuckte mit den Schultern. »Vielleicht. Aber Fakt ist, dass ein Zusammentreffen Schaden anrichten kann. Und das gilt auch, wenn einer der beiden schläft. Insofern, lass uns die Schlafräume meiden.«

Obwohl Carl felsenfest davon überzeugt war, dass keine Gefahr bestand, bewegte Lars sich leise und bedächtig auf dem oberen Flur. Erleichtert stellte er fest, dass die Türen zu seinem Schlafzimmer und zum Gästezimmer geschlossen waren. Das Arbeitszimmer sah aus wie immer.

»Ich habe leider nur einen Stuhl in diesem Raum. Alter vor Schönheit.«

Carl setzte sich hin und schaltete den Computer ein. Lars öffnete den Wein und reichte ihm ein gefülltes Glas.

»Habe ich zu Hause nun auch eine Flasche weniger stehen?«

»Nein, in unserer Welt hast du noch alle deine Flaschen beisammen. Normalerweise läuft das ja auch anders. Du hast in deiner Welt Lust auf einen Wein, und der andere Lars hat ebenfalls Lust darauf. So wird in beiden Welten eine Flasche geköpft. Aber jetzt hast du die Ordnung etwas gestört. Diese Flasche wird hier fehlen. Irgendwann in den nächsten Tagen wird dein Parallel-Ich sich vielleicht fragen, ob er nicht eine Flasche mehr gehabt hatte. Hattest du das nicht auch schon mal? Plötzlich ist eines deiner Lieblingsshirts nicht mehr auffindbar, oder du greifst nach der letzten Flasche Sekt oder der Konservendose und du hättest schwören können, es müsste eigentlich noch eine da sein?«

»Dann hat jemand aus der Parallelwelt sie genommen?«

»Wäre doch möglich. Darüber könnten wir stundenlang philosophieren, aber wir haben keine Zeit dazu. Die Börse schließt gleich. Merke dir zwei, drei interessante Zahlen. Du kannst keine Gegenstände von der einen Welt mit in die andere nehmen. Das klappt einfach nicht. Du kommst gar nicht erst durch die Barriere. Abgesehen davon ist es auch unsinnig, einen Zettel mit Notizen im Wasser transportieren zu wollen.«

Lars beugte sich vor und bewegte die Maus.

»Gut. Das hätten wir.«

»Dann zurück nach Hause.«

Erneut überfiel Lars ein leichtes Kribbeln, als sein Körper die Fliesen des Beckengrundes berührte. Als er auftauchte, war die Sonne verschwunden. Feiner Regen fiel gegen die Glastüren und der Himmel sah dunkler aus.

»Wir haben aber auch Pech«, sagte Carl fröhlich. »Jetzt befinden wir uns wieder am Anfang des Gewitters. Ich hoffe, du hast den Ausflug gut überstanden?« Lars nickte, doch im Grunde konnte er noch immer nicht genau fassen, was geschehen war. Er hörte zwar all die Erklärungen von Carl, aber etwas in seinem Kopf weigerte sich einfach, diese abenteuerliche Geschichte zu akzeptieren.

»Ich gehe ins Badezimmer und wasche mir das Chlor ab«, verkündete Carl. »Du hast noch ein Telefonat zu erledigen.«

Fröhlich pfeifend schlenderte sein Freund die Treppen hinauf. Lars ließ sich auf den Liegestuhl fallen und blickte zum Pool. Das Wasser bewegte sich leicht und warf unregelmäßige Schatten an die Wand.

»Unglaublich«, flüsterte er in den leeren Raum hinein. Noch einige Minuten blieb er sitzen, erhob sich dann und ging ins Wohnzimmer, wo er das Telefon in die Hand nahm und auf eine Kurzwahltaste drückte.

Tinas Stimme klang gehetzt. »Lars. Schön von dir zu hören. Geht es dir wieder besser?«

»Mir geht es ausgezeichnet. Ich habe den Vormittag mit Carl verbracht.«

»Ach«, sagte Tina und lachte. »Dann wurde es gestern wohl spät und es floss Alkohol in Strömen.«

»Nein, nein. So schlimm war es nicht. Kannst du mich bitte zu Hans durchstellen?«

Er hörte eine halbe Minute lang die Musik seiner eigenen Warteschleife und stellte dabei fest, dass die Songs aus den Neunzigerjahren dringend durch modernere Stücke ersetzt werden sollten. Hans klang verbindlich wie immer. Lars gab ihm die Anweisung, unverzüglich große Mengen zweier Aktien zu kaufen. Hans schien zwar überrascht, stellte aber keine Fragen. Er versprach, die Transaktion sofort im Anschluss telefonisch zu erledigen, und legte auf. Gerade als Lars hinüber zur Bar schielte, betrat Carl den Raum. Er trug seinen Anzug und ließ sich auf das Sofa fallen.

»Möchtest du etwas trinken? Ich jedenfalls kann einen Sherry gebrauchen.«

Carl nickte. »Einen Portwein bitte.«

Lars öffnete die Bar und hielt in seiner Bewegung inne.

»Oder wollen wir uns in der Stadt einen zur Brust nehmen?«

»Ich habe leider keine Zeit mehr.« Carl hielt sein Handy in der Hand. »Das Taxi ist schon unterwegs. Ich muss dringend wieder zurück. Jetzt weißt du ja selbst, wie es geht.« Er trank den Portwein aus und erhob sich. »Ich werde vor der Tür auf das Taxi warten.«

Lars kam auf ihn zu und legte ihm die Hand auf die Schulter.

»Vielen Dank für diese außergewöhnliche Horizonterweiterung.«

»Nicht der Rede wert. Ich kann doch nicht zusehen, wie deine Firma den Bach runtergeht. Dafür schätze ich dich viel zu sehr.«

Lars begleitete ihn zur Haustür. »Im nächsten Jahr folgt dein planmäßiger Besuch.«

Carl nickte. »Und ich erwarte, dass du mir dann das teuerste Abendessen spendierst, welches man in der Stadt bekommen kann. Deine Firma jedenfalls dürfte bis dahin schon längst wieder über dem Berg sein.«

8.

Hans stand an der Kaffeemaschine und grinste breit, als Lars das Büro betrat.

»Dein Anruf gestern war Gold wert. Wir haben ordentliche Gewinne abschöpfen können.«

Lars beugte sich über Tinas Schreibtisch, griff nach der Tageszeitung und lächelte. »Ja, das kann man wohl sagen.«

»Hast du gezockt oder gab es da einen heißen Tipp?«

»Carl hatte da eine Idee …«, erwiderte Lars vage, während er durch die Seiten blätterte.

»Natürlich, Carl. Das hätte ich mir denken können. Der alte Hund verliert seinen ausgezeichneten Riecher wohl nie. Er hätte uns ruhig noch ein paar mehr Tipps geben können.«

»Vielleicht hat er das ja. Lass dich einfach überraschen.«

Lars schlenderte ins Büro, ließ sich auf seinen Stuhl fallen und stellte fest, dass er wieder mit seinem Magen zu kämpfen hatte. Ihm war danach, laut aufzustoßen, damit der Druck entweichen konnte, aber es ging nicht. Irgendetwas hielt die Luft im Bauch gefangen. Der Computer surrte beim Hochfahren leise. Lars schaute sich die Konten an, auf denen die Kursgewinne landeten, und schnalzte mit der Zunge. Ein paar weitere Besuche in der Parallelwelt und die Sorgen wären Schnee von gestern. Dann könnten sie jedem Kundenkonto einen ordentlichen Batzen Geld zusätzlich überweisen. Das zerknitterte Gesicht von Gerd Feldtmann tauchte in seinen Gedanken auf. Wie würde der Industriemagnat wohl reagieren, wenn die prognostizierte Gewinnausschüttung sogar noch übertroffen werden würde?

Zufrieden schloss Lars die Augen. Das war seit längerer Zeit mal wieder ein erfreulicher Tag im Büro. Warum aber fühlte er sich immer noch so schwach? Er hatte angenommen, dass seine Beschwerden auch mit dem Stress in der Firma zusammenhingen. Insgeheim hoffte er, die Kräfte in seinem Körper würden zurückkehren, wenn sich nur ein Erfolgserlebnis einstellte. Sein Bauch schien bis oben hin voll zu sein, obwohl das Frühstück nur aus einer Scheibe Brot bestanden hatte. Hastig öffnete Lars die Bürotür und eilte auf die Toilette. Er musste sich mehrmals übergeben.

Als er zurückging, stand Tina vor ihm und hielt ihm ein Glas Cola entgegen.

»Das beruhigt den Magen.«

Lars bedankte sich und ließ sich wieder auf den Bürostuhl fallen. Eigentlich ging es ihm stets besser, nachdem er Platz geschaffen hatte, aber nun fühlte er sich fast noch unwohler. Plötzlich fiel es ihm schwer, Luft zu bekommen. Es war, als drückte ihm jemand unvermittelt den Hals zu. Er hustete und merkte, wie sein Kehlkopf anschwoll. Jetzt bloß nicht in Panik geraten! Er schloss die Augen und konzentrierte sich darauf, gleichmäßig durch die Nase zu atmen. Er spürte, wie ihm Schweiß über die geschlossenen Lider lief, seine Haare wurden nass und sein Hemd klebte an der Haut. Sein Körper fühlte sich dermaßen durchnässt an, dass er überzeugt war, auch die Stuhllehne müsste inzwischen vor Feuchtigkeit triefen.

Lars stützte den Kopf auf die Hände und verharrte in dieser Stellung. Nach einigen Minuten wurde es besser. Der Korken, der auf seiner Luftröhre saß, löste sich langsam, aber beständig. Dieser Kelch ging noch einmal an ihm vorüber. Während er die Augen wieder öffnete und sich mit einem Taschentuch die Stirn trocken rieb, dachte er an die Worte von Doktor Meinhardt. Stress schied als Auslöser für seine Symptome momentan wirklich aus. Es konnte ganz einfach nur am Essen liegen. Nach dem Aufwachen war es ihm gut gegangen, er erinnerte sich daran, pfeifend unter der Dusche gestanden zu haben. Sophie hatte ein reichhaltiges Frühstück aufgetischt, doch ihm hatte eine Scheibe Brot gereicht. Kurze Zeit später hatten die Beschwerden begonnen und sein Herz schaltete in den Turbogang.

*

Endlich war der Arbeitstag vorbei. Die Beschwerden waren nicht stärker geworden, verschwanden aber auch nicht gänzlich. Müde ließ Lars sich auf das lederne Sofa im Wohnzimmer fallen, nahm die Beine hoch und betrachtete missmutig das kleine Loch in seinem Strumpf, direkt unterhalb der Ferse. Manchmal kam es ihm vor, als würden seine Socken umso schneller kaputtgehen, je teurer sie waren.

Sophie kam mit einem Tablett ins Zimmer. Zwei dampfende Schüsseln standen darauf.

»Ich habe uns einen kräftigen Eintopf gemacht. Mit dem besten Filet von unserem Schlachter und jeder Menge weiterer ungefährlicher Zutaten.«

Lars erhob sich schwerfällig und hielt sich an der hölzernen Sofalehne fest. Mit wackeligen Beinen erreichte er den Esstisch. Trotz seiner Bitte, den Teller nur zur Hälfte zu füllen, bekam er ihn randvoll zurück.

»Du musst essen«, sagte Sophie entschieden. »Sonst kommst du ja nie wieder zu Kräften.«

»Sophie, ich möchte, dass wir alle Zutaten durchgehen, die du zum Frühstück verwendest. Mir war heute im Büro furchtbar schlecht. Ich bin nur knapp dem nächsten anaphylaktischen Schock entgangen.«

Sophie hob die Augenbrauen. »Was hat mein Frühstück damit zu tun?«

»Vielleicht haben wir doch etwas übersehen. Vielleicht haben wir Brot von einem anderen Bäcker oder der Bäcker verwendet andere Zutaten. Ich habe gehört, dass viele Bäckereien inzwischen Duftstoffe in ihre Brote spritzen. Womöglich sind auch irgendwelche Kräuterextrakte …«

Sophie unterbrach ihn. »So ein Quatsch, Lars. In was steigerst du dich da nur rein?«

Später am Abend sahen sie fern, und irgendwann trat das Herzrasen wieder ein. Sein Kreislauf fing an,

Achterbahn zu fahren. Es war, als würde das Sofa mitten in einem stürmischen Meer treiben. Gleich würde eine hohe Welle kommen und ihn von der Sitzfläche reißen, dann würde er ins Wasser fallen und keine Luft mehr bekommen. Er schloss die Augen und konzentrierte sich auf seine Atmung. Langsam begann die See ruhiger zu werden und kein Widerstand hinderte ihn mehr daran, Sauerstoff in seine Lunge zu pumpen. Als er die Augen wieder öffnete, bemerkte er Sophie, die ihn aufmerksam musterte.

9.

Endlich Freitag. Lars schielte auf den Wecker und drehte sich brummend auf die andere Seite. Er hatte sich heute freigenommen, er wollte sich erholen und faul in der Ecke liegen. Und er würde einen zweiten Übertritt wagen. Die Badezimmertür ging auf und Sophie kam heraus. Sie trug eine ärmellose Bluse und einen ziemlich kurzen Rock.

»Du siehst ja scharf aus.«

Sophie lächelte, beugte sich über ihn und küsste ihn auf den Mund.

»Schlaf ruhig noch weiter. Dein Frühstück steht unten bereit.«

»Willst du schon wieder weg?«

»Ich treffe mich mit meinen Freundinnen.«

»Mit welchen?«

Sie strich durch seine Haare. »Kennst du nicht. Du arbeitest ja ständig.«

Sie drehte sich lächelnd um und verließ den Raum. Ihre Absätze verursachten laute Geräusche auf der Treppe und kurz darauf wurde die Haustür geöffnet.

Eigentlich passte es ausgezeichnet, dass Sophie sich verabredet hatte. Lars stellte fest, dass er aufgeregt war, immerhin sollte es ganz allein in die Parallelwelt gehen. Erst jetzt wurde ihm klar, wie beruhigend sich Carls Anwesenheit bei seiner ersten Reise ausgewirkt hatte. Er schlug die Decke zurück. Kleine schwarze Punkte tanzten vor seinem Auge. Diesmal handelte es bestimmt nur um die Aufregung.

Neben dem Herd stand sein Frühstück. Sophie hatte Brötchen mit Aufschnitt, Spiegeleier und einen Müsli-Mix für ihn vorbereitet. Lars setzte sich an den Bistrotisch gegenüber der Spülmaschine und schenkte sich Kaffee aus einer Thermoskanne ein. Manchmal übertrieb es Sophie mit der Fürsorge. Als ob er sich selbst keinen Kaffee zubereiten könnte. Nach der Hälfte des Brötchens verging ihm der Hunger, sein Magen fühlte sich wie ein Sack voll Kieselsteine an.

»Das ist nur die Aufregung«, sagte er zu sich selbst.

Das Wasser im Pool war absolut ruhig, Lars sah keine Bewegungen auf der Oberfläche. Die Sonne schien und warf die Schatten der Bäume auf die Terrasse. Er ließ sich auf den Liegestuhl fallen und schaute nachdenklich in das Becken. Ihm war nicht wohl bei dem Gedanken, gleich in die Parallelwelt zu tauchen. Woran lag es? Jetzt wusste er immerhin, dass es tatsächlich funktionierte. Als Carl mit ihm hier unten gewesen war, hatte er diese Möglichkeit überhaupt nicht in Betracht gezogen.

Es widerstrebte ihm ein wenig, den Fuß ins Wasser zu setzen. Lars hielt sich an der Leiter fest und ließ die Zehen kurz über der Wasseroberfläche kreisen. Erst die Aussicht auf verlockende Gewinne, die seine Firma dringend benötigte, veranlasste ihn, langsam hinabzugleiten. Unterwegs zur Mitte nahm er sich vor, nachher unbedingt die Beckenheizung aufzudrehen. Carl hatte recht. Es war verdammt kalt. Und das tat seinem Körper nicht gut. Für einen Moment blitzten wieder dunkle Punkte vor seinen Augen auf.

Obwohl er versuchte, auf jede Veränderung der Umgebung genau zu achten, bekam er von dem Übertritt ebenso wenig mit wie beim letzten Mal. Für den Bruchteil einer Sekunde wurden die Bodenfliesen transparent. Direkt darunter verlief eine exakt gleiche Fliesenfront. Er vergewisserte sich, ob sein Körper auch wirklich den Grund berührte, und drückte mehrmals kräftig gegen die Fliesen. Trotzdem war das Kribbeln in seinen Fingerspitzen nur schwach wahrnehmbar. Dann ging ihm die Luft aus. Ohne die Augen zu öffnen, schwamm er zum Rand des Beckens und tastete nach der Leiter. Seine Hände fanden das vorher dort platzierte Handtuch und er rieb sich über das Gesicht. Das war angenehm, diesmal brannten seine Augen nicht so schlimm. Lars stemmte sich aus dem Wasser und schaute sich um. Als Erstes fiel ihm der Sonnenschein auf, der diesen Bereich des Kellers in ein helles, glitzerndes Licht tauchte. Hatte er die Parallelwelt betreten oder nicht? Die Sonne hatte vorhin auch gestrahlt. Trotzdem kam es ihm vor, als würde sie höher am Himmel stehen als noch vor ein paar Minuten. Ärgerlich, dass er vorher nicht darauf geachtet hatte.

Der Bademantel schmiegte sich an seine kühle Haut, als Lars die Treppe hochrannte. In der Küche schien ihn die rote Leuchtziffernanzeige des Backofens förmlich anzustarren und gab ihm Gewissheit. Es hatte geklappt! Er befand sich wieder auf dem Parkdeck B. Als Lars die Stufen zum Obergeschoss hinaufeilte, fingen seine Handballen zu jucken an. Ohne es bewusst wahrzunehmen, kratzten seine Finger über die Rötungen.

Der Computer fuhr leise hoch und Lars surfte einige Zeit ziellos im Netz umher. Interessehalber rief er mehrere bekannte Internetseiten auf. Auf den ersten Blick waren die Seiten identisch mit denen in seiner Welt. Texte wiesen die gleichen Inhalte auf, Grafiken, Bilder und Logos sahen so vertraut aus wie immer. Unterschiede gab es ausschließlich bei den Menschen. Als er auf die Seite eines Mandanten surfte, zog Lars verwundert die Luft ein. Der Patentanwalt und seine Frau zählten schon lange zu seinen treuesten Kunden. Es handelte sich um einen energischen Mann mit einem finsteren Gesicht und zahlreichen Falten auf der Stirn. Seine Streitlust war weitbekannt und selbst Lars hatte sich im Laufe der Jahre so manche Erniedrigung am Telefon anhören müssen. Seine Frau indes stellte den Ruhepol der Kanzlei dar. Sie vermittelte, wenn ihr Mann mal wieder über die Stränge schlug, und nicht nur die Mitarbeiter bezeichneten sie als die gute Seele des Büros. Lars kannte das Bild der beiden auf ihrer Internetpräsenz nur zu gut. Sie saß zusammengesunken in einem Stuhl und lächelte aufmunternd. Die gefalteten Hände lagen auf ihrem Schoß und ihre Beine waren gekreuzt. Er stand hinter ihr. In einer alles einnehmenden Pose hatte er die Arme auf die Stuhllehnen gestützt und beugte sich leicht vor. Wenn Lars das Foto sah, kam es ihm stets so vor, als würde der Anwalt seine Frau jeden Moment umklammern und dabei zwangsläufig zerquetschen. Zu allem Überfluss machte er auch noch ein Gesicht, als befände er sich mitten im Krieg und würde nur darauf warten, irgendwelche Feinde niederzumetzeln.

Das Bild, welches jetzt auf dem Monitor aufleuchtete, sah gänzlich anders aus. Zwar stand der Anwalt hier ebenfalls hinter seiner sitzenden Frau, aber seine Arme waren hinter dem Rücken verschränkt. Er lächelte etwas zaghaft. Sein Gesicht wirkte geradezu makellos glatt, kaum ein Fältchen zierte seine Stirn. Im Gegensatz dazu saß seine Frau so aufrecht auf ihrem Stuhl, dass sie ihn, trotz ihrer schmalen Figur, fast verdeckte. Sie beherrschte das Foto. Ihre Hände lagen locker auf den Stuhllehnen und ihre Beine zeigten ausgestreckt zur Seite. Dabei schaute sie mit einem derart aggressiven Gesichtsausdruck in die Kamera, als wäre sie eine Wölfin, die jeden Augenblick über ein unvorsichtiges Reh herfallen könnte. Lars betrachtete die Fotografie einige Minuten lang. Das Bild machte deutlich, dass die Frau die dominante Person in dieser Konstellation darstellte. Er las sich noch einmal den Text zur Firmengeschichte durch. Vielleicht war sie in dieser Welt die Patentanwältin und ihr Mann nur ein Laufbursche? Aber das stimmte nicht. Auch hier blieb ihr nur die Position einer Sekretärin. Unheimlich.

Die Zeit verging wie im Fluge. Rechtzeitig zum Ende des Handelstages wechselte Lars zur Börsenseite und beobachtete, wie die Kurse sich in den letzten Minuten entwickelten. Direkt vor ihm tropfte eine klare Flüssigkeit auf die Tischplatte. Er sah sie irritiert an und fasste sich an die Nase. Ein dünnes Rinnsal lief aus seinem linken Nasenloch. Im selben Moment breitete sich ein prickelndes Gefühl auf seinen Lippen aus, welches rasch weiter zur Mundhöhle wanderte. Seine Stirn wurde feucht.

Das kann doch nicht wahr sein, dachte Lars entsetzt und fuhr das Betriebssystem herunter. Seine Beine waren eingeschlafen. *Ich kann doch hier nicht ohnmächtig werden!*

Der Gedanke, in der Parallelwelt das Bewusstsein zu verlieren, erschreckte ihn zutiefst. Er merkte, wie zu allem Übel auch noch Panik in ihm aufstieg, und versuchte, sich auf seine Atmung zu konzentrieren, aber diesmal klappte es nicht. Hundert verschiedene Stimmen in seinem Kopf riefen hysterisch, bloß nicht schlappzumachen. Ihm wurde schwarz vor Augen, sein Körper rutschte wie in Zeitlupe vom Stuhl. Doch es gelang ihm nicht, sich festzuhalten; er konnte sich überhaupt nicht mehr bewegen. Noch bevor sein Gesicht den Teppich berührte, verlor Lars das Bewusstsein.

10.

Flauschiges Fell umgab ihn. Seine Hände tasteten über die langen Fasern des weißen Wollteppichs. Er lag auf dem Boden im Arbeitszimmer. Was war geschehen? Wie war er hierhergekommen? Nach einer Ohnmacht benötigte er immer eine Weile, bis seine Erinnerungen sich aufhellten.

Plötzlich beugte sich ein Schatten über sein Gesicht. Sophie kniete neben ihm und lächelte ihn aufmunternd an. Wollte sie nicht in die Stadt zu ihren Freundinnen fahren? Vielleicht hatte sie etwas vergessen.

»Dein Kreislauf hat dir übel mitgespielt.«

Sophie rutschte hinter ihn und hob seinen Oberkörper sanft an. Dann drückte sie seinen Kopf gegen ihre Schulter. Sein Blick fiel auf das Glas in ihrer Hand.

»Du musst viel trinken«, sagte sie sanft.

Seit wann kümmerte Sophie sich so intensiv um ihn? Bisher fand sie es stets unheimlich, wenn die Ohnmacht ihn übermannte, und stand lieber abseits oder rief gleich nach einem Arzt.

Das lauwarme Wasser hinterließ ein angenehmes Gefühl im Rachen.

»In exakt einer halben Stunde gibt es mehr. Sonst könntest du alles wieder ausspucken«, erklärte sie mit ruhiger Stimme.

Lars nickte und streichelte ihr über die nackten Arme.

»Habe ich dir schon gesagt, dass ich deine Bluse sexy finde?«, fragte er leise. Das Sprechen fiel ihm schwer.

Sophie beugte sich vor und sah überrascht aus. »Nein, hast du nicht. Aber vielen Dank.«

Lars schnaufte kurz. »Habe ich doch. Heute Morgen.« Seine Stimme war kraftlos und er versuchte zu lächeln.

Kurz wurden Sophies Gesichtszüge ernst und sie schien ihren eigenen Gedanken hinterherzuhängen. Lars setzte sich auf und betrachtete sie aufmerksam.

Sophie sah wunderhübsch aus, nicht so verhärmt wie sonst. Strahlten ihre Augen heute klarer oder lag es am Licht? Ihre Haare fielen offen über die Schultern. Waren sie heute Morgen nicht noch zu einem strengen Zopf gebunden gewesen? Seine Frau sah zum Verlieben aus.

Als Lars aufstehen wollte, umfasste Sophie seine Taille, und gemeinsam kamen sie auf die Beine. Sein Blick streifte die Deckenlampe. Die Glühbirne blendete.

»Wieso hast du denn schon Licht angemacht?«, fragte er verwundert.

Sophie strich ihm zärtlich über die Wange und lächelte nachsichtig. »Weil es sich zugezogen hat.«

Lars schaute aus dem Fenster. Dunkle Regenwolken türmten sich auf und hatten den ehemals blauen Himmel in ein schmutziges Grau verwandelt.

»Ich kann doch unmöglich so lange ohnmächtig …«

Und plötzlich fiel ihm alles wieder ein.

Es kam ihm vor, als hätte sich irgendwo in seinen Gehirnwindungen ein Staudamm geöffnet. Alles war schlagartig wieder da. Er befand sich in der Parallelwelt!

Mit einem Ruck drehte Lars sich zu Sophie um. Diese Frau war überhaupt nicht seine Sophie. Es war die Sophie aus der Parallelwelt!

Sophie sah ihn skeptisch an. »Du siehst ziemlich mitgenommen aus.« Sie stand dicht hinter ihm und strich durch seine Haare. Lars spürte ihren Körper und fühlte sich plötzlich erregt. Das war ihm bei seiner Sophie zuletzt vor über zehn Jahren passiert.

»Mir wäre es lieber, du würdest noch ein Weilchen auf dem Teppich sitzen bleiben. Du bist noch nicht bei Kräften«, sagte sie beruhigend.

»Ich glaube, ich werde eine Runde schwimmen gehen.«

Sophie stellte sich mit verschränkten Armen vor dem Türrahmen auf.

»Das könnte dir so passen. Bevor du dich nicht eine Weile ausgeruht hast, lasse ich dich nicht in den Keller. Außerdem solltest du eine Kleinigkeit essen. Das ist gerade nach einem Zusammenbruch besonders wichtig.« Als er seufzte, legte sie ihm die Arme um den Hals. »Tu mir den Gefallen. Sonst ertrinkst du noch im Pool.« Ihre Stimme hörte sich ehrlich besorgt an.

Lars nickte langsam. »Vielleicht hast du recht.«

Er wusste ohnehin nicht, wie er ihre Argumentation entkräften sollte. Ihr Vorschlag klang vernünftig. Ohne über seine Handlung nachzudenken, beugte Lars sich vor. Seine Lippen berührten ihren Mund. Sophie zögerte nur den Bruchteil einer Sekunde, dann erwiderte ihre Zunge seinen Kuss. Es kam ihm wie eine Ewigkeit vor, bis sie ihn sanft nach hinten schob.

»Spar dir ein paar Reserven auf«, sagte sie lächelnd.

*

»Ich habe etwas Leichtes gemacht«, sagte Sophie eine halbe Stunde später.

Lars schaute zu, wie sie die Schüsseln füllte. Es gab einen Eintopf. Seine Gedanken wanderten zu seinem Parallel-Ich. Was würde geschehen, wenn Sophie hoch ins Schlafzimmer ginge und ihren Parallel-Mann im Bett anträfe? Konnte das passieren? So oder so war es ein großes Risiko, hier zu sein. Dennoch schmeckte es vorzüglich. Als er den zweiten Nachschlag ausgelöffelt hatte, sah ihn Sophie lachend an.

»Wir haben alles aufgegessen.«

»Das meiste ich.«

»Freut mich, dass du so einen Appetit hattest.« Sie beugte sich zu ihm herüber und gab ihm den nächsten Kuss auf den Mund. »Jetzt erlaube ich dir, in den Pool zu steigen.«

Nachdem Sophie das Zimmer verlassen hatte, stand Lars behutsam auf. Er spürte keinerlei Beschwerden. Im Flur hörte er Sophie die Spülmaschine einräumen. Neben der Tür blieb er stehen und überlegte, noch einmal in die Küche zu gehen und sich von ihr zu verabschieden. Aber würde ihr das nicht komisch vorkommen? Es bestand kein Grund für eine emotionale Abschiedsszene. Für sie ging er ja nur schwimmen. Seufzend drehte Lars sich weg und setzte seinen Weg fort. Im Keller hielt er sich nicht lange auf, stieg ins Wasser und tauchte zurück in seine Realität.

Es war sogar noch Zeit übrig. Es gab eine Aktie, die erst kurz vor Börsenschluss in die Höhe geschossen war. Und bis dahin blieb ihm genau eine Viertelstunde. Als er Hans' überraschte Stimme am anderen Ende der Leitung hörte, musste Lars grinsen.

»Hat dir Carl schon wieder Tipps gegeben?«

»Diesmal nicht. Machst du die Transaktion klar?«

»Natürlich. Erledige ich sofort.«

Lars spürte, dass Hans vor Neugierde fast platzte, warum er seit Kurzem ein so gutes Gespür für die Kursentwicklungen besaß, doch er hatte nicht vor, jemandem sein Geheimnis zu verraten.

Er nahm einen Stapel Zeitschriften aus einem kleinen Messingständer neben der Tür und blätterte darin herum. Wie lange hatte er das nicht mehr gemacht? Einfach gemütlich auf dem Sofa sitzend die Zeit verstreichen und die Gedanken schweifen zu lassen? Nach einigen Minuten wurde ihm jedoch bewusst, dass seine Gedanken immer wieder zu der anderen Sophie abdrifteten. Ihre Küsse kamen ihm ins Gedächtnis, er konnte den Duft ihrer Haut riechen und abermals ihren Körper spüren, als sie ihn stützte und umarmte. Er zwang sich, diese Erinnerungen abzuschütteln. Ein Artikel über Menschen, die nach fürchterlichen Schicksalsschlägen mühsam wieder zurück ins Leben fanden, erregte seine Aufmerksamkeit und er konzentrierte sich darauf. Doch nach wie vor drängte sich das Bild von Sophie ständig zwischen die Zeilen.

Das klingelnde Telefon riss ihn schließlich aus all seinen Überlegungen.

»Hallo Lars. Geht es dir wieder besser?« Die Stimme von Carl klang müde, aber fröhlich. »Ich wollte mal hören, ob mit dir alles in Ordnung ist. Ich habe meine Angelegenheiten hier beendet und werde morgen nach Brasilien fliegen.«

Lars erwähnte seinen Übergang und Carl lachte.

»Und? Das war ein komisches Gefühl, oder? Ich kann mich noch daran erinnern, wie ich meinen ersten Besuch ohne Begleitung absolvierte. Es ist schon merkwürdig, in der Parallelwelt zu wandeln.«

»Das stimmt, alles sieht vertraut aus, und doch wird einem bewusst, dass dies keinesfalls die gewohnte Umgebung ist, wenn man auf Details achtet.« Er erzählte von dem Patentanwalt und seiner Frau. »Eine surrealistische Empfindung.«

Carl brummte zustimmend und Lars zögerte kurz, bevor er weitersprach.

»Ich habe die Parallel-Sophie getroffen.« Er erzählte von seinem Anfall und Sophies zuvorkommender Art, verschwieg dabei aber die Gefühle, die er sogleich für diese Frau empfunden hatte. Carl hörte schweigend zu, bis Lars von dem gemeinsamen Abendessen berichtete.

»Meine Güte, Lars. Du musst vorsichtiger sein. Rufe dir immer wieder ins Gedächtnis, dass die Handlungsweisen der Personen dort gegensätzlich sind. Deine liebe Sophie achtet penibel auf eine verträgliche Ernährung für dich. Sie weiß Bescheid über alle Gewürze, Kräuter und Gemüsesorten, die dir Beschwerden verursachen. Die andere Sophie kennt diese Inhaltsstoffe bestimmt ebenfalls, aber sie könnte viel schludriger im Umgang damit sein. Vielleicht ist es ihr egal, womit sie würzt. Sie nimmt keine Rücksicht auf deine Leiden. Braucht sie womöglich auch gar nicht, da dein Parallel-Ich sowieso immer auswärts speist. Wie dem auch sei, das Essen hätte böse enden können. Du hättest einen schlimmen Anfall bekommen können.«

»Mir geht es blendend«, antwortete Lars. »Mein Bauch gibt nicht mal ein Grummeln von sich und mein Herz pocht ganz gemütlich in meiner Brust.« Er stand auf und ging im Wohnzimmer auf und ab. »Kann es nicht sein, dass manche Dinge im Parkdeck B ebenso sind wie hier? Die Sophie dort ist kein Biest, sondern nett und zuvorkommend. Und sie achtet auf meine Ernährung.«

Carl atmete geräuschvoll aus. »Es mag Ausnahmen geben, aber die Regel ist das nicht. Mach dir da nichts vor.« Plötzlich wurde Carls Stimme hart und schneidend. »Was du auch immer von der Sophie dort drüben denken magst, sie kann gefährlich für dich werden. Sogar sehr gefährlich. Am besten meidest du sie von jetzt an konsequent.«

»Ich versuche es.«

»Gut.«

Damit wechselte er das Thema und ließ sich über das wechselhafte Wetter in Deutschland aus. In Brasilien war zwar jetzt Winter, aber trotzdem war es angenehm warm. Seine Freude, bald wieder zurückzufliegen, hörte Lars deutlich heraus. Er versprach, auf sich achtzugeben, und wünschte ihm einen guten Heimflug.

11.

Er hatte vergessen, den Wecker auszustellen. Es war Montagmorgen und ein permanentes Piepen riss ihn aus dem Schlaf. Müde suchte seine Hand den Schalter und stellte ihn ab. Lars streckte den Arm aus und tastete über die andere Bettseite. Leer. Schlaftrunken setzte er sich auf. Warum war Sophie schon aufgestanden? Sie wusste doch, dass er sich heute freigenommen hatte. Wie lange lag es zurück, seit sie das letzte Mal einfach nur faul und gemütlich den halben Vormittag im Bett gelegen und gekuschelt hatten?

Gähnend schlich Lars die Treppen hinunter. Sophie befand sich in der Küche und werkelte. Der Brötchenkorb stand neben ihr und gerade öffnete sie eine Schale Krabbensalat. Ihr rosafarbenes Top leuchtete hell im Sonnenschein, der durch das Fenster fiel.

»Wieso bist du denn schon so früh hier unten? Ich dachte, wir kuscheln noch ein bisschen im Bett.«

Sophie rieb sich die Hände an einem Handtuch ab und schaute ihn groß an.

»Kuscheln? Netter Gedanke. Aber ich habe keine Zeit.«

Sie drehte sich um und schnitt die Brötchen auf. Er stellte sich neben sie und betrachtete den Aufschnitt, der hübsch arrangiert auf einem Holzbrett lag.

»Was heißt das? Wir wollten uns doch einen gemütlichen Tag machen.«

»Du kannst dir heute einen gemütlichen Tag machen. Ich werde dich nicht stören. Ich bin nämlich verabredet.«

»Mit wem? Und warum? Ich habe mich so darauf gefreut, dass wir beide diesen Tag zusammen verbringen.«

»Sei nicht böse. Ich bin bei einer Freundin.«

»Ich bin nicht böse. Aber enttäuscht. In letzter Zeit bist du fast ständig unterwegs. Ich wollte heute den gesamten Tag nur mit dir genießen.«

Sophie zuckte mit den Achseln und legte die Brötchen zurück in den runden Korb.

»Wir holen das nach«, sagte sie und berührte flüchtig sein Handgelenk.

»Wo gehst du hin?«

»Zu Birte. Ich bin rechtzeitig zum Abendessen wieder da.«

*

Lars stand im Wohnzimmer und schaute ins Freie. Es würde ein ausgesprochen schöner Tag werden. Er öffnete das Fenster und lehnte sich nach draußen.

Die frische Luft tat gut, vielleicht sollte er etwas im Garten arbeiten. Sie hatten zwar einen Gärtner, der das Grundstück perfekt in Schuss hielt, aber irgendetwas würde sich ja wohl noch finden, was gejätet oder gestutzt werden könnte.

Dann kam ihm eine weitere Idee. Warum besuchte er nicht die andere Sophie? Vielleicht war sie nicht aus dem Haus gegangen. Sie könnten zusammen ein paar schöne Stunden verbringen. Ganz nebenbei ergab sich bestimmt auch die Möglichkeit, zum dritten Male von den Börsenkursen zu profitieren.

Das Wasser besaß mittlerweile fast Badewannentemperatur. Noch gestern Abend hatte Lars die Pool-Heizung bis zum Anschlag aufgedreht. Mit zwei schnellen Schritten stieg er die Leiter hinab und genoss das warme Bad. Sein Bauch kribbelte, aber diesmal war es die Aufregung. Er dachte an Sophies Kuss und ihren duftenden Körper. Er holte tief Luft und konnte es gar nicht erwarten, den Grund des Beckens zu berühren.

Alles war wie immer. Allmählich stellte sich eine gewisse Routine ein. Ein Blick aus den Schiebetüren sagte ihm, dass die Sonne nach wie vor schien. Auch einige Stunden später war dies ein herrlicher Tag.

Eilig rubbelte Lars sich trocken und zog sein Hemd und seine Jeans an, die er extra mit nach hier unten gebracht hatte. Er dachte an sein Parallel-Ich, der heute leider den ganzen Tag verschlafen würde. Tja, Pech gehabt!

Fröhlich pfeifend erklomm Lars die Treppe. Aus der Küche kamen Geräusche. Er schüttelte den Kopf und grinste breit. Wieso spielte sich fast alles in diesem großen Haus in der Küche ab? Irgendwie schienen beide Sophies viel Zeit in diesem Raum zu verbringen. Er lugte vorsichtig durch die Tür. Wieder strahlte ihn das rosa Top an. Lars stellte fest, dass diese Sophie nicht so braun gebrannte Arme hatte wie seine Frau. Er vermutete, dass diese leichte Bräune natürlichen Ursprungs war. Sie schien die Sonne dem Solarium vorzuziehen. Und das auch nur in gesunden Maßen. Ihm gefiel es. Ihre Haut sah schöner und reiner aus. Einige Haarsträhnen fielen ihr ins Gesicht, Lars trat an Sophie heran und legte die Arme um ihre Taille.

»Du hast dich also wieder beruhigt«, sagte sie, und es klang ärgerlich.

»Beruhigt?«

»Du musst jetzt nicht so tun, als erinnertest du dich nicht mehr an deinen Ausbruch heute Morgen.«

»Doch, natürlich«, log Lars schnell und dachte einen Moment darüber nach, was seinem Parallel-Ich über die Leber gelaufen sein könnte. »Es tut mir leid.«

Sophie nickte kurz und strich sich eine Strähne hinter das Ohr.

»Vergeben und vergessen.«

»Ich dachte schon, du wärst gar nicht zu Hause«, sagte er leise.

Sie drehte sich um. »Aber ich war doch bis eben einkaufen. Das habe ich dir vorhin gesagt.«

»Hast du?«

Er streichelte ihren Rücken und spürte ihre Arme, die sich um seinen Hals schlossen.

»Manchmal antwortest du, ohne wirklich zuzuhören«, stellte sie fest und begann endlich zu lächeln.

»Kann schon sein.«

Ihre Hände fuhren durch seine Haare und er atmete ihren Duft ein. Ihm war das Parfüm wohlbekannt. Sophie benutzte es seit Jahren. Und doch kam es ihm vor, als ob es eine Spur erotischer roch als sonst. Nach einer Weile löste sie ihre Umarmung und nahm einen Holzkochlöffel in die Hand.

»Ich hoffe, du hast Hunger?«

Ihm kam der Gedanke, dass er in beiden Welten ständig zum Essen genötigt wurde, und er musste lachen.

Sophie kräuselte verwundert die Stirn. »Was ist?«

»Gar nichts. Das riecht ganz lecker.« Tatsächlich knurrte sein Magen.

»Der Blumenkohl fehlt noch. Wie wäre es, wenn du ihn schnell sauber machst, anstatt hier nur herumzustehen?«

»Gerne.«

Lars schnappte sich das Sieb und kümmerte sich um das Gemüse.

Sie hielt ihn sanft zurück, als er den Wohnzimmertisch decken wollte.

»Hast du heute schon aus dem Fenster geschaut?« Ohne seine Antwort abzuwarten, nahm Sophie ihm das Geschirr aus der Hand. »Lass uns auf der Terrasse zu Mittag essen. Ich habe die Schiebetüren unten aufgemacht.«

Das war ein guter Vorschlag. Wann hatte er zuletzt im Garten gesessen? Seine Sophie mochte nicht gern im Freien speisen.

Er streckte sich und genoss das gute Wetter. Hinter ihm spiegelte sich die Sonne im Wasser des Pools und blendete in seinen Augen. Die gläsernen Schiebetüren konnten vollständig in die Seitenwand gefahren werden. Auf diese Weise wurde das Schwimmbad im Keller zu einem halben Freibad. Von der Terrasse aus war der gesamte Garten einzusehen. Die unbenutzt daliegende Rasenfläche sah saftig grün und kurz geschoren aus. Dahinter ragten die Rhododendronbüsche auf und strahlten in Blassrot und Lila um die Wette. Auf der linken Seite befanden sich hölzerne Rankhilfen, an denen sich Kletterrosen emporschlängelten.

Sophie bemerkte seinen Blick und nickte.

»Ich muss die Rosen dringend stutzen.«

»Lass uns das nachher zusammen machen«, schlug er vor. »Ich würde gern etwas im Garten arbeiten.«

Erneut kräuselte Sophie die Stirn. »Seit wann hast du denn freiwillig Lust auf Gartenarbeit?«

»Ich bin viel zu wenig an der frischen Luft.«

Sophie zuckte mit den Achseln und verteilte die Teller. »Von mir aus sehr gern. Ich freue mich ja, wenn du mir hilfst.«

Zum Abschluss des guten Essens brachte Sophie zwei Tassen Kaffee. Sie rückten ihre Stühle eng nebeneinander und schauten in den Garten hinaus. Irgendwann tastete Lars nach Sophies Hand. Er brauchte nicht lange zu suchen. Bereitwillig umfassten ihre Finger die seinen, und schweigend hielten sie Händchen. Ihm kam es vor, als würde seine erste große Liebe neben ihm sitzen, alles war neu und aufregend und doch auch irgendwie vertraut. Lars schloss die Augen und merkte, dass er ängstlich in sich hineinhörte. Würde ihm nach dem Essen wieder schlecht werden? Um keinen Preis der Welt sollte es zu einem neuerlichen Anfall kommen. Doch seine Sorge schien unbegründet.

Sophie tippte ihm sanft auf die Schulter. »Aber jetzt nicht vor lauter Faulheit einschlafen.«

Mit einem Satz sprang Lars auf. »Von wegen! Komm, die Rosen rufen.«

*

Die Zeit verging wie im Fluge. Die Kletterrosen hatten etliche neue Triebe gebildet, die zurückgeschnitten werden mussten. Verblühte Knospen waren zu beseitigen und der Boden verlangte nach Düngung und Lockerung. Lars war mit Freude dabei. Immer wieder drehte er sich um und schaute in Sophies lachendes Gesicht. Er konnte es sich nicht verkneifen, sie alle paar Minuten zu umarmen und zu küssen. Sie erwiderte seine Küsse stets mit voller Intensität. Als er die Rosenschere vorsichtig ansetzte, um einen fingerdicken Ast zu entfernen, dachte er an die andere Sophie. Seine Sophie. Sie kam den Rosen nie zu nah. Sie mochte diese stacheligen Gewächse nicht. Wenn es nach ihr ginge, hätte der Gärtner schon längst sämtliche Wurzeln kappen und anstelle der Rosen Buchsbäumchen pflanzen sollen. »Aus Buchsbäumchen kann man niedliche Figuren schneiden«, sagte sie immer. Außerdem war sie der Meinung, dass jede Menge Buchsbäumchen zum guten

Ton bei einem Garten gehobenen Anspruches gehörten. Wer Geld hatte, musste seinen Garten anscheinend mit Buchsbäumen zupflastern. Lars hatte ihre Ideen bisher glücklicherweise stets abblocken können, er mochte diesen verwunschenen Ort an den Klettergerüsten, auch wenn er viel zu selten hier draußen war.

Die Sonne stand bereits tief am Horizont, als sie ihre Arbeit beendeten. Lars gab Sophie die Rosenschere und lächelte.

»Ich muss kurz an den Computer und mir Kurse merken.«

Sophie drückte ihn fest an sich. Lars spürte ihre Brüste unter dem dünnen Stoff und merkte, wie sich in ihm etwas regte.

»Bleibe aber nicht zu lange oben. Du hast heute frei. Es gibt nichts, was nicht bis Morgen warten kann.«

»Es dauert nicht lange.«

Die Kurse notierte Lars auf einem Zettel. Er hatte keine Lust, sich die Zahlen schon jetzt einzuprägen. Als er auf dem Rückweg am Schlafzimmer vorbeikam, stand die Tür einen Spalt offen. Geräusche drangen heraus. Jemand schnarchte. Wie angewurzelt blieb Lars an der Schwelle stehen und horchte in das Zimmer hinein. Ein gleichmäßiges Röcheln erfüllte den Raum, ab und zu unterbrochen durch seltsame Schmatzgeräusche. *Das muss ich sein*, schoss es ihm durch den Kopf. *Ich wusste nicht, dass ich mich so unappetitlich anhöre, während ich schlafe.* Eine Gänsehaut breitete sich über seine Arme aus.

Er hatte bisher den Gedanken, dass hier oben sein Parallel-Ich lag und schlief, konsequent beiseitegeschoben. Jetzt erinnerten ihn diese Geräusche wieder daran, nicht allein mit Sophie zu sein. Wie lange würde der andere Lars schlafen? Etwa zwölf Stunden, hatte Carl gesagt. Er war heute Morgen schon um kurz nach acht in diese Welt getaucht, hier war es demnach bereits ein paar Minuten nach zwölf gewesen. Es bestand kein Grund zur Sorge. Vor Mitternacht würde sein anderes Ich nicht aufwachen. Und bis dahin wäre er längst weg.

Auch das Abendessen servierte Sophie auf der Terrasse. Als die Dämmerung einsetzte, zündeten sie Kerzen an. Kaum ein Windhauch war zu spüren, das Licht der Kerzen schien warm auf Sophies zarte Haut. Wie zufällig legte sie die Hand auf seine Gürtelschnalle und begann, mit kreisenden Bewegungen über seinen Hosenstoff zu fahren.

»Es war ein schöner Tag.«

»Das fand ich auch«, erwiderte Lars.

»Du warst heute so … anders«, sagte Sophie nachdenklich. »Sonst bist du hart und schweigsam. Aber ich weiß, in dir steckt ein guter Kern. Auch wenn du dich immer so schnell aufregst.«

Lars brummte.

»Nimm mir meine Worte nicht übel«, schob Sophie fast flehend hinterher und blickte aufmerksam zu ihm herüber.

Was war sein Parallel-Ich für ein Mensch? Lars stellte fest, dass er den Typen jetzt schon nicht mochte. Während Sophies Hand ein Stückchen nach unten rutschte, zählte er im Geiste seine guten Eigenschaften auf. Er regte sich selten auf. Er war ruhig und immer freundlich, auch wenn ihm etwas nicht passte. Es musste schon viel passieren, bis er zu Hause oder in der Firma wirklich einmal laut wurde und auf den Tisch haute. Er war ehrlich. Und er betrachtete sich generell als Menschenfreund. Neid, Habgier und andere garstige Merkmale waren ihm zuwider. Er mochte seine Unabhängigkeit, aber er war kein Mensch, der nur aufs Materielle achtete. Seine Firma hatte sich von ganz alleine so rasant entwickelt, er selbst wäre auch glücklich gewesen, wenn alles eine Spur kleiner gekommen wäre.

Lars seufzte leise. Selbst wenn bei seinem anderen Ich nur einige dieser Charakterzüge konträr waren, musste es sich um ein ausgesprochenes Arschloch handeln. Das hatte Sophie zwei nicht verdient. Er sah sie unglücklich an.

»Was ist? Bedrückt dich etwas?«

»Ich hatte nur ein paar schlechte Gedanken.«

Sie lächelte und begann, ihn stärker zu massieren.

»Ich spüre da doch etwas«, sagte sie leise, während ihre Finger am Reißverschluss seiner Hose herumnestelten. »Wollen wir ins Schlafzimmer gehen?«

Lars starrte in ihre Augen.

»Nein!«, rief er ängstlicher aus als gewollt.

Sophie schaute ihn fragend an und nahm die Hand zurück.

»Es ist nur so, ich fühle mich ein wenig matt.« Ihm fiel nichts anderes ein. In Wirklichkeit fühlte er sich so fit wie schon lange nicht mehr.

Zärtlich zog sie seinen Kopf an ihre Brust und strich ihm über die Haare.

»Das ist in Ordnung. Du hast viel im Garten gearbeitet. Das bist du nicht gewöhnt. Aufgeschoben ist bekanntlich nicht aufgehoben.«

Lars roch die milde Süße ihrer Haut. Plötzlich kam ihm eine Idee. Es war erst kurz nach neun.

Wenn er jetzt schnell hinübertauchte, blieb für Hans noch Zeit, nach seinen Anweisungen Papiere zu kaufen. Was sprach dagegen, anschließend unverzüglich wieder zurückzukommen?

»Ich werde eine Runde schwimmen gehen. Ich bin sicher, dann geht es mir besser. Wie wäre es, wenn wir uns danach im Wohnzimmer treffen würden? Man kann das Sofa ausziehen.«

Sie hob die Augenbrauen. »Du willst es mit mir auf dem Sofa machen?«

»Warum nicht? Da haben wir es noch nie getrieben.«

Sophie lächelte breit und sprang mit einem Satz auf. »Beeile dich mit dem Baden. Ich räume inzwischen die Küche auf.«

Lars war zufrieden, die Situation so souverän gemeistert zu haben. Er hatte darauf spekuliert, dass Sophie die Terrasse verlassen würde, um die Küche in Ordnung zu bringen oder das Sofa auszuziehen. Andernfalls wäre es problematisch geworden. Er konnte schlecht zurücktauchen, wenn sie ihm von der Terrasse aus dabei zusah. Und was wäre, wenn Sophie in seiner Abwesenheit aus irgendeinem Grund ins Schlafzimmer gehen würde?

Vielleicht würde sie auch das Schnarchen des anderen Lars hören und nachsehen wollen?

Sie müsste sich dann vollkommen angeschmiert vorkommen, da er nun doch ins Bett gegangen war. Aber aus irgendeinem Grunde glaubte Lars nicht, dass Sophie ihren schlafenden Mann so bald entdecken würde. So liefen die Dinge hier einfach nicht. Es war auch müßig, sich überhaupt darüber Gedanken zu machen.

Der Übertritt klappte problemlos. Die größte Hürde stellte das Gespräch mit Hans dar. Sein zweiter Mann war nirgendwo in der Firma aufzufinden. Nachdem Lars knapp fünf Minuten am Telefon gewartet hatte, diktierte er Tina schließlich die zu kaufenden Werte.

»Und sage Hans, dass die Zeit, die er länger als eine Viertelstunde auf dem Klo verbringt, künftig nachgearbeitet werden muss.«

Tina kicherte in den Hörer und versprach, die Nachricht weiterzuleiten.

Wieder zurück, saß Sophie bereits auf dem Sofa. Sie war in eine leichte Decke gehüllt. Das Top und ihre Hose lagen auf dem Fußboden.

»Na endlich, komm rein«, flüsterte sie und hob die Decke an.

Lars konnte sich nicht erinnern, wann er zuletzt so viel Freude beim Sex empfunden hatte. Völlig befriedigt und verausgabt lag er neben Sophie und kraulte ihr den Rücken. Er ließ seinen Blick durch das Wohnzimmer kreisen und stellte zum wiederholten Male fest, dass ihm die Umgebung vertraut und heimisch vorkam. Gäbe es die unterschiedlichen Charaktere der Personen nicht, hätte ihn nichts daran erinnert, sich in einer Parallelwelt aufzuhalten. Ohne dass er sich viel dabei dachte, schloss er für einen Moment die Augen.

Plötzlich polterte es. Im Wohnzimmer war es deutlich dunkler geworden. Erschrocken setzte Lars sich auf und schaute durch das Fenster in die Nacht. Die ersten Sterne standen bereits am Himmel. Er musste eingeschlafen sein! Sophie brummte leise neben ihm, als seine Beine vom Sofa glitten.

»Lass uns heute Nacht einfach hierbleiben«, nuschelte sie verschlafen.

Eine Tür im Obergeschoss knallte. Das Schlafzimmer? Wie spät war es? Lars merkte, wie seine Knie weich wurden. Er rannte zur Wohnzimmertür und öffnete sie einen Spalt. Das ganze Haus lag im Dunkeln. Dann ging die Klospülung. Jemand befand sich im Badezimmer im ersten Stock. Sein Parallel-Ich musste aufgewacht sein. Lars schnappte sich seine Badehose und gab Sophie einen flüchtigen Kuss auf die Wange.

»Wo willst du hin?«, fragte sie müde.

»Schlaf weiter.«

Lars stürmte in den Flur hinaus an der Küche vorbei. Im Obergeschoss waren Schritte zu hören. Augenblicke danach wurde das Licht eingeschaltet. Ein Schatten zeichnete sich an der Tapete hinter dem Treppengeländer ab. Jemand kam die Stufen herunter. Lars nahm mehrere Stufen auf einmal und erreichte den Rand des Pools. Mit zitternden Händen hielt er sich an der Leiter fest. Wohin würde sein anderes Ich gehen? Ins Schlafzimmer? Ins Wohnzimmer? Plötzlich wurde die Kellerbeleuchtung angeknipst. Was hatte das zu bedeuten? Sein Parallel-Ich wollte doch nicht ausgerechnet in diesem Moment schwimmen? Oder hatte er ihn gehört?

Das Wasser hüllte ihn ein wie eine weiche Decke. Lars merkte, dass seine Versuche, zum Boden des Beckens zu tauchen, zu hektisch waren. Er schien überhaupt nicht nach unten zu kommen, es war, als würde das Wasser ihn immer wieder an die Oberfläche drücken. Mit drei kräftigen Schwimmbewegungen erreichte er endlich den Grund. Irgendetwas war anders. Seine Finger hatten noch nicht die Fliesen berührt, als die Umgebung schlagartig heller wurde. Das dunkle Grau wandelte sich zu einem blendenden Weiß. Für einen Augenblick wusste Lars nicht mehr, wo oben und wo unten war, und er kam sich vor wie ein in die Enge getriebenes Tier. Jemand hatte die Unterwasserbeleuchtung eingeschaltet! Die Schalter dazu befanden sich an der Seitenwand, nicht weit vom Whirlpool entfernt. Sein Parallel-Ich schien ganz in der Nähe zu sein. Lars ließ sich für eine Sekunde ruhig treiben und entspannte seinen Körper. Seine Orientierung kam wieder. Dann erkannte er direkt unter sich die Fliesen.

Sein Bauch nahm Bodenkontakt auf und er fühlte das Kribbeln. Diesmal kam es ihm sogar noch stärker vor als sonst. Mit einem Schlag wurde es dunkel. Sein Blick ging zu den Lampen, die in ihrer Aluminiumfassung zwischen den Schwimmbadfliesen wie Augen übergroßer Fische aussahen. Sie leuchteten nicht mehr. Er war wohlbehalten zurückgekehrt.

Mühsam stieg er aus dem Wasser. Sein Herz klopfte vor Aufregung. Wie hatte das nur passieren können? Er hatte sich in Sophies Nähe so wohlgefühlt, dass jegliches Zeitgefühl verloren gegangen war.

Lange blickte Lars auf die digitale Uhr des Backofens und vergewisserte sich, dass es tatsächlich erst zwanzig Minuten nach acht war. Er befand sich in der richtigen Zeit und im richtigen Haus. Keuchend ging er hinauf und legte sich aufs Bett. Allmählich beruhigte sich seine Atmung. Zufrieden registrierte er, dass sein Magen den ganzen Tag über keine Beschwerden verursacht hatte. Das Gleiche galt für seinen Kreislauf. Es gab nicht die geringsten Anzeichen für eine allergische Reaktion auf die Lebensmittel, die er gegessen hatte. Trotzdem fühlte er sich nicht vollkommen zufrieden. Und das lag an der anderen Sophie. Hoffentlich ging in der Parallelwelt alles glatt. Wie würde sein Parallel-Ich reagieren, wenn es seine Frau im Wohnzimmer schlafend vorfand? Wäre es verwundert oder gar ärgerlich? Wenn Sophie ihm von dem schönen Tag vorschwärmte, musste es ja denken, sie wäre nicht ganz dicht.

Er würde sie bei seinem nächsten Besuch behutsam danach fragen.

Zwei Stunden später erwachte Lars aus einem leichten Schlaf und drehte sich verwundert zur Seite. Die Hälfte des Ehebettes war leer. Sophie war noch immer nicht nach Hause gekommen.

12.

Er wachte ausgeruht und fröhlich auf. Die Reste eines süßen Traumes hingen ihm nach, obwohl er sich schon nicht mehr an die Einzelheiten erinnerte. War Sophie darin vorgekommen? Der gestrige Abend war wunderschön gewesen. Aber wie hatte er nur so leichtsinnig sein können, einfach die Zeit zu vergessen? Nicht auszumalen, was passiert wäre, wenn er sein Parallel-Ich nicht gehört hätte. Aber das Zusammensein mit Sophie hatte ihm so gutgetan, dass jegliche mögliche Gefahren in den Hintergrund getreten waren. Seine Hand tastete auf die andere Seite des Bettes und fand diesmal Sophies warmen Körper, der eingemummelt unter der Bettdecke lag. Es musste spät bei ihr geworden sein.

Lars schwang die Beine mit einer energischen Bewegung aus dem Bett und richtete sich dabei auf. Er fühlte sich wie der berühmte Turnschuh. Und das lag nicht nur an dem schönen Abend. Sein Körper machte momentan überhaupt keine Probleme, sein Herz schlug ruhig, er schwitzte nicht, es gab keinen Ausschlag und ihm war nicht schwindelig. Sein

Magen verhielt sich so unauffällig, dass man meinen könnte, er wäre ihm über Nacht abhandengekommen. Wieso war das so? Carls Warnung schwebte noch immer in seinem Kopf herum. Es bestand durchaus ein Risiko, die Gerichte der anderen Sophie zu kosten. Trotzdem hatte er es riskiert, weil er ihre Nähe unheimlich anregend fand. Also achtete Sophie zwei ebenso gut auf seine Ernährung wie seine Frau. Dann gab es wohl doch Handlungen und Dinge, die auf beiden Parkdecks gleich waren. Unregelmäßigkeiten zwischen den Welten sozusagen.

Im Badezimmer zog Lars sich aus, warf das Handtuch über die Kabinenwand der Dusche und drehte das Wasser auf. Ein beunruhigender Gedanke drängte sich in den Vordergrund. Was wäre, wenn es doch keine Unregelmäßigkeiten gäbe? Was wäre, wenn sich die andere Sophie tatsächlich entgegengesetzt verhielte?

Das Shampoo tropfte ihm in die Augen und brannte.

Das würde bedeuten, dass die Parallel-Sophie perfekt auf seine Ernährung achtete, während seine Sophie, aus welchen Gründen auch immer, dies nicht tat. Aber das konnte nicht sein. Laut Sophies Aussage gab es keinerlei Veränderungen bei ihren Kochgewohnheiten.

Eventuell hatte sich sein Körper einfach stabilisiert, nachdem er in den letzten Wochen extrem anfällig geworden war. Wahrscheinlich würde er nun auch bei seiner Sophie wieder alles Mögliche essen können.

Einer seiner Mitarbeiter feierte einen runden Geburtstag und hatte jede Menge belegter Brötchen organisiert. Sogar an Lars hatte er gedacht und spezielle Salate aufgetischt.

»Garantiert ohne irgendwelche Kräuter und Gewürze«, lachte er und reichte ihm eines der silbernen Tabletts.

Lars griff mit Appetit zu. Er war heute Morgen spät dran gewesen und ohne Frühstück aus dem Haus gestürmt.

»Du siehst prima aus. Und du hast Hunger«, stellte Tina vergnügt fest, während sie sich neben ihn stellte. »Und da ist noch was. Wenn ich es nicht besser wüsste, würde ich sagen, du bist frisch verliebt. Deine Augen flackern so stürmisch.«

»Nun mach aber mal einen Punkt. Ich fühle mich momentan einfach kerngesund. Das ist schon viel wert.«

»Und das Flackern in deinen Augen?«

»Ich muss dich enttäuschen. Außer Sophie hat keine andere Frau mit mir gekuschelt.«

*

Nach einem langen Arbeitstag öffnete Sophie die Haustür und lächelte über das ganze Gesicht.

»Ich habe einen herrlichen Wildbraten gekocht. Du magst doch Rehrücken?«

Sie wusste natürlich genau, dass Rehrücken eine seiner Lieblingsspeisen war.

»Ja, und ich habe auch großen Hunger«, erwiderte er fröhlich, fragte sich dabei aber, ob es wirklich keine anderen Themen mehr gab, über die sie sich unterhalten konnten. Manchmal kam es ihm vor, als ob Sophie hauptsächlich vom Essen spräche. Warum interessierte sie sich nicht für seinen Arbeitstag? Warum erzählte sie nichts von ihren Unternehmungen?

»Bei dir ist es gestern ganz schön spät geworden«, stellte er fest, während er ihr in die Küche folgte.

»Ja, wir haben uns verquatscht. Geh doch vor ins Wohnzimmer. Es dauert nicht mehr lange.«

Lars setzte sich an den Esstisch und sortierte die Post. Rechnungen und Werbung. Irgendwie schienen Briefe entweder zur ersten oder zweiten Kategorie zu gehören. Wann hatte er das letzte Mal einen Brief erhalten, der weder Rechnung noch Werbung war? Zusammenhanglos fiel ihm auf, dass er noch nie im Leben Liebesbriefe bekommen hatte. Vielleicht sollte er selbst einmal einen verfassen? Er dachte zum wiederholten Male an den gestrigen Abend in der Parallelwelt.

Sophie rauschte ins Zimmer, stellte eine Flasche Wein auf den Tisch und reichte Lars den Korkenzieher.

»Mach doch schon mal auf.«

»Bringst du noch eine Flasche Wasser mit?«

»Seit wann willst du Wasser zum Essen?«

Klang ihre Stimme eine Spur beleidigt?

»Es tut mir einfach gut, wenn ich nicht zu viel Wein trinke.«

Der erste Schweißausbruch setzte ein, während Sophie den Tisch abräumte, und kam so plötzlich, als hätte man ihm einen Eimer Wasser über den Kopf geschüttet. Kleine Tropfen perlten über seine Wangen und sammelten sich am Kinn. Er wischte sie mit der Serviette weg. Andere Schweißtropfen liefen von seinem Nacken direkt in den Hemdkragen. Als Sophie aus dem Zimmer war, bemerkte Lars die roten Male an seinen Handrücken. Mühsam erhob er sich und wartete darauf, dass ihm schwarz vor Augen werden würde. Aber noch passierte nichts. Sophie kam zurück in den Raum und blickte ihn prüfend an.

»Ist dir wieder schlecht?«

»Ja. Sei mir nicht böse, aber ich werde mich schon ins Bett legen.«

Lars schlürfte in den Flur hinaus und ging gemächlich die Treppen hinauf. Glücklicherweise war ihm nicht danach, sich übergeben zu müssen.

Erst mitten in der Nacht brachen die Dämme und er würgte sich die Seele aus dem Leib.

13.

Auf den Fluren und in den anderen Zimmern herrschte geschäftiges Treiben, aber bis zu ihm drang kein Laut. Lars genoss die Stille seines Büros. Er hatte die Tür geschlossen und blätterte in einer Werbebroschüre einer Bank. Er wollte die Leistungen der Wertpapiere vergleichen, aber die Zahlen verschwammen vor seinen Augen. Ihm war noch immer flau. Nach dem Vorfall gestern Abend bestand wohl kein Zweifel, dass mit Sophies Essen irgendetwas nicht stimmte.

Doch welchen Grund sollte sie haben, plötzlich Zutaten zu verwenden, die ihm nicht bekamen? Bereits seit Ewigkeiten benutzte Sophie keine Dinge mehr, die ihm gefährlich werden konnten. Es gab in ihrer Küche schlichtweg keine Gewürze wie Anis, Koriander und Zimt. Oder Küchenkräuter. Auch Sellerie und Karotten waren äußerst seltene Gäste in ihrem Haus. Da diese Gemüsesorten bei Lars heftige Anfälle auslösten, hatte auch Sophie vor Jahren schon aufgehört, sie zu essen. Aber wenn es im Haus keine unverträglichen Stoffe gab, wie konnte Sophie dann in die Verlegenheit kommen, sie unvorsichtigerweise doch zu benutzen?

Die Tür flog auf und Tina betrat das Zimmer. Sie balancierte eine Kaffeetasse auf einem Ordner und lächelte ihm fröhlich zu.

»Carls Spekulationen haben sich ausgezahlt. Die ersten Kunden äußerten sich sehr zufrieden, als Hans die Gewinne andeutete.«

»Das ist doch was.«

»Carl ist wieder in Brasilien, oder?«

»Ja.«

»Dann gibt es wohl in nächster Zeit keine Börsentipps mehr.«

Lars lächelte. Ihm war es mittlerweile ganz lieb, dass seine Mitarbeiter annahmen, er hätte die erfolgreichen Kauf- und Verkaufsempfehlungen Carl zu verdanken, auch wenn er doch ausdrücklich klargestellt hatte, dass dem nicht so war. Seine Leute glaubten ihm einfach nicht. Auch gut. Das ersparte ihm jede Menge Erklärungen und Notlügen.

»Nur noch gelegentlich.«

Das Telefon summte und Tina verließ das Büro. Sophie war am Apparat und teilte ihm mit, dass Birte eben angerufen und sie heute spontan zum Brunch eingeladen habe. Lars solle sich darauf einstellen, dass es später werden könnte, Birte ließe ihre Gäste nie nach Hause, bevor die Sonne nicht untergegangen war. Lars seufzte leise. Vielleicht sollte er Sophie morgen zum Essen ausführen? Tahara konnte bestimmt auch kurzfristig einen Tisch für ihn organisieren. Auf diese Weise würde er seine Frau wenigstens mal wieder zu Gesicht bekommen und sie könnte auch nicht so einfach flüchten.

Während er noch über diesen Gedanken nachdachte, meldete sich das Telefon erneut. Hartmut von Werthlehber war dran und seine Stimme klang so ausgeglichen wie eh und je. Hartmut war Birtes Mann und seit Ewigkeiten treuer Kunde.

»Ich habe gerade an dich und Birte gedacht«, sagte Lars.

»Nanu? Hast du Sehnsucht nach unseren ausschweifenden Weinkostproben?«

»Das auch. Aber bei euch scheint ja immer etwas los zu sein. Heute organisiert Birte einen Brunch?«

Hartmut lachte kurz. »Bestimmt nicht. Heute steht das Turnier des Golfclubs auf dem Programm. Birte ist Titelverteidigerin. Ich hingegen kann mich nur verbessern. In einer halben Stunde geht es los. Aber vorher wollte ich dir noch schnell einen Auftrag geben. Ich habe da so was läuten hören und möchte gewisse Wertpapiere kaufen.«

Lars brauchte einen Moment, um das Gesagte zu verarbeiten.

»Also hat Birte zu keinem Bruch eingeladen?«, fragte er irritiert nach.

»Für heute ganz bestimmt nicht. Was glaubst du, wie heiß sie auf den Pokal ist. Aber wie kommst du darauf?«

»Sophie erwähnte es. Aber ich muss wohl die Tage vertauscht haben.«

»Wahrscheinlich. Grüß deine Frau herzlich von mir. Sie war ja schon seit Ewigkeiten nicht mehr bei uns. Wir müssen uns unbedingt mal wieder treffen.«

Wie in Trance nahm Lars Hartmuts Auftrag entgegen und verabschiedete sich fahrig. Was stimmte hier nicht? Gab es noch eine andere Birte? Oder verwechselte Sophie die Namen ihrer Freundinnen?

Mit einem Satz erhob er sich, öffnete die Bürotür und winkte Tina herbei.

»Kannst du unseren Azubi in mein Büro schicken?«

»Hat er etwas angestellt?«

»Nein. Ich habe einen Sonderauftrag für ihn.«

Einige Minuten später klopfte es zaghaft an die Tür. Markus war ein tüchtiger, wenn auch etwas introvertierter Auszubildender. Er lernte den Beruf des Bürokaufmannes, da es zu Lars großem Ärger noch immer keine Ausbildung zum Anlageberater gab. Irgendwie schien der Staat einen solchen Ausbildungsberuf überflüssig zu finden. Jeder noch so hirnlose Verbrecher konnte sich Anlageberater nennen, das stellte ein ernst zu nehmendes Problem in der Branche dar.

»Markus, komm herein. Ich habe einen Sonderauftrag für dich.«

Der junge Mann setzte sich und sah ihn ängstlich an.

»Nichts Schlimmes«, beruhigte Lars und faltete die Hände zusammen. »Du sollst meiner Frau folgen. Sie trifft sich in letzter Zeit oft mit einer Freundin. Ich mache mir aus verschiedenen Gründen Sorgen darüber, die aber hier keine Rolle spielen. Ich weiß noch nicht mal, wo ihre Bekannte wohnt. Ich möchte, dass du meine Frau nicht aus den Augen lässt und mir berichtest, wohin sie gefahren ist.«

Markus schaute wie der sprichwörtlich begossene Pudel.

»Ich soll Ihre Frau beschatten?«, vergewisserte er sich leise.

»Ja. Aber es ist nichts Unehrenhaftes dabei. Ich möchte lediglich wissen, wohin sie geht und was sie den ganzen Tag über macht. Sollte sie bis zum Feierabend noch nicht wieder zu Hause sein, kannst du die Observation abbrechen. Ich werde im Büro auf dich warten.«

Markus rutschte auf dem Stuhl hin und her, nickte aber.

»Ich werde es versuchen.«

»Gut.«

»Soll ich gleich losfahren? Herr Klausner hat mir einige Dinge gegeben, die ich erledigen sollte.«

»Fahr sofort los. Ich rede mit ihm.«

Lars schaute Markus hinterher, der sein Jackett vom Garderobenhaken nahm und Richtung Ausgang hastete. War es eine gute Idee, den Azubi mit der Beschattung seiner Frau zu beauftragen? Markus war verschwiegen und würde nichts preisgeben. Er war sowieso keine Plaudertasche. Aus diesem Grund jedenfalls müsste er sich keine Sorgen machen. Aber ob er das Zeug dazu hatte, jemanden auszuspionieren? Und was sollte er dann in sein Berichtsheft schreiben?

*

Der Nachmittag zog sich quälend dahin. Das lag nicht nur daran, dass Lars von Minute zu Minute gespannter auf Markus' Rückkehr wurde, auch sein

Kreislauf begann, Probleme zu machen. Er vermied hektische Bewegungen, bei jeder Drehung mit dem Kopf wurde ihm schwindelig.

Hans kam in sein Zimmer gelaufen. »Du siehst aus, als hättest du einen Geist gesehen.«

»Nur das Übliche.« Lars versuchte sich an einem schmalen Lächeln.

»Und ich dachte, unsere Gewinne in den letzten Tagen würden deinem Wohlbefinden guttun.« Hans legte einen Zettel auf den Schreibtisch. »Hier ist die exakte Auflistung der Überschüsse. Die Buchhaltung hat die Zahlen bis eben zusammengezählt.«

Lars warf einen kurzen Blick auf das Papier und nickte zufrieden.

»Das ist prima. Wir sind so gut wie aus dem Schneider.«

»Und dennoch siehst du wie ausgespuckt aus.«

»Hat nichts mit der Firma zu tun.«

Für einen Moment war er versucht, Hans von Sophie und Birte zu erzählen. Womöglich fand Hans eine plausible Erklärung oder hatte eine Vermutung, die ihm bisher nicht gekommen war? Aber vielleicht sollte er doch erst einmal abwarten, mit welchen Informationen Markus zurückkam. Hans schaute ihn noch einen Augenblick besorgt an.

»Soll ich dir etwas bringen? Ein Wasser? Eine Cola?«

»Nein danke. Es geht schon wieder.«

Um kurz vor sechs riss ihn ein zaghaftes Klopfen aus den Gedanken. Markus streckte den Kopf durch die Tür und lächelte ihn verlegen an.

»Es hat alles geklappt«, stellte er fest.

Lars starrte ihn an.

»Markus. Spann mich nicht so auf die Folter.«

Markus zog einen Block aus seiner Hemdtasche und blätterte ihn auf.

»Ich weiß nicht, was Sie erwarten, aber so dramatisch war das alles nicht. Ich habe gut eine Stunde vor dem Haus gewartet, ehe Ihre Frau in den Wagen stieg. Wir sind quer durch die Stadt. Dabei legte sie ein unglaubliches Tempo vor. Ich hatte Schwierigkeiten, hinter ihr zu bleiben. Schließlich parkte sie in einer kleinen Seitenstraße und verschwand in einem Wohnblock.«

»Was für ein Wohnblock?«

Markus zuckte mit den Schultern. »Irgendein Mehrfamilienhaus eben.« Er blätterte einige Seiten in seinem Block vor und riss einen Zettel ab. »Ich habe Straße und Hausnummer notiert.«

Markus legte das zerknickte Blatt Papier so behutsam auf den Schreibtisch, als fürchtete er, dass es plötzlich lebendig werden und ihn anfallen könnte. Lars warf einen Blick auf die gekritzelten Worte. Die Straße sagte ihm überhaupt nichts.

»Ich habe bis vor einer halben Stunde vor dem Eingang gewartet, aber Ihre Frau ist nicht wieder aus dem Haus gekommen.«

»Gute Arbeit«, lobte Lars. »Weißt du, wie viele Wohneinheiten es in diesem Haus gibt?«

Markus schüttelte den Kopf. »Ich habe mein Auto nicht verlassen. Aber es war so ein typisches dreigeschossiges Rotklinkerhaus aus den Sechzigerjahren.«

»Danke, Markus. Das hast du gut gemacht. Du hast mir sehr geholfen.«

Markus sah ihn dankbar an und stellte den Stuhl in die Ecke.

»Liegt noch etwas an? Herr Klaus…«

»Du kannst Feierabend machen«, unterbrach ihn Lars. »Ich habe mit Herrn Klausner gesprochen. Deine Aufgaben haben Zeit bis morgen.«

Lächelnd verschwand Markus aus dem Büro. Lars hielt den Zettel mit beiden Händen fest und starrte auf die Adresse. Wohnte eine ihrer Freundinnen in einem Mehrfamilienhaus am anderen Ende der Stadt? Soweit er wusste, kam Sophies ganzer Freundeskreis aus der näheren Umgebung. Alle besaßen ähnlich große Häuser wie sie.

Lars räumte den Schreibtisch leer, fuhr den Computer herunter und erhob sich. Als er an der Tür stand, wurde ihm kurz schwarz vor Augen, und ihm wurde klar, dass er zu schnell aufgestanden war. Er gehörte ins Bett. Trotzdem würde er nicht sofort nach Hause fahren, sondern noch einen Besichtigungstermin wahrnehmen.

*

Lars drehte das Radio auf und versuchte, seine Gedanken auf die Musik zu lenken. Er sang einen alten Billy Idol Titel mit, den er im Grunde überhaupt nicht mochte. Dennoch tat es gut. Auf diese Weise musste er sich nicht ständig fragen, was Sophie in dieser Gegend verloren haben könnte. Die besagte Straße sah ein wenig heruntergekommen aus. Hier reihten sich drei- bis fünfstöckige Häuser aneinander.

Einige der Fassaden waren beschmiert. Vor den Häusern gab es einen mehrere Meter breiten Rasenstreifen, auf dem Unkräuter wucherten. Alte, verrostete Dosen und Papierabfälle lagen achtlos weggeworfen darauf herum. Direkt vor der von Markus aufgeschriebenen Adresse gab es einen freien Parkplatz. Lars stellte den Motor ab und wurde im nächsten Augenblick unsicher. Was wäre, wenn Sophie ausgerechnet in dieser Minute aus dem Haus treten würde? Sie würde sein Auto erkennen und ihn in Erklärungsnot bringen. Nervös huschte sein Blick immer wieder auf die blau gestrichene Eingangstür, doch es rührte sich nichts. Niemand verließ oder betrat den Wohnkomplex. Schließlich nahm er sich ein Herz, stieg aus und schaute über die Dächer der Autos hinweg. Sophies roter Mercedes war eigentlich nicht zu übersehen, doch er war nirgendwo zu entdecken.

Langsam schritt Lars zum Hauseingang und zog an der Tür. Verschlossen. Sein Blick fiel auf die Briefkästen. Es waren insgesamt sechs blaue Plastikbehälter. Daneben befanden sich die Klingelknöpfe. Keiner der Namen sagte ihm etwas. Eine ältere Frau schlich vorbei und musterte ihn skeptisch. Plötzlich kam er sich vor wie ein Idiot. Was tat er hier? Sollte er sämtliche Klingelknöpfe drücken und fragen, wer seine Frau kannte?

Entnervt ging Lars zurück zum Auto und machte sich auf den Heimweg.

Sophie war zu seiner Überraschung schon zu Hause. Wie so oft stand sie in der Küche und brutzelte am

Herd herum. Sie begrüßte ihn freundlich und gab ihm einen Kuss auf den Mund.

»Du bist ja schon da«, stellte er fest.

»Ja, es ging dann heute doch etwas schneller als gedacht.«

Lars schaute in die Pfanne und winkte ab. »Mir geht es nicht gut. Ich werde mich ins Bett legen.«

Sophie zuckte mit den Achseln. »Kein Problem.«

»Bei welcher Freundin warst du heute gleich noch mal?«

»Bei Birte.«

»Zum Brunchen.«

»Genau.«

»Den ganzen Tag?«

»Ja, ich bin erst vor einer halben Stunde wiedergekommen. Wieso?«

Lars schüttelte den Kopf und stieß sich vom Kühlschrank ab.

»Nur so. Na dann, gute Nacht.«

»Ach, Lars?«

»Hm?«

»Morgen Vormittag habe ich mich mit Birte zum Sport verabredet. Ich werde früh aus dem Haus gehen.«

14.

Der nächste Morgen brachte keine Besserung. Sein Mund brannte. Lars kam es vor, als hätte eine mysteriöse Macht Hunderte von Stecknadeln zwischen seine Zähne und in seinen Gaumen gerammt. Und es wurde schlimmer. Sein Speichel war wie Spiritus, der die Einstiche endgültig auflodern ließ.

Er wankte ins Bad und hielt den Mund unter den Hahn des Waschbeckens. Das kalte Wasser floss in seinen Rachen und verschaffte ihm Linderung. Das brennende Gefühl wich einem stumpfen Kribbeln.

Er nahm sich vor, ein wenig von zu Hause aus zu arbeiten, statt in die Firma zu fahren, und griff zum Telefon, um Tinas Durchwahl zu wählen. Statt Tina trällerte Hans eine geschäftsmäßige Grußformel in den Hörer. Lars erzählte von seinem Leiden und Hans brummte mehrmals.

»Macht dir deine Allergie zu schaffen?«

»Auch.«

»Aber da ist noch etwas anderes, habe ich recht?«

Lars lächelte vor sich hin. Hans konnte Menschen gut durchschauen.

»Ja.«

»Willst du es mir erzählen?«

Lars ließ sich auf das Sofa fallen und schaute hinüber zum Esstisch. Er würde seine Zweifel gerne mit jemandem teilen.

»Es ist wegen Sophie«, begann er stockend.

»Ich stelle das Gespräch in mein Büro«, sagte Hans mit ruhiger Stimme. »Ich stehe hier noch an Tinas Schreibtisch. Wartest du einen Moment?« Es knackte in der Leitung und kurz darauf meldete sich Hans wieder. Lars erzählte von Sophies angeblicher Verabredung, dem Auftrag, den er Markus gegeben hatte, und erwähnte, wie er ratlos vor dem Mehrfamilienhaus gestanden hatte.

Hans atmete einige Sekunden schweigend ein und aus.

»Kennst du Freddy Clepper?«, fragte er schließlich und sprach nach einer kurzen Pause weiter, da er anscheinend mit keiner positiven Antwort rechnete. »Freddy ist freischaffender Versicherungsdetektiv. Wenn Versicherungen meinen, irgendetwas ist faul an einem plötzlichen Feuer oder einem unerwarteten Todesfall, bekommt Freddy den Auftrag, die Sache zu überprüfen. Der Mann ist gut und hat schon jede Menge Versicherungsbetrüger zur Strecke gebracht. Ich kenne ihn länger als dich. Bevor ich zu deinem Team stieß, hatte ich fast wöchentlich mit ihm zu tun. Wir trinken immer noch ab und zu ein Bier zusammen.«

»Ein Detektiv?«

»Ja. Aber ein vollkommen unauffälliger Detektiv. Wenn du ihn das erste Mal siehst, kommst du nie auf seinen Beruf. Er kann der Sache auf den Grund gehen.«

»Haben wir hier denn schon eine Sache?«

Hans seufzte in den Hörer. »Hör mal, Lars, nach dem zu urteilen, was du erzählst, liegt zumindest die Vermutung nahe, dass dich Sophie betrügt. Vielleicht wohnt dort ihr Liebhaber oder sie haben in diesem Haus ihr Liebesnest. Ich würde der Angelegenheit auf den Grund gehen. Alleine schon deswegen, weil es deiner Verfassung nicht guttut.«

Lars merkte, wie sich eine stählerne Faust um sein Herz schloss. Selbstverständlich war ihm dieser Verdacht auch schon gekommen. Aber er weigerte sich bisher beharrlich, ihn in Betracht zu ziehen. Warum sollte Sophie plötzlich eine Affäre anfangen? Vielleicht gab es eine ganz andere Erklärung für ihr Verhalten?

Hans tippte etwas in seine Tastatur. »Ich gebe dir Freddys Telefonnummer durch. Er ist diskret. Niemand wird von seinen Nachforschungen erfahren, am allerwenigsten Sophie.«

*

Ihm war langweilig, wie immer, wenn er einen Tag außerhalb des Büros verbrachte. Er hatte längst alle Dinge erledigt, die er im Homeoffice erledigen konnte.

Die andere Sophie fiel ihm ein.

Wie es ihr wohl ergangen war, nachdem er so Hals über Kopf aus dem Wohnzimmer flüchten musste?

War sie in Ordnung? Wie hatte sich die Szene weiterentwickelt, nachdem er zurück in seine Welt getaucht war?

Plötzlich war er von einer gewaltigen inneren Unruhe getrieben. Er spürte eine schwer zu erfassende Beklemmung und stellte erstaunt fest, dass er sich um die andere Sophie sorgte. Ein Blick auf die Uhr zeigte ihm, dass er noch massig Zeit zur Verfügung hatte. Warum sich also nicht selbst ein Bild machen, statt lauter Fragen aufzuwerfen, auf die er keine Antworten finden würde?

Er fühlte eine Mischung aus Angst und Vorfreude, als er kopfüber in den Pool sprang. Er touchierte den Boden, spürte das Kribbeln und schwamm eilig zur Leiter.

Hastig warf er sich den Bademantel über und rannte die Kellertreppe hinauf. Kaum hatte er das Erdgeschoss erreicht, rief er schon Sophies Namen.

Doch es schien niemand da zu sein, auf seine Rufe bekam er keine Antwort. Wie selbstverständlich führte ihn sein erster Weg in die Küche, die aber verwaist vor ihm lag. Und es sah auch nicht so aus, als wäre hier vor Kurzem gekocht worden. Lars durchforschte das Wohnzimmer und die anderen Räume des Erdgeschosses, aber ohne Erfolg. Leise ging er die Treppe ins erste Stockwerk hinauf. Auch Gästezimmer und Bad waren leer. Sollte Sophie im Schlafzimmer sein? Behutsam drückte er die Klinke herunter und öffnete die Tür einen Spalt. Das Bett war ordentlich gemacht, niemand befand sich darin, auch nicht sein Parallel-Ich. Er ging komplett in den Raum hinein, um auch die Ecke hinter dem Schrank einzusehen, doch das hätte er sich sparen können. Als er sich seufzend um die eigene Achse drehte, warf er einen kurzen Blick aus dem Fenster und hielt inne.

Sophie war draußen im Garten!

Sie buddelte einen dünnen Baum aus, der so aussah, als würde er in Kürze eingehen. Sie trug das alte schwarze Green Day Shirt mit den abgeschnittenen Ärmeln, das auch seine Sophie für die Gartenarbeit vorgesehen, aber noch nie angezogen hatte, weil sie eben nie im Garten herumfuhrwerkte. Mit einem Lächeln im Gesicht beobachtete er sie eine Weile. Hochkonzentriert hatte sie dem Stämmchen alle kleinen Äste abgeschnitten und feinsäuberlich auf die Rasenkante gelegt. Jetzt war sie mit dem Spaten zugange, um die Wurzel freizulegen. Ihre Arme glänzten in der Sonne und hätte er das Fenster geöffnet, hätte er sie bestimmt vor Anstrengung stöhnen hören. Kleiner Baum hin oder her, er schien noch immer fest im Erdreich verankert zu sein. Auf einmal spürte Lars, dass sich in seiner Mitte etwas regte. Es törnte ihn an, sie dort konzentriert arbeiten zu sehen. Hastig drehte er sich um und lief die Treppe hinunter. Es gab viele Wege, in den Garten zu gelangen, der Pool hatte Zugang zur Terrasse, aber auch vom Wohnzimmer konnte man durch eine Schiebetür und eine kleine Treppe dorthin gelangen. Ihm wäre jedoch aufgefallen, wenn sie offen gestanden hätte. Ohne sich unnötige Gedanken zu machen, benutzte Lars die Haustür. Von außen steckte ein Schlüssel, also schien auch Sophie diesen Weg genommen zu haben. Er dachte kurz darüber nach, dass seine Sophie niemals einen Schlüssel unbeaufsichtigt zurückgelassen hätte, aber sie war in dieser Hinsicht auch übervorsichtig. Sophie zwei schien das etwas entspannter zu sehen.

»Was machst du denn hier?«, fragte sie überrascht, als er das Haus umrundet hatte und auf sie zukam. »Ich dachte, du wärst in der Firma.«

Er ging zu ihr, gab ihr einen Kuss auf die Wange und strich über ihre Arme. Sie schien erstaunt über diese Geste zu sein, erwiderte aber die körperbetonte Begrüßung, indem sie ihn kurz und fest umarmte.

»In der Firma war wenig los. Ich habe Feierabend gemacht.« Lars fragte sich unweigerlich, ob sein Parallel-Ich in diesem Augenblick einen gepflegten Büroschlaf unternahm – und ob das nicht auffallen würde. Allerdings besuchte ihn in seinem Büro auch niemand, wenn er Ruhe wünschte und die Tür geschlossen hatte. Es sei denn natürlich, es gab etwas Wichtiges. Er wischte den Gedanken beiseite und konzentrierte sich auf die gut riechende Frau vor ihm. »Du duftest so schön.«

Sophie lachte. »Ja, nach Schweiß. Weißt du eigentlich, wie schwer es ist, ein Bäumchen der Natur wieder zu entreißen?«

»Ich kann es mir vorstellen. Und deinen Schweiß kann ich auch gut riechen, aber da ist noch etwas Lieblicheres.«

Sophie runzelte die Stirn. »Ich benutze seit zwei Tagen ein anderes Duschbad. So etwas ist dir doch noch nie aufgefallen.«

»Jetzt schon.« Sie schenkte ihm ein Lächeln, das ihn fast um den Verstand brachte. Schnell kniete er sich vor das Bäumchen, damit sie seine ausgebeulte Hose nicht bemerkte. »Ich helfe dir beim Ausgraben.«

Sie lächelte noch immer, hockte sich neben ihn und strich mit den Fingern durch seine Haare.

»Ich fürchte, so bist du mir keine Hilfe. Du scheinst gerade an völlig andere Dinge zu denken.«

Noch bevor er antworten konnte, gab sie ihm einen sanften Schubs nach hinten und er ließ sich auf den Rasen fallen. Ihre Hände öffneten seine Hose und Sekunden später hielt sie seine Männlichkeit in ihrer rechten Hand. Er spürte ihre Bewegungen, wollte die Zeit ausdehnen und genießen, aber er kam so schnell wie schon seit Jahren nicht mehr.

»Der flotte Lars«, stellte sie lachend fest und streichelte ihn weiter.

»Du siehst aber auch verdammt sexy aus.« Er fürchtete sich fast vor der Frage, die er nun stellen wollte, aber war er nicht auch deswegen extra hierhergekommen? »Sag mal letztens, als wir eigentlich im Wohnzimmer zusammen die Nacht verbringen wollten, nachdem wir miteinander geschlafen hatten, es klingt blöd, aber ich kann mich gar nicht mehr erinnern. Ich bin rausgelaufen, aber was ist dann geschehen?«

Kurz hörte ihre Hand auf, seinen langsam wieder auf Normalgröße schrumpfenden Schwanz zu streicheln, und eine tiefe Falte erschien auf ihrer Stirn.

»Ich fand deine Reaktion etwas übertrieben«, sagte sie dann. »Erst rennst du raus, dann kommst du nach einer Viertelstunde wieder rein, tust so, als sähest du alles zum ersten Mal, faselst etwas von ungewöhnlichen Wellenbewegungen im Pool und gibst mir auch noch eine Ohrfeige.«

Lars setzte sich abrupt auf. »Ich habe dich geschlagen? Um Gottes willen!« Er betrachtete sie aufmerksam und entdeckte auch jetzt auf ihrer Wange einen verblassenden Kratzer, der noch keinen Tag alt sein konnte.

Sophie schüttelte den Kopf und begann ein weiteres Mal, ihn zu streicheln. »Ich weiß ja, dass du es nicht so meintest.«

Er wollte noch etwas antworten, ihr Trost zusprechen – wie konnte jemand dieser umwerfenden Frau auch nur ein Haar krümmen –, aber als sie ihre Hand erneut schneller bewegte, zeigte sich auch bei ihm wieder eine Reaktion und er war bereit für eine weitere Runde.

15.

Es klingelte. Lars, der seit der Rückkehr von Sophie zwei im Bademantel umherlief, war gerade rechtzeitig fertig geworden. Frisch geduscht und geföhnt verließ er das Badezimmer, knöpfte das Hemd zu und stellte den Kragen auf, um sich die Krawatte umzubinden.

Er hatte den Detektiv unmittelbar nach dem Gespräch mit Hans angerufen. Clepper war sofort bereit gewesen, zu helfen. Er ließ sich die Adresse des Mehrfamilienhauses geben und wollte dort noch am Vormittag vorbeischauen. Sie vereinbarten ein Treffen für den späten Nachmittag, da Clepper noch einen Termin für einen anderen Mandanten wahrnehmen musste.

Lars schloss sein Jackett und öffnete die Tür.

Ein freundliches Gesicht mit vielen Falten und aufmerksamen Augen lächelte ihn an.

Er führte seinen Gast ins Wohnzimmer und zeigte zum Sofa. »Ich hoffe, es stört Sie nicht, wenn ich umherwandere, während Sie erzählen? Ich kann meine Energien so besser abbauen.«

»Aber überhaupt nicht«, sagte Clepper, kramte in einer Aktentasche herum und legte einen Umschlag neben sich auf das Sofa. »Ich will gleich zur Sache kommen, Herr Kleidenau. Kennen Sie einen gewissen Ludger Pöller?«

Lars schüttelte den Kopf.

»Das dachte ich mir.« Clepper nahm den Umschlag wieder auf und reichte ihn Lars. »Es tut mir aufrichtig leid«, stellte er ehrlich betroffen fest.

In dem Umschlag befanden sich Fotos. Sophie stand neben einem groß gewachsenen Mann mit schwarzem Lockenkopf, der kaum älter als Mitte zwanzig war. Er trug einen feinen Schnurrbart und sah vornehmer aus, als es die Wohngegend vermuten ließ. Sein hellblaues Hemd passte wie angegossen, wahrscheinlich eine Maßanfertigung. Am vorderen Rand des Bildes war ein Stück des Treppengeländers zu erkennen. Auf einem weiteren Schnappschuss küsste Sophie den Mann. Lars ahnte, wohin das führen würde und zögerte. Erst als Clepper aufstand und ihm behutsam die Hand auf die Schulter legte, fand er den Mut, weiterzuschauen. Die nächsten Bilder zeigten Sophie und Ludger beim Sex. Ludger lag breit ausgestreckt auf einem Bett mit rustikalem Metallrahmen. Sophie saß auf ihm und hielt seinen Kopf. Er spielte mit ihren Brüsten. Die Position der beiden veränderte sich auf den folgenden Fotos nur wenig. Sophie ritt auf dem jungen Mann und ihre Hände krallten sich mal in seinen Haaren, mal an seiner Schulter fest.

Lars starrte auf die Hochglanzbilder, und die erste Frage, die ihm in den Sinn kam, war, wie Freddy es nur geschafft hatte, diese Aufnahmen zu machen. Es sah so aus, als hätte er direkt am Rand des Geschehens gestanden und in den Raum hinein fotografiert. Auf einigen Aufnahmen waren Teile der Fotos mit etwas verdeckt, vielleicht einem Vorhang? War Clepper ihnen tatsächlich bis in die Wohnung gefolgt?

Erst allmählich wurde ihm die Aussagekraft der Bilder bewusst. Sophie betrog ihn. Daran gab es nichts zu beschönigen. Lars ließ sich aufs Sofa fallen und presste die Hände vors Gesicht. Er hatte zwar schon vorher eine Ahnung gehabt, aber nun wirklich Gewissheit zu haben, fühlte sich noch einmal vollkommen anders an.

Das Hemd klebte an seinem Körper. Wieder einmal. Dann ging es blitzschnell. Als Lars den Kopf hob und zu Clepper schauen wollte, gab es eine gewaltige Explosion vor seinen Augen. Grelle Lichtblitze schienen sich durch seinen Kopf zu bohren und Teile seines Gehirns in Stücke zu reißen. Er japste überrascht auf und spürte, wie sein Oberkörper gegen etwas Hartes prallte. Der kaum einzuordnende Geschmack frischen Blutes füllte seinen Mund. Schemenhaft nahm er wahr, wie sich eine Gestalt über ihn beugte und sich an seinen Füßen zu schaffen machte. Er hatte das Gefühl, immer weiter zu fallen.

Irgendwann wurde seine Stirn kühl, jemand träufelte ihm Wasser ins Gesicht. Endlich wurde sein Sichtfeld klarer. Freddy Clepper kniete neben ihm und schaute ihn aufmerksam an. Wie Lars dankbar feststellte, lag in seinem Blick keinerlei Panik. Im Gegenteil, er wirkte routiniert und abgeklärt. Als Clepper merkte, dass Lars ihm direkt in die Augen sah, lächelte er beruhigend.

»Das war ein Schock für Sie. Da kann der Kreislauf schon mal ins Schlingern kommen.«

Lars versuchte zu antworten, war jedoch noch viel zu schwach dafür. Clepper hatte ihn umgedreht. Er lag auf dem Fußboden, seine Beine waren hochgestellt, seine Füße befanden sich auf der Sitzfläche des Sofas. Das Blut strömte ihm ins Gehirn und nach einigen Minuten hörte das Gefühl des endlosen Fallens ebenso schnell auf, wie es angefangen hatte. Die letzten, schmutzig gelben Blitze huschten träge über seine Netzhaut, dann floss die Energie zurück in seinen Körper. Als Lars sich aufsetzte, schoben sich Cleppers helfende Hände unter seine Achseln.

»Vielen Dank«, keuchte Lars.

»Kein Problem. Wenn ich schlechte Nachrichten überbringe, gibt es oft Komplikationen. Neulich habe ich ein Ehepaar überführt, dessen Haus bei einem Brand zerstört wurde. Sie wollten die Summe kassieren, mit der sie ihr Eigenheim vorher versichert hatten. Als wir ihnen nachweisen konnten, dass sie das Feuer mutwillig gelegt hatten und ihnen schlagartig klar wurde, dass wir nicht für den Schaden aufkommen würden und sie nun auch kein Dach mehr über dem Kopf hatten, bekamen beide einen mittelschweren Nervenzusammenbruch.«

Lars kroch auf das Sofa und ließ sich gegen die schweren Kissen fallen.

»Natürlich ist es ein Schock, meine Frau mit diesem Mann zu sehen. Aber ich fürchte, das war nicht der Grund für meinen Zusammenbruch.«

Schnaufend und mit großen Pausen erzählte Lars von seiner Lebensmittelallergie und setzte Clepper davon in Kenntnis, in all den Jahren kaum Beschwerden gehabt zu haben, da Sophie gewissenhaft auf die Zubereitung des Essens achtete.

»In letzter Zeit scheint sie allerdings mit ihren Gedanken woanders zu sein«, stellte er fest und berichtete von den jüngsten Vorfällen. »Aber jetzt kenne ich ja wenigstens den Grund dafür.«

Clepper, der während seiner Ausführungen neben ihm saß und aus dem Fenster schaute, straffte sich plötzlich.

»Sie glauben, Ihr gesteigertes Unwohlsein und dieser gefährliche analy…«

»Anaphylaktisch.«

»Ja, anaphylaktische Schock sind darauf zurückzuführen, dass Ihre Frau Zutaten verwendet, gegen die Ihr Körper allergisch reagiert?«

»Ich habe keine andere Erklärung«, sagte Lars und rieb sich die Augen. »Auch wenn ich es nicht so recht begreifen kann.«

Clepper beugte sich vor. Seine Stimme war kaum mehr als ein Flüstern.

»Ludger Pöller ist nicht besonders wohlhabend. Der Mann besitzt kein Auto, seine Möbel kommen aus dem Discounter und er scheint nicht zu arbeiten. Sein Handy ist alt und ein drittes Paar Schuhe sucht man vergebens.«

Lars schaute den Detektiv überrascht an. Woher wusste Clepper das alles? »Aber seine Kleidung sieht modern und teuer aus. Dieses Hemd ist nicht von der Stange, ich habe einen Blick dafür.«

»Ich würde darauf wetten, dass Ihre Frau ihn ausgestattet hat. Kocht Ihre Frau heute Abend wieder für Sie?«

»Ich nehme es stark an.«

Clepper erhob sich, ging zum Esstisch und strich mit der Hand über die Holzmaserung.

»Wäre es möglich, dass Sie mir etwas von dem Essen abfüllen? Und ich hätte auch gerne eine Auflistung der Lebensmittel, auf die Sie allergisch reagieren.« Er holte sein Handy aus der Jacketttasche und drückte verschiedene Tasten. »Ich bin spät dran. Mein nächster Kunde wartet schon.«

Lars wollte aufstehen, doch Clepper richtete den Zeigefinger auf ihn.

»Bleiben Sie sitzen und ruhen Sie sich aus. Ich finde die Haustür alleine.« Er grinste und schnippte mit den Fingern. »Schließlich bin ich ein Schnüffler.«

Lars lächelte. Er mochte die lockere Art des Detektivs.

»Ich bringe Ihnen die Probe morgen ins Büro«, sagte er und hob die Hand zum Gruße.

»Das ist schön«, erwiderte Clepper und verließ das Wohnzimmer.

Lars hörte, wie die Haustür ins Schloss fiel und atmete laut aus. Ihm war, als hätte ein Zug ihn überrollt. Noch einmal nahm er sich die Bilder vor und schaute sie an. Sophie hatte eine tadellose Figur, aber auch Ludger sah aus wie der Mann aus dem Fashionkatalog. Breite Schultern, Waschbrettbauch. Wie lange ging das schon zwischen den beiden? Lars steckte die Fotos zurück und hielt den Umschlag mit den Fingerspitzen fest, während er ein sicheres Versteck suchte. Die alten Fotoalben schienen ihm als Aufbewahrungsort gut zu passen. Sophie hatte sich seit Jahren keine Bilder ihrer gemeinsamen Reisen mehr angeschaut.

Er öffnete ein beliebiges Album in der Mitte. Sein Blick fiel auf zwei Fotografien, die aus ihrem Urlaub in Südspanien stammten. Sophie und er lehnten sich locker an eine Mauer irgendwo in Sevilla und lächelten in die Kamera. Ewigkeiten hatten sie nach einem geeigneten Platz für sein Mini-Stativ gesucht. Beim Zurücklaufen wäre er beinahe gestolpert und auf das unebene Kopfsteinpflaster gestürzt. Lars strich verträumt über das Foto, wie lange war das schon her? Elf Jahre? Wie schnell die Zeit doch verging. Mit einer energischen Bewegung legte Lars den Umschlag auf die Aufnahmen und schlug das Fotoalbum zu.

*

Sophie kam pünktlich zum Abendessen nach Hause. Sie wirkte fröhlich und ausgelassen. Er gab ihr einen flüchtigen Kuss und merkte, wie schlagartig die Wut in ihm hochschoss. Am liebsten hätte er sie gepackt und geschüttelt. Er hatte nicht wenig Lust, ihr die Fotos zu präsentieren und dabei ihren Gesichtsausdruck zu beobachten. Schnell ging er zum Fenster und öffnete es. Die Abendluft war frisch und angenehm.

»Geht es dir wieder schlecht?«, fragte Sophie hinter ihm.

»Im Gegenteil! Ich sterbe geradezu vor Hunger. Ich habe den ganzen Tag noch nichts gegessen.«

Wieder saß er am Esstisch und lächelte seiner Frau zu, die ihm mit einem Wasserglas zuprostete. Lars hatte nicht gelogen. Er war tatsächlich hungrig, wenn auch nicht auf das, was Sophie ihm auftischte. Das Fleisch war zart und in der Mitte noch eine Spur blutig. So mochte er es. Trotzdem musste er sich überwinden, den ersten Bissen in den Mund zu nehmen, um keinen Verdacht zu erregen.

»Das Fleisch hast du so gut hinbekommen, wir sollten heute einen besonderen Wein öffnen. Im Keller steht eine Flasche Château Pétrus Pomerol, Jahrgang 2001.«

Sophies Augen leuchteten. »Aber den wolltest du doch für einen ganz außerordentlichen Anlass aufbewahren.«

Lars nickte. »Ich finde, heute ist so ein Anlass.« Er sah, dass Sophie eine Spur zu skeptisch dreinschaute, und sprach schnell weiter. »Wir haben heute einen großen Kunden gewonnen, der uns viel Geld einbringen wird.«

Das stimmte zwar nicht, aber seine Frau würde es glauben.

»Dann mal los.« Sophie ließ ihr Glas in der Luft kreisen.

»Bist du so nett und holst die Flasche aus dem Keller? Ich fühle mich ein wenig schwindelig.«

»Kein Problem.«

Sophie sprang auf und ging aus dem Zimmer. Jetzt musste es schnell gehen. Lars erhob sich, öffnete den Wohnzimmerschrank und holte die Plastikdose heraus, die er vor dem Essen dort deponiert hatte. Hastig schnitt er ein großes Stück seines Steaks ab und legte es hinein. Dazu füllte er etwas Reis und einige Scheiben des Kopfsalates in den Behälter. Während er aus dem Wohnzimmer huschte, stülpte er den Deckel auf das Gefäß. Seine Aktentasche befand sich im Flur. Er öffnete sie und fluchte, als etwas Warmes an seiner Hand entlanglief. Da klebte Bratenfett an seinen Fingern. Der Deckel war nicht dicht. Und das bei einer Tupperware Box! Lars eilte in die Küche, nahm aus der obersten Schublade einen Gefrierbeutel aus der Packung und zog ihn über den Behälter.

Schritte hallten auf der Kellertreppe. Gerade als Lars die Probe in der Tasche verstaute, bog Sophie um die Ecke.

»Was machst du denn hier?«, fragte sie überrascht.

»Ich muss mir noch einige wichtige Unterlagen ansehen. Ich wollte sie jetzt schnell heraussuchen. Nach dem Essen habe ich es bestimmt vergessen.«

Einen winzigen Moment schaute Sophie mit gerunzelter Stirn auf seine Tasche, dann zuckte sie mit den Schultern.

»Beeil dich aber. Das Essen wartet. Außerdem könnte es sein, dass ich inzwischen den ganzen Wein selbst ausgetrunken habe.«

»Das wäre eine Katastrophe.«

Sophie ging ins Wohnzimmer und Lars atmete geräuschvoll aus. Hatte sie gesehen, dass ein Teil des Gefrierbeutels aus der Tasche lugte? Er stopfte die Box so weit nach unten wie möglich und suchte anschließend nach irgendwelchen Papieren, die er mitnehmen und auf den Tisch legen konnte. Zu seinem Leidwesen war seine Tasche gut aufgeräumt und beinhaltete nichts, was er jetzt hätte brauchen können.

»Wo sind denn jetzt deine wichtigen Unterlagen?«, fragte Sophie, als Lars sich wieder an den Tisch setzte.

»Habe ich wohl im Büro vergessen.« Er schenkte ihr ein Glas Wein ein und stellte zufrieden fest, dass sie sich nun ganz auf das edle Getränk konzentrierte, und gar nicht bemerkte, dass seine Portion plötzlich um einiges kleiner geworden war.

16.

Am nächsten Morgen lag Sophie tatsächlich noch im Bett, als er frisch gewaschen aus dem Badezimmer kam.

»Hat Ludger heute keine Zeit?«, flüsterte Lars in den Schrank hinein, während seine Hände nach einem frischen Hemd griffen.

In der Küche füllte er den Wasserkocher auf, holte seinen großen knallgrünen Kaffeebecher vom Regal und schmierte sich drei Scheiben Brot. Bevor Lars das Haus verließ, prüfte er noch einmal den Inhalt seiner Aktentasche. Der Gefrierbeutel und die Essensproben befanden sich genau dort, wo er sie am Vorabend platziert hatte. Gut. Eine Stimme in seinem Kopf fragte, ob er allen Ernstes geglaubt habe, die Probe wäre über Nacht verschwunden. Lars schüttelte den Gedanken ab. Ihm war momentan selbst nicht klar, was er glauben sollte. Auf einen Notizzettel schrieb er die Inhaltsstoffe auf, um die ihn Clepper gebeten hatte. Die Anfänge seiner Nahrungsmittelallergie kamen ihm ins Gedächtnis. Schon immer hatte er mit dem Heuschnupfen gekämpft. Insbesondere Beifußpollen machten ihm schwer zu schaffen und sorgten für so manchen beschwerlichen Tag. Kurz nachdem er volljährig wurde, hatte er plötzlich allergisch auf Küchenkräuter reagiert, die seine Mutter schon seit Jahren zum Kochen verwendete. Der Arzt stellte eine sogenannte Kreuzallergie fest und erklärte, dass bei einer bestehenden Allergie gegen Beifuß eine zweite Allergie ausgelöst werden könne, bei der man allergisch gegen alle möglichen mit Beifuß verwandten Stoffe reagierte. Da Beifuß zu der Familie der Kräuter gehörte, vertrug er nun plötzlich viele Küchenkräuter und Gewürze nicht mehr. Sie lösten die gleichen allergischen Reaktionen aus wie der Beifuß. In den darauffolgenden Jahren war es sogar noch schlimmer geworden. Auch Sellerie, Karotten und andere Gemüsesorten bereiteten ihm nun Probleme. Er gewöhnte sich fast gänzlich ab, Gemüse zu essen. Erst als Sophie ihn heiratete, führte sie ihn langsam wieder an Gemüsesorten heran, die keine allergischen Reaktionen bei ihm auslösten. In den letzten Jahren hatte er sich mit den von ihr gekochten Speisen richtig wohlgefühlt, hatte fast vergessen, dass er an einer Nahrungsmittelallergie litt. Aber das war nun vorbei.

An der Haustür horchte Lars einen Moment nach Geräuschen. Sophie schlief nach wie vor. Sollte er sich von ihr verabschieden? Er lächelte müde und verzog den Mund. Nein, danach war ihm wirklich nicht. Wenn er es recht bedachte, hatte er überhaupt keine Lust mehr, in der Nähe seiner Frau zu sein.

Das Büro von Freddy Clepper hatte nichts mit der Vorstellung gemein, die Lars sich von einem

Detektivbüro machte. Er dachte an kleine, unaufgeräumte und verrauchte Hinterzimmer, an deren Glastüren der Name der Detektei mit Klebebuchstaben angebracht war. Aber schon das Bürohaus stellte sich als ein imposanter Glasbau mit einem gewaltigen lichtdurchfluteten Innenhof heraus, in dem mehrere hohe Bäume standen. Cleppers Reich befand sich im zehnten Stock. Als Lars aus dem Fahrstuhl stieg, empfing ihn ein riesiges Monster von Empfangstresen aus Acryl, in dessen Innerem blaue LEDs für ein kaltes, aber nicht ungemütliches Licht sorgten.

Eine blonde Frau strahle ihn an. »Willkommen bei Clepper Investigations.«

Lars stellte die Tasche auf das Acrylkunstwerk und schaute sich um. Nicht nur der Tresen war aus durchsichtigem Material gefertigt worden, auch die halbhohen Stehlampen, die Bilderrahmen und selbst die Stühle, die an der gegenüberliegenden Wand standen, bestanden aus Acryl. Sogar der kleine Aktenschrank hinter dem Tresen war kristallklar, wenn er auch aus massivem Glas zu bestehen schien. Die gesamte Einrichtung wirkte zwar edel, aber auch ungeheuer retro. Die Frau folgte amüsiert seinen Blicken, ließ sich aber zu keinem Kommentar hinreißen.

Lars holte den Gefrierbeutel hervor.

»Herr Clepper wartet auf diese Probe.«

Sie nickte und drückte auf einen Knopf.

Nur Sekunden später betrat Clepper den Raum. »Schön, Sie zu sehen.« Er schüttelte Lars die Hand.

»Tolle Einrichtung«, bemerkte Lars und klopfte auf den Tresen.

»Für die Transparenz«, erklärte Clepper ernst und berührte ebenfalls den Tresen mit seinem Zeigefinger. »Außerdem bin ich ein Kind der 1980er. Damals war Acryl megaangesagt.« Er nahm den Gefrierbeutel auf und schaute interessiert hinein. »Das sieht lecker aus. Rumpsteak?«

»Ganz genau. Garniert mit Reis und Kopfsalat.« Lars reichte ihm die Auflistung.

Clepper nickte zufrieden. »Ich werde mich im Laufe des Nachmittags bei Ihnen melden.«

*

Hans fing ihn am Eingang des Büros ab. »Ich brauche jetzt eine kleine Stärkung. Willst du mich begleiten?«

Lars hatte nichts dagegen. Außerdem verspürte er sogar etwas Appetit. Hans kannte einen vorzüglichen Imbiss, der auf einem verlassenen Parkplatz am Rande eines Gewerbegebietes seine Speisen anbot. Das knallige Zitronengelb des Verkaufswagens leuchtete schon von Weitem. Hinter der Theke stand ein Mann, der ebenso viele rote wie graue Haare auf dem Kopf hatte. Sein Vollbart wies noch weitestgehend rote Farbe auf. Hans bestellte Pommes mit Ketchup und Mayonnaise, Lars gönnte sich eine pure Bockwurst ohne alles. Sicher war sicher. Als der Verkäufer Lars in die Augen sah, hob er entschuldigend die Achseln.

»Leider keine Mayonnaise für Sie.«

Einen Moment fragte sich Lars, was das sollte. Schließlich stand die weiße Tube direkt hinter ihm, und leer konnte sie nicht sein, denn Hans hatte eben eine große Portion bekommen. Aber es spielte auch keine Rolle, er wollte dieses ungesunde Zeugs sowieso nicht. Außerdem, wer aß eine Bockwurst schon mit Mayonnaise? Noch bevor er weiter darüber nachdenken konnte, klopfte ihm Hans auf die Schulter.

»Du siehst nachdenklich aus.«

»Clepper wird sich heute bei mir melden«, antwortete er und gab damit so wenig wie möglich preis. Hans nickte und begann zu essen.

Lars war äußerst zufrieden, als Hans ihm auf dem Rückweg erklärte, für den heutigen Tag mehrere Besprechungen organisiert zu haben. Das würde ihn auf andere Gedanken bringen. Wenn er den Vorträgen seiner Mitarbeiter lauschte, war wenigstens keine Zeit, sich ständig irgendwelche Fragen zu stellen.

Als einer der Verkäufer vor den Tisch trat und den Beamer einschaltete, lehnte sich Lars entspannt zurück. Obwohl die Ausführungen seines Verkäufers über die Entwicklung gewisser Fonds informativ und spannend waren, fiel es ihm doch nicht so leicht wie geglaubt, sich darauf zu konzentrieren. Am Ende des Vortrages stellte Lars fest, dass er lediglich die Kernaussagen hätte wiederholen können. Hans schenkte ihm in der Pause einen Kaffee ein und setzte sich vor ihm auf den Tisch.

»Ich fasse für dich die wesentlichen Details noch einmal zusammen«, grinste er.

Lars prostete ihm mit der Kaffeetasse zu.

»Ist es so offensichtlich, dass ich mich nur schwer konzentrieren kann?«

»Nein. Du machst ein Gesicht, als würdest du jedes gesprochene Wort speichern, welches da vorne erzählt wird. Aber ich kann mir vorstellen, dass deine Aufmerksamkeit momentan doch eher anderen Dingen gilt.«

»Trotzdem sitze ich lieber hier und höre mir Vorträge an, als allein hinter meinem Schreibtisch zu kauern. Dort wäre meine Aufmerksamkeit total auf die anderen Dinge fixiert.«

Hans nickte und ging zur Stirnseite des Tisches, um nun selbst einen Vortrag zu halten. Er erzählte etwas über die neuen Kunden, die ihr Unternehmen gewinnen konnte. Und das waren nicht wenige, sie befanden sich wieder voll auf Kurs. Hans hatte von allen wichtigen Personen Fotos organisiert und Lebensläufe aufgetrieben. Lars stellte erstaunt fest, dass ihn dieser Teil des Meetings fesselte. Es war immer gut zu wissen, mit wem man es zu tun hatte. Hans und seine Verkäufer hatten mit allen Kunden gesprochen und ihre Anlage-Mentalitäten herausgefiltert. Anhand eines Diagramms war abzulesen, wer von ihnen eher auf die sicheren und konservativen Anlagen setzte und wer es risikoreich mochte. Als Tina in das Besprechungszimmer kam und sich leicht räusperte, hörte Lars sie zunächst gar nicht. Erst als sie ihn an der Schulter berührte, wandte er ihr den Kopf zu.

»Ein wichtiges Gespräch für dich.«

Lars nickte und ging mit ihr hinaus.

»Stellst du es bitte in mein Büro?«

Cleppers Stimme hörte sich ernst an. »Das Labor ist fündig geworden.«

»Was heißt das?«

»Essen Sie heute Abend nichts, was Ihre Frau gekocht hat. Ich habe bis spät in die Nacht noch einen Auftrag zu erledigen, aber ich werde gleich morgen Früh bei Ihnen vor dem Haus stehen. Dann sprechen wir über die Einzelheiten.«

Lars schluckte und wollte etwas erwidern, aber Clepper sprach sofort weiter.

»Ich bin gegen acht Uhr bei Ihnen. Und vergessen Sie nicht: Rühren Sie nichts an, was Ihre Frau zubereitet hat.«

Der Detektiv legte auf, ohne sich zu verabschieden. Lars blickte gedankenversunken auf seinen Monitor. In was für eine Geschichte war er da nur geraten?

17.

Sophie hatte es am nächsten Tag nicht eilig.

»Triffst du dich heute gar nicht mit Birte?«, fragte Lars, als sie aus dem Badezimmer schlenderte.

»Ich habe in einer halben Stunde einen Termin bei Doro im Beauty-Salon.«

Sie schien noch immer ein wenig ärgerlich darüber zu sein, dass er gestern sein Abendessen nicht angerührt hatte.

»Wie fühlst du dich überhaupt?«

»Etwas schwach, aber sonst ganz okay«, antwortete er wahrheitsgemäß.

Sein Herz schlug normal und es sah nicht so aus, als würde sein Kreislauf in nächster Zeit schlappmachen. Auch hatte er nicht das Gefühl, sich übergeben zu müssen. Sie gingen gemeinsam die Treppe hinunter.

»Aber heute Abend tust du mir den Gefallen und isst wieder mit, ja?«

»Natürlich. Wenn ich pünktlich aus dem Büro komme.«

Als Sophie die Haustür öffnete, blieb Lars vor Schreck die Luft im Halse stecken. Für einen winzigen Moment war ihm, als wäre sein Kehlkopf plötzlich angeschwollen. Clepper stand keine drei Meter entfernt und blickte ihnen lächelnd entgegen. Lars beobachtete die Reaktion seiner Frau. Würde sie Clepper erkennen? Immerhin hatte er aus nächster Nähe eindeutige Bilder von ihr geschossen. Seine Sorge war jedoch unbegründet, Sophie schaute den Detektiv kurz an und lächelte unverbindlich.

Clepper schenkte ihr ein launiges »Guten Morgen« und wandte sich an Lars. »Wie schön, Herr Kleidenau, dass Sie mich heute Morgen persönlich empfangen. Ich möchte eine große Geldsumme anlegen und hätte es nicht mehr in Ihr Büro geschafft.«

»Bei so einem guten Kunden mache ich gern eine Ausnahme«, antwortete Lars geistesgegenwärtig und machte eine einladende Handbewegung. Er winkte seiner Frau zu, während Clepper das Haus betrat. Sophie lächelte zurück und nickte leicht. Sie schien ihr kleines Spiel zu glauben.

»Ein synthetisch hergestellter Stoff«, erklärte Clepper, nachdem er sich auf das Sofa gesetzt hatte. »Das Labor fand eine geringe Menge dieser Substanz in Ihrem Essen. Sie vermuten, dass es in einer pulverartigen Form beigegeben wurde.«

Lars reichte Clepper die Kaffeekanne und schaute ihn verwundert an.

»Ein künstliches Mittel? Ein Gift?«

»Eben kein Gift. Es handelt sich um eine Kombination aus künstlichen Geschmacksverstärkern. Relativ harmlos für gewöhnliche Menschen. Doch bei Allergikern kann die Sache schon anders aussehen.«

»Aber das hätte ich schmecken müssen«, warf Lars ein und schlug unbehaglich seine Beine übereinander.

»Die Menge war gering genug, um den Geschmack des Fleisches nicht zu verfälschen, aber durchaus ausreichend, um Ihrem Körper Beschwerden zu bereiten.«

Lars strich sich mit der Hand über seine Haare und schaute den Detektiv mit zusammengekniffenen Augen an.

»Vielleicht ein Zufall?«

»Sicher nicht. Ich denke, Ihre Frau mischt dieses Pulver bewusst unter die Speisen, um Ihren Körper ständig mit den Substanzen zu konfrontieren, die er nicht verträgt. Für Ihren Körper wird diese Kombination irgendwann tödlich enden.« Clepper trank einen Schluck und blickte in den Garten. »Ich bin mir sicher, Ihre Frau spekuliert darauf, dass Sie sich von einem erneuten Anfall nicht mehr erholen werden.«

Lars stellte die Tasse auf den Tisch und merkte, wie seine Hände plötzlich zitterten.

»Aber welchen Grund sollte Sophie dafür haben? Selbst wenn sie beschließen würde, mich zu verlassen, um künftig mit diesem Ludger weiterzuleben, ich würde ihr keine Steine in den Weg legen. Ich wäre furchtbar gekränkt und entsetzlich enttäuscht, wahrscheinlich würde ich ihr auch jede Menge unfreundlicher Dinge an den Kopf werfen, aber ich würde sie gehen lassen. Was sollte ich denn auch anderes tun? Und wenn Sophie unbedingt die Scheidung wollte, bekäme sie auch diese. Ich bin kein Mensch, der jemanden an sich kettet.«

»Darum geht es doch überhaupt nicht«, sagte der Detektiv langsam und betont. »Ich vermute, es geht um das alles hier.« Clepper sprang auf, machte eine ausholende Handbewegung und stand einen Moment wie ein Prediger vor Lars, der das Ende der Welt verkündete. »Wenn Ihre Frau sich scheiden lassen wollte, bekäme sie sicherlich schon einen ordentlichen Batzen Geld, würde ich mal denken. Aber das genügt ihr nicht. Ihre Frau möchte keine Einschränkungen in ihrem Lebensstandard hinnehmen, seien sie auch noch so klein. Zumal Ludger auch kein Krösus ist, wie ich bereits erzählte. Ihre Frau möchte gerne alles behalten, was sie hier so hat – außer Sie. Und das geht nur, wenn Sie nicht mehr unter den Lebenden weilen und Sophie Sie beerben kann.«

18.

Die ersten Vögel begrüßten den neuen Tag. Lars hörte ihr Gezwitscher und schaute auf den Wecker. Es war vier Uhr am Morgen. Das Schlafzimmer lag noch in Dunkelheit. Erst allmählich würde das aufkommende Dämmerlicht für ein schmutzig graues Licht sorgen, welches sich langsam den Schrank hinauf arbeitete. Irgendwann, lange nachdem Clepper gestern das Haus verlassen hatte, war Sophie an der Türschwelle zum Wohnzimmer aufgetaucht und hatte mehrmals gefragt, warum er so abwesend sei. Soweit er sich erinnern konnte, hatte er etwas von Schwierigkeiten im Büro gesagt und seine Frau war mit dieser Antwort zufrieden gewesen.

Der Lattenrost ächzte, als Lars sich umdrehte. Sophie schlief auf dem Rücken, ihre Hände lagen auf der Bettdecke, zusammengefaltet wie beim Beten. Sie atmete schnell. Ihr Gesicht sah verspannt aus. Clepper hatte von einem im Grunde genommen genialen Plan gesprochen. Das Risiko für Sophie war minimal, man konnte sie kaum dafür bestrafen, dass sich ein starkes, künstliches Würzmittel in ihrem Besitz befand. Es gab keine rechtliche Handhabe gegen ihr Tun.

Wollte sie ihn tatsächlich hinterrücks töten? Diese Erkenntnis schmerzte so sehr, dass ihm fast übel wurde. *Diese Sophie ist nicht mehr deine Sophie*, dozierte eine Stimme in seinem Kopf, die Ähnlichkeit mit Carls Bariton besaß. *Diese Frau ist eine fremde Sophie. Eine Sophie, die nichts mit dir gemein hat.*

Leise öffnete Lars die Tür zum Bad und schaltete das Licht ein. *Eine andere Sophie*, hallte es in seinem Kopf nach. Er schaute in den Spiegel und sah in sein ernstes Gesicht. Und plötzlich wurde ihm vollkommen klar, was er zu tun hatte. Seine Hand griff nach dem Rasierschaum. Sie zitterte, aber diesmal vor freudiger Erregung.

Als er das Badezimmer verließ, saß Sophie aufrecht im Bett. Ihr Pyjama leuchtete in Giftgrün. *Wie passend*, dachte Lars.

»Du bist früh dran«, stellte sie verschlafen fest. »Ist dir wieder übel?«

Lars schenkte ihr ein breites Lächeln. »Überhaupt nicht. Mir geht es so gut wie lange nicht mehr.« Verdutzt sah sie ihn an und er genoss diesen verwirrten Gesichtsausdruck. Dann setzte er sich aufs Bett. »Du bist ständig weg. Ich war in letzter Zeit viel allein.«

Sophie seufzte und ihre Hände berührten seine Shorts. »Wollen wir mal den Druck abbauen.«

»Lass uns in den Pool gehen. Ich würde gern, dass du mich im Wasser streichelst.«

Sophie kniff die Augen zusammen und zischte leise.

»So früh? Es ist kurz vor sechs. Außerdem weiß ich gar nicht, wo ich meinen Badedress hingelegt habe.«

»Du brauchst nichts. Wir baden nackt.«

»Nackt?« Sie schaute ihn kopfschüttelnd an. »Ich weiß nicht …«»Bitte, tu mir den Gefallen.« Lars musste seine gesamte Willenskraft aufbringen, um sich zu ihr zu beugen und ihr einen Kuss auf den Mund zu geben.

Sophie erwiderte den Kuss halbherzig und schob ihn schließlich seufzend von sich. »Also gut.«

»Geh schon vor. Ich komme in zwei Minuten nach.«

Sophie trottete die Kellertreppe hinunter. Lars blickte ihr einen Augenblick hinterher und eilte dann ins Wohnzimmer. Viel zu hastig rissen seine Hände die Schublade auf. CDs und DVDs klapperten durch die Gegend. In der Ecke befand sich das Fotoalbum mit dem brisanten Inhalt. Lars hielt einen Moment inne. Wenn er den Umschlag mit den Fotos jetzt mit in den Keller nahm, gab es kein Zurück mehr. War er sich seiner Sache wirklich sicher? Ein Schweißtropfen lief ihm vom Haaransatz über die Stirn, die alte Wohnzimmeruhr tickte melodisch vor sich hin.

Doch.

Sein Plan stand fest.

Unwiderruflich.

Er nahm die Bilder und eilte seiner Frau hinterher.

Obwohl bereits das erste Zwielicht durch die Türen schien, schaltete Lars die Deckenbeleuchtung ein. Draußen war es grau und regnerisch. Schwere Wolken bewegten sich träge am Himmel entlang. Er stellte sich an den Rand des Beckens und schaute in das Wasser. Die hellen Halogenstrahler ließen es glitzern. Alles war friedlich, während er die tanzenden, kleinen Wellen beobachtete. Sophie hatte auf einem Liegestuhl gewartet und kam nun auf ihn zu. Routiniert zog sie seine Shorts zu Boden und befreite ihn von seinem T-Shirt. Als sie sich ausgezogen hatte, stockte sie.

»Ich dachte, du könntest es kaum mehr erwarten und wärst erregt? Wieso hängt er so schlaff runter?«

Lars grinste freudlos. Wie sollte er bei einer Frau erregt sein, die versuchte, ihn umzubringen?

Sophies Hand griff nach seinem Schwanz. Dann fiel ihr Blick auf die Bilder.

»Was hast du da?«

»Fotos in bester Qualität.«

Lars drückte seiner Frau die Bilder in die Hand und beobachtete ihren Gesichtsausdruck. Sophie ließ ihn los und starrte auf das Treppenhausfoto, das harmloseste dieser widerwärtigen Serie.

Das Entsetzen schlich sich nur langsam in ihre Mimik. Sie betrachtete das erste Aktfoto, als würden die Personen darauf überhaupt nicht mit ihr in Verbindung stehen. Schließlich blätterte sie schneller um. Endlich errötete sie und ihre Atmung wurde schneller.

Lars lachte humorlos. »Was meinst du, soll ich die Bilder zu unseren Urlaubsfotos kleben oder passen sie besser in das Album unserer Feierlichkeiten, du weißt schon, Verlobung, Hochzeit, Fremdgehzeit.«

Es dauerte einen Augenblick, bis Sophie die Sprache wiedererlangte.

»Hör mal …«, stakste sie, »… es ist nicht so, wie du denkst … Es tut mir leid.«

Ihre Stimme war kaum mehr als ein Flüstern.

Lars nickte. »Mir tut es auch leid. Das kannst du mir glauben. Wie lange geht das mit euch?«

»Ist doch egal.«

»Wie habt ihr euch kennengelernt?«

Sophie stöhnte genervt. »Ich will jetzt nicht über Ludger sprechen.«

»Ich eigentlich auch nicht.«

Blitzschnell versetzte er seiner Frau einen Stoß. Sophie schrie erschrocken auf und stürzte kopfüber in den Pool. Die Bilder verteilten sich wie ein Rosenregen über einem frisch verheirateten Paar auf der Wasseroberfläche und tanzten ausgelassen vor sich hin. Laut prustend tauchte Sophie auf.

Lars sah ihre straffen Brüste. Sein Blick ging hinunter zu der schmalen Taille und den durchtrainierten Beinen. Obwohl Sophie nicht Diät lebte, hatte sie kein Gramm zu viel auf den Rippen. Plötzlich ertappte er sich dabei, wie er Ludger Pöller beneidete.

»Was soll das?«, schimpfte sie und schwamm zur Leiter.

Als ihr Fuß die erste Sprosse erreichte, drückte Lars ihren Körper mit den Händen zurück. Sophie taumelte und verlor das Gleichgewicht. Doch sie fiel nicht gerade nach hinten ins Wasser, sondern zur Seite. Dabei schlug ihr Knie ungebremst gegen das Geländer der Treppe. Es gab einen dumpfen Knall und Sophie stieß einen gellenden Schrei aus, bevor ihr Kopf abermals in den Fluten versank. Lars konnte die Platzwunde direkt unterhalb des Kniegelenkes gut erkennen.

»Bist du übergeschnappt?«, kreischte sie nach dem Auftauchen und schwamm von ihm weg, zur Mitte des Pools.

»Das wollte ich wirklich nicht«, antwortete Lars. »Ich komme jetzt auch rein. Ich möchte, dass wir eine Runde schwimmen.« Er sprang kopfüber ins Wasser und tauchte kurz vor seiner Frau auf. Sophie starrte ihn mit großen Augen an und verharrte in ihrer Bewegung.

»Was hast du vor? Wir können über alles red…«

Ohne auf ihren Einwand zu achten, schlang er die Arme um ihren Oberkörper und zog sie mit unter Wasser.

*

Die Kaffeemaschine gurgelte fröhlich und begrüßte die Angestellten mit einem aromatischen Duft, der sich bereits über den gesamten Flur ausgebreitet hatte. Tina stand neben der Maschine und sortierte leere Becher in ein Regal.

»Wir brauchen eine neue Spülmaschine«, stellte sie fest, als sie ein Glas gegen das Fenster hielt. »Das alte Ding bekommt die einfachsten Flecken nicht mehr weg.«

Hans, der gerade sein Jackett aufgehängt hatte, kam zu ihr und nickte.

»Die leistet ja nun auch seit fünfzehn Jahren ihren zuverlässigen Dienst.«

»Du musst Lars mal anstoßen, dass er eine neue Maschine einbauen lässt.«

»Wird gemacht. Sitzt er schon in seinem Büro?«

»Nein, er ist noch nicht gekommen.«

»Nanu? Er wird doch nicht wieder Probleme haben?«

Tina zuckte mit den Achseln. »Krankgemeldet hat er sich jedenfalls nicht. Aber in letzter Zeit sieht er wirklich nicht gut aus. Was ist nur mit ihm los?«

Hans nahm eine knallgelbe Tasse aus dem Regal und untersuchte sie ausgiebig nach Schmutzstellen.

»Momentan läuft es nicht so rund in seiner Ehe.«

In diesem Augenblick wurde die Eingangstür energisch aufgerissen. Eine Gestalt kam direkt auf sie zu.

»Ahh! Morgentratsch an der Kaffeemaschine. Wie habe ich das vermisst!«

»Carl!«, riefen Tina und Hans fast gleichzeitig.

»Was machst du denn hier?«, fragte Hans überrascht.

»Einen Kaffee trinken«, antwortete Carl ernst und griff nach einem Becher.

»Lars sagte, du wärst schon in Brasilien.«

Carl schüttelte den Kopf. »Meine Schwester braucht Hilfe bei einem Immobilienverkauf. Die Angelegenheit zieht sich etwas und sie möchte, dass ich die Abwicklung überwache.«

»Lars wird sich über deinen Besuch bestimmt freuen«, sagte Tina.

»Und wir auch«, warf Hans ein.

Carl schaute ihn fragend an und Hans zeigte auf die Spülmaschine.

»Unsere treue Wäscherin wird bald in Pension gehen. Und wenn du jetzt hier bist und Lars noch einmal einen guten Tipp geben kannst, wird er sicherlich nicht knauserig sein, was eine neue Spülmaschine angeht.«

»Wir werden sehen, was sich machen lässt. Ist Lars denn schon da?«

»Nein. Es ging ihm gestern nicht so gut«, sagte Tina.

Hans nickte und deutete auf eine Tür. »Lass uns in mein Büro gehen.«

19.

Es dauerte eine Weile, bis sie den Grund des Beckens erreichten. Sophie hatte die Augen zusammengekniffen und strampelte panisch mit Händen und Füßen, doch er hielt sie fest umklammert. Erst jetzt bemerkte Lars, dass es schwer werden würde, Sophie in dieser Position gegen die Fliesen zu drücken. Musste Sophie den Boden wirklich berühren? Er dachte daran, wie Carl ihn mitgenommen hatte, und löste die Umklammerung seiner Frau. Ja, sie mussten beide den Boden berühren, es würde nicht ausreichen, wenn nur er das tat, während seine Frau in seinem Griff zappelte. Sobald sie frei war, machte Sophie hektische Schwimmbewegungen und erreichte die Oberfläche. Auch Lars tauchte auf. Er achtete nur kurz auf ihr schreckverzerrtes Gesicht, als er sich auf sie schob, als wäre sie eine prallgefüllte Luftmatratze. Gemeinsam versanken sie erneut im Wasser. Jetzt hatte er seine Frau direkt unter sich, er konnte ihren gemeinsamen Sinkflug nun viel besser steuern. Kurz bevor sie den Grund erreichten, drückte er ihren Körper mit einem beherzten Griff fest gegen die

Kacheln und ließ sich dann seitlich neben sie fallen, um ebenfalls Kontakt herzustellen. Sofort spürte er dieses merkwürdige Gefühl, als würden tausend wuselnde Schlangen in seinen Körper eindringen. Sophie befand sich nun unmittelbar neben ihm und er konnte sie nur noch mit seinem rechten Arm festhalten. Schon nach wenigen Sekunden spürte er, wie sie ihm langsam entglitt. Doch kurz darauf hörte das Kribbeln auf. Sein Arm wurde weggestoßen und seine Frau tauchte auf. Lars folgte ihr an die Wasseroberfläche.

»Bist du verrückt, mich einfach unter Wasser zu ziehen?«, schrie Sophie, während sie zur Leiter zurückschwamm. Ihre Stimme klang übergeschnappt, und sie musste husten. Wahrscheinlich hatte sie jede Menge Wasser geschluckt. Und bestimmt hatte sie das Kribbeln auch gespürt, aber in ihrer Panik gar nicht weiter darauf geachtet. Ängstlich schaute sie über die Schulter, als ihre Hände das Geländer der Leiter erreichten.

Lars blickte zur Terrasse. Hatte der Übergang geklappt? Der Himmel sah genauso grau und regnerisch aus wie vorhin. Aber das war für den gesamten Tag vorhergesagt. Trotzdem glaubte er, die Umrisse der Bäume im Garten jetzt besser erkennen zu können. Es schien etwas heller geworden zu sein. Und dann fiel ihm auf, dass die Fotos verschwunden waren. Die Wasseroberfläche glitzerte und nichts schwamm auf ihr herum.

Sophie hatte überhaupt keine Augen für ihre Umgebung. Wimmernd zog sie sich aus dem Wasser und lief nackt zur Treppe. Die Angst stand noch immer in ihren Augen. Dachte sie allen Ernstes, er würde sie ertränken?

»Es tut mit leid!«, rief Lars, stieg aus dem Wasser und griff nach seinen Shorts.

*

In Hans' Büro gab es einen kleinen Besuchertisch. Sie saßen sich auf zwei einfachen Stühlen gegenüber.

»Sophie macht Lars momentan Probleme«, begann Hans zu erzählen. »Vielleicht hat sie sich in einen anderen verliebt.«

Er berichtete von dem Auftrag, den Markus erhalten hatte, von dem Mietshaus und seinen eigenen Vermutungen.

»Ich habe ihm geraten, die Dienste von Freddy Clepper in Anspruch zu nehmen. Kennst du ihn?«

Carl nickte. »Clepper soll ein hervorragender Detektiv sein. Arbeitet für irgendeine große Versicherung.«

»Nicht mehr. Er hat sich schon vor Jahren selbständig gemacht.«

Carl beugte sich gespannt nach vorn. »Und?«

»Lars hat mit ihm gesprochen. Mehr weiß ich aber auch nicht.«

»Wir sollten ihn anrufen.« Carl öffnete die Tür und winkte Tina herbei, während er sein Handy aus der Manteltasche nahm. »Kannst du dich ans Telefon klemmen und bei Lars auf dem Festnetz anrufen? Sag ihm, dass ich ihn so schnell wie möglich sehen will. Ich probiere es unter seiner Mobilnummer.«

Tina nickte und griff nach dem Headset.

*

Seine Frau fing an zu rennen, als sie hörte, dass Lars hinter ihr herkam. Sicher wollte sie sich etwas anziehen, aber er durfte Sophie nicht ins Schlafzimmer lassen. Sein Blick ging in die Küche und einen Moment war ihm, als ob die andere Sophie neben dem Herd stand und ihn anlächelte. Aber natürlich befand sich niemand dort. Auf der Treppe nach oben holte er sie ein und umklammerte ihren Arm.

»Was willst du von mir«, fauchte sie böse. Ihr Blick wanderte unruhig an ihm vorbei ins Erdgeschoss.

»Hab keine Angst.«

»Du wolltest mich umbringen!«, rief sie laut.

Du willst mich umbringen, dachte Lars, und sein Griff um ihr Handgelenk wurde eine Spur stärker.

Eine Träne kullerte aus Sophies Auge.

»Ich möchte, dass du mich jetzt in Ruhe lässt.«

»In Ordnung.«

»Ich ziehe mich an und verlasse das Haus.«

Sie erreichten den oberen Flur und Lars zeigte mit der ausgesteckten Hand zur Badezimmertür.

»Geh ins Bad und mache deine Wunde sauber. Ich bringe dir deine Sachen rein.«

Sophie blickte auf den inzwischen wieder blutenden Schnitt an ihrem Knie und nickte fahrig.

»Du kannst auch duschen. Aber danach verlässt du mein Haus. Augenblicklich.«

Sophie nickte ein weiteres Mal und ging einen Schritt auf das Schlafzimmer zu.

»Da nicht«, sagte Lars streng.

»Ich muss was holen.«

»Geh ins Bad. Ich hol dir, was du brauchst.«

Einen Moment sah es so aus, als würde Sophie protestieren. Doch die Erfahrung, beinahe ertränkt worden zu sein, schien ihren Widerstand gebrochen zu haben. Mit vorsichtigen Schritten ging sie ins Badezimmer. Lars schaute ihr eine Sekunde hinterher und atmete tief durch. So weit, so gut. Plötzlich wurde ihm wieder bewusst, dass er schwitzte.

»Jetzt nur nicht nervös werden«, sagte er leise zu sich selbst.

Behutsam drückte Lars die Klinke der Schlafzimmertür herunter. Die Tür schwang fast von allein auf. Er blickte auf das Ehebett und zitterte leicht. Die Parallel-Sophie lag auf dem Rücken, die Decke umhüllte nur ihre Beine. Der Rest ihres Körpers lag frei. Sie trug das schwarze kurze Seidenshirt, welches er seiner Frau vor gut fünf Jahren zu Weihnachten geschenkt hatte. Aber seine Sophie zog es nur sehr selten an. Vielleicht weil es ihr zu körperbetont war und sie nicht wollte, dass er sie darin sah und Lust auf sie bekam? Denn eigentlich mochte Sophie das Shirt. Das versicherte sie ihm zumindest immer wieder. Lars schluckte schwer. Höchstwahrscheinlich hatte Ludger sie schon öfter so sehen dürfen.

Er versuchte, diesen Gedanken zu verscheuchen. Sein Blick fiel auf die andere Seite des Bettes. Glücklicherweise besaß sein Parallel-Ich die gleiche Angewohnheit wie er. Auch dieser Lars zog sich die Decke während des Schlafens hoch bis über die Augen. Fasziniert schaute Lars auf das Haarbüschel, das oberhalb der Decke herauslugte. Der Rest des Gesichtes war verdeckt. Er dachte an Carls Warnung und zwang sich, weiter Richtung Fensterbank zu gehen. Dennoch verspürte er den Drang, die Decke anzuheben und in das Antlitz seines Parallel-Ichs zu schauen. Was für ein Gefühl es wohl war, sich selbst ins Gesicht sehen zu können, ohne Hilfsmittel wie Spiegel, Fotoapparate oder Kameras zu benutzen, die das Bild der Wirklichkeit nur verzerrt und zweidimensional wiedergaben?

Die Dusche wurde aufgedreht und das Plätschern des Wassers drang in den Raum. Das gab ihm die Kraft, sich endgültig vom Bett abzuwenden. Es gab schließlich noch etwas zu erledigen.

Auf der Fensterbank stand eine armhohe Vase aus Metall. Darin fristeten vier lange Seidenblumen ihr Dasein und verstaubten zusehends. Seltsamerweise schien das Sophie nicht zu stören. Obwohl ihr sonst jede Staubschicht zuwider war, hatte sie der Putzfrau nie den ausdrücklichen Auftrag gegeben, diese Blumen zu reinigen. Lars nahm die Vase in die rechte Hand und legte die Staubfänger auf die Fensterbank. Die eckigen Kanten der Vase drückten in die Haut seiner Finger, während er sie fest umschlossen hielt.

Langsam ging er zurück zur Tür. Fast hätte er laut aufgeschrien, als ein tiefes Brummen zu hören war. Dann raschelte die Bettdecke und jemand schien sich schnaufend zur Seite zu wälzen. Lars schaute vorsichtig zu Sophie. Sie lag noch immer auf dem Rücken.

Also musste sich sein anderes Ich bewegt haben. Er widerstand der Versuchung, an Sophie vorbeizuschauen, und wandte sich wieder dem Ausgang zu. Machte auch er im Schlaf so schreckliche Geräusche? Wie hatte es Sophie all die Jahre in einem Bett mit ihm ausgehalten, wenn er bei jedem Drehen wie ein angriffslustiges Schwein grunzte?

»Nicht ablenken lassen. Konzentrier dich«, ermahnte er sich selbst und merkte erst dann, dass er diese Worte laut ausgesprochen hatte.

Zurück auf dem Flur nahm er sich ein paar Sekunden Zeit, um sich wieder auf die bevorstehende Aufgabe zu fokussieren. Er erreichte das Badezimmer. Seine Hand lag auf der Türklinke. Das Wasser der Dusche wurde gerade abgedreht. Seine Fingerknochen traten hervor, als er die Vase noch eine Spur fester umklammerte und mit einem Ruck die Tür öffnete.

Sophies Blick wurde augenblicklich wachsam. Sie schlang ein großes Handtuch um ihren Körper und zeigte Richtung Schlafzimmer.

»Wenn du mir meine Sachen bringst, verschwinde ich.«

Lars achtete nicht auf ihre Worte. Er ging geradewegs auf sie zu und hob den rechten Arm. Als Sophie die Vase in seiner Hand entdeckte, sprang sie einen Schritt zurück und stieß einen panischen Schrei aus.

Es nutzte nichts. Als er die Vase niedersausen ließ, gab es ein dumpfes Geräusch, als hätte man eine Axt gegen den Stamm eines Baumes geschlagen, und Sophie sackte zusammen.

*

Frustriert schmiss Tina das Headset auf den Tisch.

»Es geht niemand ran.«

Carl verzog das Gesicht. »Bei mir auch nicht.«

»Das ist nicht seine Art«, stellte Hans fest. »Wenn es ihm nicht gut geht, ruft er mich zumindest an und stellt die Termine für den Tag um.«

»Reagieren wir nicht ein wenig zu hektisch?«, warf Tina ein. »Möglicherweise sitzen Sophie und er gemütlich zusammen und räumen ihre Differenzen aus.«

»Denkbar ist es«, gab Carl zu. »Aber ich hätte doch gern Gewissheit. Ich werde mir ein Taxi rufen und zu ihm fahren.«

20.

Sophies Körper knallte wie ein schwerer Sack auf die feuchten Fliesen vor der Dusche. Es gab ein zweites dumpfes Geräusch, als ihr Hinterkopf auf den Boden schlug. Eine der Fliesen färbte sich augenblicklich rot. Lars ging zwei Schritte zurück und wischte sich den Schweiß aus dem Gesicht. Er ließ sich auf die Knie fallen und stellte die Vase ab. Das Metall des Gefäßes war gesprenkelt mit feinen, roten Punkten. Lars stützte sich mit den Händen auf dem Boden ab und verweilte einige Sekunden in dieser Position. Seine Atmung ging schnell und unregelmäßig. Er hatte noch nie jemanden derartig verletzt, es fühlte sich ganz und gar furchtbar an. Er konnte nicht glauben, dass manche Leute Spaß daran fanden, andere Menschen niederzuknüppeln. Die Blutlache war nicht größer geworden. Gott sei Dank. Er hatte doch nicht etwa zu kräftig zugeschlagen? Er hatte keine Ahnung, wie stark man einer Person auf den Kopf hauen musste, um sie eine Weile außer Gefecht zu setzen.

Unvermittelt fing Sophie zu stöhnen an. Es war ein unangenehmer, durchdringender Ton, der Lars an einen jaulenden Hund erinnerte. Eigentlich müsste sie ohnmächtig sein. So lautete jedenfalls der Plan. Was sollte er unternehmen, wenn sie sich langsam aufrappeln würde? Nach einem Augenblick realisierte er jedoch, dass sich seine Frau nicht bewegte. Ihr Wimmern wurde leiser, hörte aber nicht auf. Dennoch machte es nicht den Anschein, als bekäme sie etwas von ihrer Umwelt mit. Lars zog sich einen der Bademäntel über, die an einem Haken neben der Tür hingen, und breitete einen zweiten auf dem Boden aus, den er seiner Frau so gut es ging, überzog.

»Dann wollen wir mal«, sagte er so ruhig wie möglich, beugte sich zu ihr herunter und griff unter die Schultern seiner Frau.

Auf der Treppe bekam er Schwierigkeiten, das Gleichgewicht zu halten. Er hätte nicht gedacht, dass ein kraftloser Körper so schwer sein konnte. Sein Plan war, rückwärts hinunterzugehen und Sophie einfach mitzuschleifen. Schon bei den ersten Stufen wären seine Füße beinahe ins Straucheln gekommen.

Sophies Kopf lag an seiner Brust und ihr Gewicht drückte von oben. Schließlich legte er auf jeder Treppenstufe eine kurze Pause ein, um sich bei jedem Schritt zu vergewissern, dass seine Füße sicher standen, um dann ihren Körper behutsam hinterherzuziehen.

Mit letzter Kraft erreichte Lars das Wohnzimmer und hievte Sophie auf das Sofa. Ihre Augen waren geschlossen. Ihm fiel auf, dass ihr Gesicht erstaunlich friedlich aussah. Wenn nur dieses permanente Wimmern nicht wäre. Aufmerksam strich Lars durch ihre Haare und versuchte, die Verletzung zu finden.

Einige Haare klebten mittlerweile so fest zusammen, dass sie sich nicht bewegen ließen. Aber zu seiner Erleichterung gab es keine frischen Blutspuren mehr. Wie groß auch immer die Wunde war, die er ihr beigebracht hatte, sie musste sich von allein geschlossen haben. Erleichtert ließ Lars sich neben das Sofa sinken. Da hatte er noch einmal Glück gehabt. Platzwunden am Kopf waren hässliche Angelegenheiten, er hatte schon oft genug am eigenen Leibe erfahren, wie sehr selbst winzigste Blessuren bluten konnten.

In der Küche neben den Abfalleimern bewahrte Sophie Tüten und Beutel auf. Lars kramte in dem unordentlich übereinandergestapelten Haufen und hielt kurze Zeit später einen großen Leinenbeutel in den Händen. Sein Blick fiel auf die Arbeitsplatte. Unwillkürlich musste er an das gemeinsame Kochen mit der anderen Sophie denken. Was für ein schöner Moment das war. Er lächelte und fühlte Zuversicht in sich aufsteigen. Alles würde sich zum Positiven entwickeln.

Im Arbeitszimmer bestand sein erster Impuls darin, zum Computer zu gehen und ihn einzuschalten. Dabei war er heute bestimmt nicht hergekommen, um nach irgendwelchen Kursen zu schauen. In der Schreibtischschublade befand sich eine Rolle Paketband, die er dringend benötigte.

Aus dem Schlafzimmer kamen gleichmäßige Geräusche. Wieder fiel es ihm schwer, diesen Raum zu betreten, aber es half nichts. Sein Blick ging zur Bettdecke, die inzwischen nach unten gerutscht war. Der Kopf seines Parallel-Ichs war nicht länger darunter verschwunden. Lars spürte förmlich, wie sein Herz für einen Schlag aussetzte. Dann wurde ihm klar, dass er auf den Hinterkopf seines Doppelgängers schaute. Sein Parallel-Ich lag eng an Sophie gekuschelt. Seine Hand lag auf ihrer Brust und seine Beine berührten die ihren. Dieser Anblick versetzte Lars einen Stich. Er dachte daran, wie seine Sophie sich oft umdrehte, wenn er versuchte, ein wenig Körperkontakt herzustellen.

An der Bettkante blieb Lars stehen, hob ein Knie auf die Matratze und betrachtete fasziniert die Haare seines Parallel-Ichs. Hatte er wirklich einen so schmalen Hinterkopf? Und gab es auch bei ihm diese großen Stellen, an der das Haar bereits schütter wurde? Im Spiegel war ihm das bisher nie aufgefallen. Aber wann wirft man schon mal einen Blick auf seine komplette Kopfrückseite?

Sophie japste einmal leise und bewegte sich leicht. Sie sah wunderhübsch aus, er hätte sie stundenlang anschauen können. Doch dafür war jetzt keine Zeit. Lars löste sich von ihrem Anblick, beugte sich vor und krempelte den Leinenbeutel auf. Seine flache Hand schob sich unter den Kopf seines Doppelgängers und hob ihn an. Dann stülpte er ihm den Leinenbeutel über und streifte ihn behutsam nach unten, bis das gesamte Gesicht bedeckt war. Er riss ein Stück Paketband ab und wickelte es um die Griffe des Beutels und um den Hals seines schlafenden Egos. Dann zog er am oberen Ende des Beutels und stellte zufrieden fest, dass er hielt und ihm nicht mehr vom Kopf rutschen konnte. Lars wusste nach wie vor nicht, was passieren würde, wenn er in das Gesicht seines Parallel-Ichs schaute. Die Rückseite anzublicken, war anscheinend gefahrlos. Alles andere wollte er lieber nicht austesten.

*

Der Taxifahrer war ein pickliger Jüngling, der zu allem Überfluss auch noch ununterbrochen redete. Ungefragt hatte er Carl von seinen diversen Studienabbrüchen erzählt und verkündet, dass er schon bald in Esoterik machen würde.

»Alles steht ja irgendwie im Einklang, auch wenn es sich bewegt«, dozierte er gerade mit wichtigtuerischer Stimme.

Carl sah ihn von der Seite an und verkniff sich nur mit Mühe ein Gähnen.

»Esoterik hat ja auch irgendwie was mit Energie und so zu tun. Mein Auto übrigens auch. Also der Motor.« Der Fahrer nahm eine Hand vom Steuer, um durch die Frontscheibe auf die Motorhaube zu zeigen.

Carl rieb sich über die Augen. Obwohl er mit den Gedanken bei Lars war, konnte er sich ein Grinsen nicht verkneifen. Fuhr der Typ schon die ganze Nacht Taxi und hatte sich zwischendurch irgendetwas Wachhaltendes eingeworfen oder war er einfach so, wie er war?

»Die nächste Straße rechts«, sagte Carl, ohne auf das Gesagte einzugehen.

Der Fahrer setzte den Blinker und schaute vorschriftsmäßig zur Seite, um nach Fußgängern Ausschau zu halten. Immerhin etwas.

*

Für einen Moment überkam Lars der Verdacht, den Leinenbeutel zu fest um das Gesicht seines Doppelgängers geschnürt zu haben. Plötzlich gab der schlafende Lars kehlige Laute von sich, zusammen mit einem herzhaften Schmatzen. Doch wenige Sekunden später beruhigte sich seine Atmung wieder. Er schien genug Luft durch den groben Stoff bekommen zu können.

Lars stand unschlüssig vor dem Bett und überlegte, wie der schwere Körper am leichtesten wegzuschaffen war. Nach der Strapaze mit seiner Frau fürchtete er sich vor dieser Aufgabe. *Hoffentlich schlafen die wirklich so fest, wie Carl gesagt hat.* Er zog mit aller Kraft an den Beinen seines Parallel-Ichs. Der Körper rutschte mehr als einen halben Meter nach unten. Lars griff nach dem Kopfkissen und drapierte es auf den Boden vor dem Bett, um den Aufprall zu mindern. Nach dem zweiten Ruck lag nur noch der Oberkörper auf der Matratze, Becken und Oberschenkel hingen in der Luft. Mit einem letzten Ruck zog er den schlafenden Körper schließlich vom Bett. Unsanfter als beabsichtigt kam sein Doppelgänger auf dem Parkett auf. Der Kopf seines Parallel-Ichs verfehlte das weiche Kissen, ein deutliches Stöhnen war zu vernehmen. Spätestens jetzt wäre sein Doppelgänger wohl aufgewacht, wenn es sich um einen normalen Schlaf gehandelt hätte. Aber dies war kein normaler Schlaf, so viel stand fest. Er hatte etwas Komatöses an sich. Lars war heilfroh, ihm den Beutel umgebunden zu haben, spätestens jetzt wäre es nicht mehr zu vermeiden gewesen, dass er ihm frontal ins Gesicht gesehen hätte.

Erschöpft wischte er sich den Schweiß von der Stirn. Obwohl er nur seinen Bademantel trug, fühlte er sich, als hätte er eine schwere Winterjacke angezogen. Aber noch war keine Zeit für eine Pause. Lars steckte das Paketband ein, griff dem Schlafenden unter die Schulter und schleifte ihn in den Flur. Glücklicherweise lag das Gästezimmer nicht weit entfernt. Die Tür schwang auf und gab den Blick frei auf das große Bett, in dem vor Kurzem noch Carl geschlafen hatte, zumindest in seiner Welt. Die indirekte Beleuchtung warf lange Schatten und die beiden Skulpturen, die wie stumme Wächter den Raum inspizierten, wirkten kalt und abweisend. Unvermittelt schoss ein Gedanke durch seinen Kopf. Hatte auch der Parallel-Carl hier übernachtet? Und wenn ja, zu welchem Zweck? Carl hatte ja explizit bei ihm schlafen wollen, um ihm gleich am nächsten Tag den Übergang zu zeigen. Und dieser Carl? Hatte er dasselbe vorgehabt? Wäre das dann nicht sehr gefährlich gewesen? Er musste bei nächster Gelegenheit unbedingt Carl danach fragen.

Er ließ diese Überlegung ziehen, zog seine schlechtere Hälfte hinein und umwickelte mit dem Paketband etliche Male die Fuß- und Handgelenke. Wie sich herausstellte, ließ sich sein Parallel-Ich nur mit äußerster Mühe unter das Bett schieben. Es gab kaum Spielraum nach oben und Teile des Lattenrostes drückten auf Oberkörper und Gesicht seines Doppelgängers.

Die Schlüssel der Zimmer bewahrte Sophie in einem kleinen Hängeschränkchen im Arbeitszimmer auf. Zufrieden, aber erschöpft sperrte er das Gästezimmer ab.

Völlig ausgelaugt betrat er das Wohnzimmer und betrachtete einen Augenblick lang die Paketbandrolle, die er mit nach unten genommen hatte. Sie war bereits zur Hälfte aufgebraucht. Und den Rest würde er auch noch benötigen.

Sophie hatte sich nicht bewegt. Ihre Atmung ging eine Spur zu unregelmäßig. Es sah nicht so aus, als würde sie in nächster Zeit in der Lage sein, aufzustehen und zu flüchten. Dennoch wollte er sich lieber nicht darauf verlassen, umwickelte ihre Handgelenke und verklebte sie mit dem Metallgestell der Armlehne.

Nun war es höchste Zeit für eine Pause. Lars setzte sich an den Esstisch und stellte fest, wie schwer es ihm fiel, geradeaus zu schauen. Obwohl er den Sofahocker fixierte, schien es ihm, als würden seine Pupillen nicht gehorchen und nach einigen Sekunden in eine willkürliche Richtung abdriften. Kurz war ihm, als würde der Stuhl sich wie ein Bürostuhl um die eigene Achse drehen, doch dann zog dieser Schwächeanfall gottlob vorüber.

Sophie wimmerte inzwischen wieder. Ruckartig streckte sie die Beine aus und wäre dabei fast vom Sofa gerutscht. Sie war noch immer nicht bei Bewusstsein, ihre Augen blieben geschlossen. Wenigstens sah ihr Gesicht nicht mehr ganz so blass aus. Lars atmete laut aus und lehnte sich zurück.

Jetzt hieß es warten.

21.

Das Taxi kam vor dem Haus der Kleidenaus zum Stehen und Carl blickte nachdenklich hinauf zur Eingangstür. Auf den ersten Blick sah er nichts, das ihm Sorgen bereitete. Die Haustür war verschlossen und die Autos von Lars und Sophie standen nebeneinander vor der breiten Garage. Er drückte dem Fahrer einen Fünfzig-Euro-Schein in die Hand und nickte ihm lächelnd zu.

»Der Rest ist für den Esoterik-Kurs.«

Einen Augenblick stand Carl auf der Straße und betrachtete die hohen Bäume neben der Einfahrt, die sich im Wind hin- und herbewegten. Und wenn doch alles ganz harmlos war? Vielleicht hatten sich Lars und Sophie tatsächlich ein gemütliches Frühstück gemacht und sprachen in aller Ruhe über ihre Beziehung?

Und wenn schon. Dann müssten sie eben noch ein zusätzliches Gedeck auftischen.

Die Klingel hörte sich hier draußen an wie der weit entfernte Klang einer rennenden Kuh mit Glocke.

Carl schmunzelte über das Bild vor seinem geistigen Auge und drückte zum dritten Mal auf den Knopf. Es schien ihm niemand aufmachen zu wollen.

Direkt vor Sophies parkendem Wagen führte ein mit Mosaiksteinen gepflasterter Weg ums Haus. Er öffnete eine hellblaue Pforte und betrat das Grundstück.

Die Rasenfläche war kurz geschoren und kein Unkraut wuchs zwischen den saftig grünen Halmen. Wieder einmal bemerkte Carl, wie imposant die Villa von hier hinten aussah. Aufgrund des abfallenden Hanges bekam sie auf dieser Seite praktisch ein zusätzliches Stockwerk. Der Keller war plötzlich kein Keller mehr, sondern ebenerdig.

Vielleicht hielt sich jemand im Schwimmbad auf? Als Carl auf die Holzstege der Terrasse trat, gaben die Sohlen seiner Designerhalbschuhe mit jedem Schritt quietschende Geräusche von sich. Mit den Händen schirmte Carl das Gesicht ab und schaute durch eines der Glaselemente. Der Keller war beleuchtet. Das Licht der Deckenstrahler fiel auf die Wasseroberfläche und auf die Kacheln ringsherum. Einzelheiten konnte er dennoch nicht erkennen, da die Scheiben getönt waren. Aber im Pool bewegte sich nichts. Kurz war ihm, als würde irgendetwas Kleines auf dem Wasser schwimmen, aber das konnte auch eine Täuschung sein.

Brummend drehte er sich um, umrundete den Garten auf der anderen Seite und stand schließlich wieder vor der Haustür. Noch einmal drückte er den Klingelknopf, doch vergeblich.

Ihm fiel ein, wie sehr Sophie es hasste, Hausarbeiten zu erledigen. Lars hatte sich bei ihm am Anfang ihrer Ehe fast täglich über diese Marotte seiner Frau ausgelassen. Wann kam das Hausmädchen für gewöhnlich? Er glaubte, sich zu erinnern, dass es am frühen Nachmittag war. Doch kam sie jeden Tag zum Putzen? Carl zuckte die Achseln, holte sein Handy hervor und drückte eine Taste.

*

Es dämmerte bereits, als Sophie wach wurde. Unvermittelt strampelte sie mit den Beinen, der Bademantel fiel zur Seite und gab den Blick auf ihren nackten Körper frei. Lars brauchte eine Weile, bis er ihre Bewegungen wahrnahm. Er hatte die ganze Zeit über auf dem Stuhl gesessen und vor sich hin gestarrt. Erst jetzt wurde ihm klar, dass er ebenfalls in eine Art Dämmerzustand gefallen sein musste. Sophies Mund formten Worte. Lars ging zu ihr und beugte sich über sie.

»Mein Kopf«, krächzte sie kaum verständlich. »Tut so weh. Was ist passiert?«

Ihre Pupillen wanderten umher, ohne ihn zu fixieren.

»Du bist fürchterlich böse gestürzt.« Lars strich beruhigend über ihre Wange. »Du musst dich ausruhen. Schlaf noch ein wenig.«

Seine Worte zeigten Wirkung. Sophie nickte langsam und schloss erneut die Augen. Nach einer Weile atmete sie wieder gleichmäßig.

*

»Carl, schön, dass du dich meldest. Wie geht es Lars?«

Tinas Stimme klang hektisch. Im Hintergrund surrten mehrere Telefone.

»Ich habe ihn noch nicht gefunden. Ich stehe vor seinem Haus, aber auf mein Läuten wird nicht reagiert.«

»Möglicherweise habt ihr euch verpasst und er ist unterwegs ins Büro?«

»Nein, das glaube ich nicht. Sein Wagen steht in der Einfahrt. Und das Auto von Sophie ist auch hier. Weißt du, ob die beiden noch immer eine Haushaltshilfe beschäftigen?«

»Hans weiß das bestimmt. Ich stell dich mal durch.«

Nie fand Carl die Musik nervtötender als in den paar Minuten, die er in der Warteschleife verbrachte. Endlich meldete sich Hans und entschuldigte sich für die Verzögerung. Carl konfrontierte ihn mit seiner Frage, woraufhin Hans einmal kurz auflachte.

»Doch, soweit ich informiert bin, kommt die Putzkraft täglich. Später Nachmittag oder früher Abend.«

»So lange kann ich nicht warten. Was ist, wenn Lars mit einem neuerlichen Schock hilflos in der Ecke liegt?«

»Sagtest du nicht, beide Autos stehen da? Also müsste Sophie auch im Haus sein. Vielleicht machen sie einfach nur einen gemeinsamen Spaziergang?«

»Denkbar. Aber warum geht Lars dann nicht an sein Handy? Er trägt es ständig mit sich, allein schon wegen der Notfalltaste, sollte er irgendwo von einem Anfall überrascht werden.«

»Es gibt da noch eine andere Möglichkeit«, sagte Hans. »Ein Ersatzschlüssel befindet sich im Schuppen bei den Kletterrosen. Lars hat ihn extra dort deponiert für genau solche Situationen, wie wir sie jetzt haben.«

»Das sagst du mir erst jetzt? Und der Schuppen ist nicht abgeschlossen?«

»Doch. Wer an den Schlüssel will, muss die Scheibe zerdeppern. Unter einer der Blumenvasen findest du dann den Haustürschlüssel.«

22.

Sophie wachte eine Dreiviertelstunde später zum zweiten Male auf und machte diesmal einen wesentlich muntereren Eindruck. Wieder stellte sie fest, dass ihr Kopf dröhnte. Lars ging in die Küche und löste zwei Schmerztabletten in Wasser auf. Als er das Glas an ihren Mund hielt, wollte sie sich aufsetzen. Erst jetzt registrierte sie, dass ihre Handgelenke mit der Sofalehne verbunden waren.

»Binde mich sofort los.«

Ihre Stimme klang kraftlos und war kaum mehr als ein Flüstern.

»Ruhe dich lieber ein bisschen aus«, antwortete Lars ruhig und drückte das Glas an ihre Lippen.

Sophie öffnete den Mund und trank die Medizin in mehreren hektischen Schlückchen aus.

»Was ist überhaupt passiert?«

»Du bist beim Duschen ausgerutscht und mit dem Kopf auf dem Boden gestürzt.«

»Ich erinnere mich nicht. Ich weiß nur, dass ich ins Badezimmer gehen musste, weil du mich unter Wasser gezogen hast.«

Lars nickte langsam und faltete die Hände zusammen.

»Die kleine Abkühlung hattest du dir verdient. Du erinnerst dich noch an die Fotos? Oder ist dir das auch entfallen?«

Sophie antwortete nicht. Ihre Hände zogen nun eine Spur fester an den Fesseln.

»Hörst du schwer? Du sollst mich auf der Stelle losbinden.«

»Ich werde dich nicht losbinden«, stellte er unmissverständlich fest.

»Was … was hast du vor?«

Aus ihrem Gesicht war jegliche Farbe gewichen. Lars erhob sich und ging zum Esstisch, auf dem sich eine Flasche Wein befand.

»Ich würde dir ja auch gern ein Glas anbieten, es ist dein Lieblingswein, von dem wir nur noch zwei Flaschen haben. Bedauerlicherweise hast du keine Hand frei. Außerdem hast du eben gerade Tabletten genommen. Sie würden mit dem Wein nicht so gut harmonieren.«

Sophies weit geöffnete Augen starrten ihn an.

»Mach mich endlich los, sonst zeige ich dich an.«

»Du willst mich anzeigen?« Lars drehte den Korkenzieher in die Flasche. Es gab ein leises Ploppen, als der Korken willig herausglitt. Er ging zum Vitrinenschrank, nahm eines der besonders guten Weingläser heraus und schenkte sich ein. »Eigentlich müsste ich dich anzeigen. Wegen versuchter Vergiftung oder etwas in der Art. Und aus diesem Grunde werde ich dir auch die Fesseln nicht abnehmen.«

Sophie verstand sofort. Da war ein kurzes Flackern in ihren Augen. Ihr Mund bebte und sie schaute sich gehetzt um. Dann begann sie, um Hilfe zu schreien. Ihm war nicht in den Sinn gekommen, dass seine Frau nach der Verletzung schon wieder Kraft für solch entsetzlich laute Schreie finden würde. Lars drehte das Weinglas in der Hand und versuchte, sich nichts anmerken zu lassen. In Wirklichkeit empfand er Mitleid für seine Frau. Er liebte diese Sophie noch immer und würde es auch immer tun. Dabei spielte es keine Rolle, was sie ihm angetan hatte oder noch antun wollte. Die Nachbarhäuser standen Hunderte Meter entfernt und ihre Parallel-Ichs hatten einen extrem tiefen Schlaf. Niemand konnte sie hören. Es dauerte auch nicht lange, da gingen ihre Schreie in ein leises Wimmern über.

Gleichgültig, um welchen Wein es sich handelte, sein Körper vertrug das Getränk in letzter Zeit nicht mehr besonders. Lars musste aufstoßen und eine brennende Flüssigkeit lief ihm die Speiseröhre hinauf. *Ich sollte mir schnellstens ein Glas Wasser organisieren.*

Er betrat die Küche und öffnete den Kühlschrank. Während er nach der Wasserflasche griff, merkte er, wie eine stählerne Faust sein Herz umklammerte. Es war nicht nur der Wein, der ihm zu schaffen machte. Vielmehr war er erschüttert über die Reaktion, mit der Sophie auf seine Anschuldigung reagierte. Tief im Inneren hatte Lars gehofft, dass sie seine Zweifel ausräumen würde. Er hatte gehofft, dass sich Clepper doch irrte und Sophie ihm eine einleuchtende Erklärung für die Substanzen in seinem Essen geben würde. Stattdessen fing sie wie panisch zu schreien an. Einen besseren Beweis für ihre Schuld hätte es nicht geben können. Sophie hielt es nicht einmal für nötig, sich zu verteidigen.

Andererseits hatte ihr eindeutiges Verhalten auch etwas Gutes. Bisher hatte sich ein kleiner Teil seines Verstandes standhaft geweigert, seinen Plan, mit dem er seine Frau auf elegante Weise loswerden wollte, zu unterstützen. Aber jetzt waren alle Zweifel ausgeräumt.

Sophie befand sich in erstaunlich guter Verfassung. Sie zerrte mit solch einer Kraft an dem Paketband, dass das ganze Sofa wackelte. Lars stöhnte leise und setzte sich auf den Boden neben sie.

»Du wolltest mich kaltblütig umbringen. Und ich frage mich noch immer, warum. Nur, um an das Haus und das ganze Geld zu kommen?«

Sophie verharrte in ihrer Bewegung und starrte einen Punkt an der Decke an.

»Ich hasse dich«, stellte sie heiser und mit wutverzerrtem Gesicht fest. »Ich hasse dich so sehr und wünschte, ich hätte dich schon längst abgestochen wie ein altes Schwein.«

Sie schloss die Augen und drehte sich, so gut es ging, zur anderen Seite gegen die Sofakissen.

*

Während er erneut über den Rasen ging, wanderten seine Gedanken zum geplanten Anbau seiner eigenen Villa in Brasilien. In Südamerika war es bedeutsam, sich ab und an als Gastgeber gewisser feudaler Festlichkeiten hervorzutun. Insbesondere für Ausländer war das wichtig. Bei der Planung ihrer Villa hatten sie derartige Räumlichkeiten seinerzeit nicht vorgesehen. Seine Frau war nie ein Partybiest gewesen. Und er hatte nach ihrem Tod nicht im Traum daran gedacht, überhaupt noch einmal eine Feier auszurichten. Inzwischen sah er das jedoch ein bisschen differenzierter. Er hatte weiß Gott nicht vor, Feste auszurichten, damit er eine neue Frau kennenlernen würde, er war aus Überzeugung Witwer und würde dies auch für immer bleiben, dennoch wollte er nicht einsam sterben. Und nur wer gesellschaftliche Events veranstaltete, wurde auch auf andere Zusammenkünfte eingeladen. Also musste ein Anbau her. Die Pläne des Architekten waren längst fertig und lagen bei irgendwelchen Behörden zur Prüfung, aber genau daran scheiterte es momentan. Trotz zahlreicher Bestechungen, Zuwendungen und Geschenke aller Art, die Carl im Laufe der letzten Monate so ziemlich der halben Bezirksverwaltung gemacht hatte, ließ die Genehmigung für den Bau weiter auf sich warten. Ihm fiel die Aussage seines Anwaltes ein: »Hätten Sie jetzt schon Ihren Festsaal, könnten wir die Beamten und deren Familien einladen und würden sicherlich schon innerhalb der nächsten Tage eine Baugenehmigung in unseren Händen halten.« Carl schüttelte traurig den Kopf. Da biss sich der berühmte Hund mal wieder in den eigenen Schwanz. Irgendwie typisch für dieses Land.

Die Rosen standen in voller Blüte und verdeckten das Holzspalier beinahe völlig. Ein Farbenmeer aus roten und gelben Knospen wiegte sich sanft im Wind. Hinter den Rosen führte ein kleiner Weg zum Schuppen, der unmittelbar an der Grenze des Grundstückes lag. Dahinter begann das sogar noch eine Spur größere Anwesen des Nachbars, einem asiatischen Gewürzhändler, soweit sich Carl erinnerte.

Der Schuppen selbst stellte nichts Besonderes dar. Auf jedem Baumarktparkplatz gab es Dutzende dieser in Fertigteilen errichteten Aufbewahrungshütten. Das ursprünglich helle Holz hatte Lars dunkelbraun angemalt. Inzwischen war es an vielen Stellen verwittert und die Farbe teilweise abgesplittert. Die Tür schien ihm gerade breit genug, um bequem einen Rasenmäher durchzuschieben. Nicht, dass Lars je selbst Rasen gemäht hätte. Dafür war ein Gärtnerbetrieb zuständig, der auch den restlichen Garten in Schuss hielt. Wahrscheinlich besaß Lars nicht mal einen Rasenmäher.

Carl drückte die silberne Klinke herunter und stellte wenig verwundert fest, dass abgeschlossen war. In Augenhöhe befand sich ein kleines Fenster, nicht viel größer als eine aufgeklappte Zeitschrift. Zwei einfache Holzleisten in Kreuzform teilten es in scheinbar vier separate Einheiten. Carl versuchte, einen Blick ins Innere zu erhaschen, doch das Glas war über die Jahre schmutzig und stumpf geworden. Eine grüne Moosschicht hatte sich am unteren Absatz gebildet. Mit den Händen presste er vorsichtig dagegen und erhöhte dann den Druck. Unter Umständen würde das Glas ganz von allein aus seiner Verankerung fallen. Doch dem war nicht so. So verwittert die Tür schien, alles hielt sich vorschriftsmäßig an seinem Platz.

Er seufzte und drehte sich um. Unter einer der Rosenpflanzen lagen mehrere große weiße Steine. Die kamen ihm jetzt genau recht. Er bückte sich und stöhnte im nächsten Moment leise auf. Der Stachel eines Zweiges ritzte ihm über die Finger. Er zog die Hand zurück und betrachtete missmutig die Furche oberhalb seines Daumens. Er wusste schon, warum ihn Rosen nicht sonderlich interessierten.

Der nächste Versuch, nach dem Stein zu greifen, erfolgte mit äußerster Vorsicht. Diesmal ließen ihn die biestigen Stacheln in Ruhe.

Carl schätzte das Gewicht des Steines auf knapp ein Kilo. Das würde vollkommen ausreichen, um ein einfach verglastes Schuppenfenster zu zertrümmern. Er stellte sich mit genügend Abstand vor der Tür auf und schleuderte den Zierstein gegen das Fenster. Zu seiner Überraschung gab es statt des erhofften Splitterns nur einen dumpfen Laut und der Stein fiel zurück auf den Boden, als wäre er von einem unsichtbaren Kraftfeld zurückgehalten worden.

»Plastik! Das hätte ich mir ja denken können.«

Carl stemmte die Hände in die Hüften und schüttelte den Kopf. Das Fenster bestand aus Plexiglas. War das billiger oder hatte das mit bestimmten Sicherheitsbestimmungen zu tun? Egal. Jedenfalls half ihm ein funzeliger Stein nicht weiter. Die Scheibe ließ sich nur komplett aus ihrer Verankerung lösen. Hier half nur pure Gewalt. Mit einem kurzen Blick zum Nachbargrundstück vergewisserte er sich, dass er nach wie vor ungestört war. Das Haus des Gewürzhändlers stand ewig weit weg und war von hier aus nicht mal zu erkennen.

Erneut postierte er sich vor der Tür. Lange her, seit er als junger Mann Kampfsport gemacht hatte. Würde er mit dem Bein noch schnell genug nach vorn stoßen können? Würde er überhaupt hoch genug kommen?

Beim Ausatmen trat er zu. Sein Körper war alt geworden. Natürlich kam sein Fuß nicht mehr ansatzweise so hoch wie früher, aber die Kraft schien ihm erhalten geblieben zu sein. Sein Schuh traf das Holz weit unterhalb des Fensters. Es knackte laut und vernehmlich, und eine tiefe Delle zeigte sich knapp oberhalb der Türklinke. Wie von Geisterhand schwang die Schuppentür einige Zentimeter zurück. Carl schnaufte überrascht aus, sein Tritt hatte das Schloss zerstört. Die Plexiglasscheibe indes war vollkommen unversehrt.

*

Lars wusste nicht, wie lange er neben dem Sofa gehockt hatte. Sophies gleichmäßige Atmung ließ ihn ebenfalls schläfrig werden. Er fühlte sich leer und verbraucht und erschrak sogar ein wenig, als Sophie plötzlich mit verschwörerischer Stimme zu sprechen begann.

»Du hast von Ludger und mir nichts zu befürchten, wenn du mich augenblicklich freilässt und mehrere Millionen Euro auf unser Konto in der Schweiz überweist. Andernfalls wird Ludger dich töten.«

Lars brauchte einen Moment, um ihre Worte einzuordnen.

»Du stellst mir Forderungen?«, fragte er verwundert und ballte die Fäuste. »Und du drohst mir auch noch?«

»Wir verschwinden von hier und du wirst uns nie mehr sehen«, bestätigte Sophie ruhig. »Wenn mir etwas zustößt, bringt Ludger dich um.«

Für einige Sekunden schaffte Lars es, seine Gefühle zu unterdrücken, doch dann brachen alle Dämme. Er stand auf und schlug seiner Frau mit der flachen Hand ins Gesicht.

»Du drohst mir mit dem Tod?«, wiederholte er fassungslos und ließ seine Hand ein zweites Mal niedersausen. »Das kann nicht wahr sein!«

*

Es befand sich tatsächlich ein Rasenmäher im Besitz von Lars Kleidenau. Carls Blick fiel auf den gelbroten Elektromäher, der beinahe wie neu aussah. Einen Moment fragte er sich, wie lang wohl das Stromkabel sein musste, um bis an die hintersten Ecken des Grundstückes zu kommen. Vollkommen unpraktisch bei so einem Anwesen. Aber wahrscheinlich stellte das Gerät sowieso nur so eine Art Alibi dar. Offenbar musste man als Hausbesitzer einfach einen Mäher sein Eigen nennen.

Er wischte den Gedanken beiseite und hielt nach einem Lichtschalter Ausschau, doch es gab keinen. Das Sonnenlicht warf einen trüben Schimmer in den Schuppen. Auf der rechten Seite befand sich ein hölzernes Regal, Gartenwerkzeuge lagen auf dem oberen Fach wild durcheinander. In dem Regal darunter standen sechs verschieden große Blumentöpfe. Carl hob den ersten Topf an, doch er konnte kaum etwas erkennen, und als seine Finger den Boden abtasteten, griffen sie nur in Reste eines uralten und schmutzigen Spinnengewebes.

Kurzerhand transportierte er alle Töpfe ins Freie und stellte sie in einer Reihe auf. Als Carl den dritten Topf umdrehte und noch immer nichts fand, machte sich ein hektisches Gefühl in seinem Innersten breit. Was, wenn Hans' Informationen nicht mehr aktuell waren? Womöglich hatte Lars den Schuppen, der weit entfernt vom Haus stand, als zu unsicher empfunden und den Schlüssel anderswo versteckt?

Unter dem vierten Blumentopf wartete die Spinne, mit dessen Netz er bereits Bekanntschaft gemacht hatte. Eilig lief sie einmal im Kreis, bevor sie sich an der Seite herunterhangelte und im Beet vor den Rosen verschwand.

Der vorletzte Blumentopf war der Richtige. Carl drehte ihn um und atmete erleichtert aus, als der silberne Schlüssel im Sonnenlicht glänzte.

*

Die Ruhe war beängstigend. Der Wind hatte aufgehört zu wehen und es drangen keine anderen Geräusche von draußen herein. Auch im Haus herrschte absolute Ruhe. Lars starrte auf das Zifferblatt des kleinen Weckers. Sophie gab keinen Laut mehr von sich, seit ihm die Hand ausgerutscht war. Anfangs stellte sie sich nur schlafend, um nicht mit ihm reden zu müssen. Ihre mittlerweile gleichmäßige

Atmung ließ allerdings vermuten, dass sie irgendwann tatsächlich eingeschlafen war.

Lars nieste. Den ganzen Tag über hatte er in dem Baumwollbademantel geschwitzt. Nun fror er. Vielleicht lag es an all dem Schweiß, der inzwischen abgekühlt wie ein enger Latexanzug auf seiner Haut klebte.

Je näher der Abend rückte, umso gelassener wurde er. In den nächsten Stunden würde sich alles entscheiden. So oder so. Entweder sein Plan ginge auf, oder er würde in seinem Leben nie wieder irgendwelche Pläne machen können. Es gab nur Erfolg oder Misserfolg, schwarz oder weiß.

Wenn Carl wirklich richtiglag, mussten die Hauseigentümer bald aus ihrem Tiefschlaf erwachen. Was aber, wenn Carl sich irrte? Was sollte er machen, wenn sich herausstellte, dass die Parallel-Kleidenaus nicht aufwachten, unerheblich davon, wie viel Zeit verstrich?

*

Auf einmal fühlte er sich wie ein Einbrecher. Und daran konnte auch nicht ändern, dass sich ein Hausschlüssel in seinem Besitz befand. Die Schuppentür war völlig ruiniert, Lars würde sie auswechseln müssen. Und wofür die Zerstörung? Durchaus möglich, dass Bekannte Sophie und Lars abgeholt hatten und sie alle gemeinsam etwas unternahmen. Es gab einflussreiche Kunden, die organisierten Treffen mit allem Drum und Dran, inklusive eines Bring- und Abholservice.

Carl ging an den parkenden Fahrzeugen vorbei und schaute die edle, holzverzierte Haustür an. In den Garten seines Freundes zu gehen, war eine Sache gewesen. In sein Haus einzudringen eine ganz andere.

»Lars wird sich freuen, mich zu sehen«, murmelte Carl, als er den Schlüssel ins Schloss steckte und umdrehte. Die massive Tür schwang einige Zentimeter nach hinten und Carl drückte fest dagegen. Er musste aufhören, sich im Geiste dauernd zu rechtfertigen. Etwas war nicht in Ordnung, das spürte er doch.

Plötzlich hörte er ein Knirschen und die Tür stoppte mitten in ihrer Bewegung. Carl, der schon einen Schritt nach vorn machte, stieß mit der Schulter hart gegen sie. Eine dicke, stählerne Kette spannte sich quer über den Spalt. Er betrachtete sie erst stirnrunzelnd und begann dann leise zu fluchen. Er versuchte, mit den Händen durch die Öffnung zu langen, aber er bekam den Schieber, mit dem sich die Kette von der Tür entfernen ließ, nicht zu fassen.

Frustriert drehte er sich um. Vielleicht sollte man es ähnlich machen wie bei der Schuppentür. Offensichtlich war er noch nicht ganz aus der Übung gekommen. Aber würden ein paar Tritte reichen, die Kette zu sprengen? Immerhin handelte es sich hier um einen fachmännisch eingebauten Einbruchsschutz.

Carl schloss die Haustür wieder und kam zu der Erkenntnis, dass seine Tritte nicht das Geringste ausrichten konnten. Aber ihm kam eine andere Idee.

Hatte er im Schuppen nicht genau das gesehen, was ihm nun helfen könnte?

Eilig rannte er zurück und zum gefühlten hundertsten Mal über die kurz geschorene Rasenfläche.

23.

Das Poltern war nicht zu überhören. Es kam aus dem Gästezimmer.

Lars hatte gehofft, Sophie würde zuerst aufwachen. Das hätte sein Vorhaben erheblich erleichtert. Nun galt es, darauf zu vertrauen, dass sich sein Parallel-Ich nicht zu schnell aus dem Zimmer würde befreien können. Mit ein wenig Glück stand der andere Lars unter Schock. Eingeklemmt unter dem Bett, gefesselt und das Gesicht in einem Stoffbeutel gehüllt, würde er sich nicht erklären können, was mit ihm geschehen war.

Wie rasch würde Lars zwei hervorkriechen können? Wie lange benötigte er, um die Paketbänder zu entfernen?

»Was war das?«

Sophies Stimme ließ ihn zusammenzucken. Seine Frau hatte sich so weit aufgerichtet, wie es die Handfesseln erlaubten.

»Wer ist da oben?«, fragte sie hoffnungsvoll.

»Keine Sorge. Dort ist niemand außer uns.«

Sophie taxierte ihn einige Sekunden mit gerunzelter Stirn, bevor sie erneut lauthals um Hilfe zu schreien begann. Ihre überschnappende Stimme hallte an den Wänden des Wohnzimmers wider, als befänden sie sich in einer leeren Lagerhalle. Lars musste den Lärm stoppen. Die Doppelgänger sollten nichts von ihrer Existenz erfahren. Jedenfalls noch nicht.

Er eilte zum Sofa, um Sophie die Hände auf den Mund zu legen. Als er sich über sie beugte, ging alles furchtbar schnell. Mit einer erstaunlich geschmeidigen Bewegung riss Sophie die Beine hoch und ihr Knie traf ihn mit voller Wucht in den Magen. Für einige Sekunden blieb ihm die Luft weg, er taumelte zurück, streifte einen Hocker und stürzte schließlich auf das Parkett. Sein Brustkorb fühlte sich an, als hätten sich sämtliche Rippen nach innen gewölbt. Eine brennende Magenflüssigkeit lief ihm aus dem Mund.

Ein Schatten beugte sich über ihn. Lars rechnete mit einem Angriff und rollte sich stöhnend auf die andere Seite, doch kein weiterer Tritt erfolgte. Stattdessen rannte der Schatten auf die Wohnzimmertür zu und öffnete sie. Unter Schmerzen rappelte sich Lars auf und blickte zum leeren Sofa. Sophie war tatsächlich verschwunden, irgendwie musste sie es geschafft haben, die Klebebänder zu lösen. Tränen schossen ihm in die Augen, als er sich umdrehte. Seine Frau stand laut keuchend an der Tür und schlang den Bademantel fest um ihren Körper. Das Paketband klebte noch immer an ihren Handgelenken. Sie sah seinen Blick und lachte schrill.

»Du hast nicht daran gedacht, dass ich meine Hände bewegen konnte. Mit den Fingernägeln und viel Geduld konnte ich es aufritzen.«

Sophie bückte sich und ein teuflisches Grinsen erschien auf ihrem blassen Gesicht. Plötzlich blitzte etwas in ihrer Hand auf. Zu spät erkannte Lars die leere Weinflasche, die sie vom Tisch genommen haben musste. Seine Frau holte aus und schleuderte ihm die Flasche entgegen. Statt sich zu ducken, taumelte er nur einen Schritt zurück. Sein Magen verkrampfte sich noch immer bei jeder kleinsten Bewegung.

Das Geschoss traf ihn direkt unterhalb des Schlüsselbeins. Er schrie auf und verlor den Halt. Für einen Moment fiel es ihm schwer, zu atmen, und er war fest davon überzeugt, ohnmächtig zu werden.

*

Ein Gutes hatte diese verfluchte Türkette: Carl war sich jetzt sicher, dass sein Freund in Schwierigkeiten steckte. Nicht, dass es gut wäre, wenn Lars Probleme hatte, aber nun gab es keine Skrupel mehr für ihn, in das Haus einzudringen.

Man konnte die Kette nur schließen, wenn man sich im Haus befand. Niemand brachte es fertig, so eine Sicherheitsvorrichtung von außen durch die halb geöffnete Tür anzulegen. Das Bild von Lars, der hilflos im Bett lag, stieg erneut vor seinem geistigen Auge auf. Carl stürmte an den Blumentöpfen vorbei, die er einfach auf dem Weg stehen gelassen hatte, und betrat ein weiteres Mal den Schuppen.

Die Leiter befand sich schräg hinter dem Alibimäher. Carl schob ihn ein wenig nach vorn und einige vertrocknete Grashalme wirbelten durch die Luft. Die Leiter besaß vier ausziehbare Elemente. Das musste reichen, um bis an die Fenster im ersten Stock zu kommen.

Carl zog sie ins Freie und merkte dabei, wie viel das gute Stück wog. Eigentlich wollte er sie schultern und dann geschwind über den Rasen rennen, aber das würde nicht zu schaffen sein. Er ermahnte sich eindringlich, nicht in Hektik zu verfallen. Damit war niemandem geholfen. Als er die Leiter kippte und den Rahmen umgriff, wurde deutlich, dass sie doch ganz passabel zu transportieren war. Bevor er sich auf den Weg zurück zum Haus machte, hob er den weißen Stein auf, der noch immer neben der Schuppentür lag. Diesmal würde seine große Stunde schlagen.

Einmal musste Carl absetzen und eine Pause machen, aber dennoch war der Weg in wenigen Minuten bewältigt. Das Schlafzimmer der Kleidenaus ging nach hinten raus. Durch den abfallenden Hang lag es auf dieser Seite praktisch im zweiten Stock und war mit der Leiter nicht zu erreichen. Glücklicherweise verfügte der Raum zusätzlich über ein kleines Seitenfenster. Und dort fiel das Grundstück noch nicht ab. Carl schob die Module nach oben und stellte zufrieden fest, dass die oberste Sprosse bis kurz unter das Fenster reichte.

Den Stein in seiner Rechten stieg er auf. Ihm waren hohe Höhen zuwider. Und alles, was höher als zwei Meter war, verursachte ein Schwindelgefühl bei ihm. Aber auf solche Kleinigkeiten durfte er im Augenblick nicht achten.

Als er das Fenster erreichte, vermied er es konsequent, woandershin als stur nach vorn zu schauen. Die Finger seiner linken Hand krallten sich fest um den Rahmen der Leiter, als er ausholte und den Stein warf.

24.

Er musste mit dem Kopf gegen die Wand geschlagen sein. Das Blut rauschte in seinen Ohren, als würde es gleich in die Niagarafälle stürzen. Nur mühsam gelang es ihm, sich zu erheben. Lars presste die Augen zusammen und blieb mehrere Sekunden in einer gebückten Haltung stehen. Er öffnete den Bademantel und begutachtete die Stelle, an der ihn Sophie mit der Weinflasche getroffen hatte. Ein tiefroter Bluterguss bildete sich auf der rechten Seite des Schlüsselbeins, der fast bis zur Schulter reichte. Noch immer fiel es ihm schwer, genügend Luft in die Lunge zu pumpen. Jeder Atemzug verursachte höllische Qualen. Sophie war verschwunden. Warum hatte sie sich ausgerechnet jetzt befreien müssen? Den ganzen Tag über hätte er Zeit gehabt, sie wieder einzufangen, aber nun war es kritisch, im Haus umherzuirren. Sein Doppelgänger war bereits aufgewacht und auch die andere Sophie konnte jeden Moment aufstehen.

Plötzlich legte sich eine Hand auf seine Schulter.

»Was ist denn mit dir passiert?«, fragte eine sanfte Stimme. »Bist du ausgerutscht?«

Lars hob ruckartig den Kopf und schaute in Sophies besorgte Miene.

Der Daumen ihrer Hand streichelte zärtlich über seine Schulter und ihre Augen musterten ihn ängstlich aus einem Gesicht, dem jegliche verhärteten Züge fehlten. Sofort begriff Lars, dass Sophie Nummer zwei vor ihm stand. Ob es Zufall war, dass sie den gleichen Bademantel wie seine Frau trug? Das Seidenshirt schien sie abgelegt zu haben. Seine Gedanken überschlugen sich. Wie lange war sie bereits hier unten? Waren sich die beiden Sophies schon begegnet? Höchstwahrscheinlich nicht. Nach Carls Berichten wäre ein Zusammentreffen alles andere als glimpflich ausgegangen. Und Sophie zwei sah gesund aus. Obwohl … Er richtete sich mühsam auf und blickte ihr ins Gesicht. Sie sah doch nicht unversehrt aus. Vier fingerdicke rote Striemen zogen sich über ihren Hals. Unterhalb ihres rechten Auges klaffte eine daumennagelgroße Wunde, die blau unterlaufen war.

»Was ist mit dir passiert?«, fragte er aus einem Impuls heraus und berührte die Kratzer vorsichtig.

Sophie seufzte leise und schob ihn mit sanfter Gewalt auf das Sofa.

»Du siehst viel schlimmer aus als ich. Ich glaube, du solltest dich setzen.«

Lars sah die kleine, eingetrocknete Blutlache am oberen Ende des Sofas, wo der Kopf seiner Frau gelegen hatte, und achtete darauf, sich so zu platzieren, dass Sophie der Blick versperrt war. Sophie nahm seine Hände und kniete sich vor ihm nieder.

»Bist du wieder gestürzt?«

»Ja, bin ich wohl«, gab er zurück. »Aber was ist mit deinem Gesicht passiert?«

»Du weißt es wirklich nicht mehr?«

Ihre Stimme klang vollkommen ruhig. Lars zuckte mit den Schultern und versuchte, sie anzulächeln.

»Du warst gestern Abend wieder stark betrunken. Wahrscheinlich hast du es nicht mit Absicht getan.«

»Ich habe dich so zugerichtet? Ich habe dir ins Gesicht geschlagen?«

»Nicht nur ins Gesicht«, antwortete sie leise und berührte mit den Händen instinktiv ihre Brust.

Lars lehnte sich vor. Er konnte nicht anders und gab Sophie einen Kuss auf die Wange.

»Es tut mir so unendlich leid.«

»Es war nicht so schlimm wie die letzten Male.«

Ihre Stimme klang müde und resignierend. Lars konnte sich nur mit Mühe zusammenreißen. Sein Parallel-Ich verprügelte regelmäßig seine Frau. War der andere Lars so oft besoffen? Und trotzdem behandelte ihn Sophie noch immer zuvorkommend. Er hätte es durchaus verstanden, wenn sie ihn keines Blickes mehr gewürdigt hätte. Wie lange ging das schon so? Wie lange hatte Sophie bereits unter ihrem Mann zu leiden? War die Ohrfeige tatsächlich keine Ausnahme gewesen? Aber als sie das Mal davor zusammen hier auf dem Sofa gelegen waren, hatte er mit Freude und Erregung ihren ganzen Körper erkundet und keine Verletzungen entdeckt. Also schlug der andere Lars zumindest nicht ständig auf sie ein. Wenigstens etwas.

Ein gewaltiger Krach ließ die Decke erzittern. Sophie richtete sich erschrocken auf.

»Da oben ist jemand. Steht eines der Fenster offen? Oder ist der Kleiderschrank umgefallen?«

Lars wusste, was dieser Lärm bedeutete. Die Tür zum Gästezimmer wurde aus den Angeln gerissen. Sie hatte nicht sehr lange gehalten. Viel schneller, als er es für möglich gehalten hatte, musste sein Parallel-Ich unter dem Bett hervorgekrochen sein und sich befreit haben. Und die abgeschlossene Tür stellte für ihn anscheinend kein besonderes Hindernis dar. Alles lief schief. Seine Frau war verschwunden und sein Doppelgänger machte sich in diesen Sekunden auf den Weg, seinen Peiniger zu suchen.

Sophie hatte sich inzwischen von ihm abgewandt.

»Ich schaue lieber mal nach.«

»Nein, warte!«

Lars sprang auf. Sofort setzte ein Protestgeschrei seines Körpers ein. Er glaubte, jeden einzelnen Muskel im Oberkörper zu spüren. Seine Hände wollten Sophie festhalten, aber sie war schon durch die Wohnzimmertür geeilt.

»Geh nicht hoch!«, rief Lars keuchend und rannte ihr nach, so gut es ihm in seiner Verfassung möglich war. Sophie blieb auf der ersten Stufe stehen und drehte sich mit gerunzelter Stirn zu ihm um.

»Glaubst du wirklich, Einbrecher sind im Haus?«

»Nein, das ist es nicht …«, begann er, als eine Silhouette neben ihm erschien. Wie in Zeitlupe sah er seine Frau aus der Küche kommen. Sophie rieb sich eines ihrer Handgelenke. In der anderen Hand hielt sie das schmale Fleischermesser, mit dem sie das Paketband durchgeschnitten haben musste. Sie schaute in seine Richtung und für den Bruchteil einer Sekunde schenkte sie ihm ein finsteres Lächeln. Dann bemerkte sie die Gestalt, die sich gerade wieder umgedreht hatte, um die Treppe hinaufzugehen. Für einen Moment sah seine Frau aus, als wären ihre Gesichtszüge zu Eis erstarrt. Ihre weit aufgerissenen Augen schienen fast aus den Höhlen zu fallen, ihr Mund war halb geöffnet, als hätte sie etwas gegessen, dass nun nicht weitergekaut werden konnte. Dann fing sie an zu schreien, so hoch und so durchdringend, wie Lars es einmal bei einer Reportage über Schweine gehört hatte, welche auf einem Bio-Bauernhof artgerecht geschlachtet wurden.

Die andere Sophie wirbelte erschrocken herum. Sie stolperte eine Stufe nach unten und richtete den Blick starr auf seine Frau. Lars wollte zu ihr gehen, sie mit Gewalt wieder umdrehen, doch noch ehe er die Treppe erreichte, nahm er eine Veränderung in ihrem Gesicht wahr. Ihre Pupillen weiteten sich, wurden unnatürlich groß, als stände ihr Körper plötzlich unter Drogeneinfluss. Dann glitzerte etwas tief in der Mitte der Pupillen auf. Ehe Lars wusste, was geschah, begannen die Augen zu leuchten. Kurz kam es ihm vor, als schaute er in die Scheinwerfer eines heranbrausenden Autos. Verstört wirbelte Lars herum und suchte den Blickkontakt mit seiner Frau. Sie hatte inzwischen aufgehört zu schreien und stand aufrecht und leicht nach vorn gebeugt. In ihren Augen flammte es ebenfalls auf. Täuschte er sich oder war ihr Lichtstrahl eine Spur blauer?

»Ihr dürft euch nicht anschauen!«, schrie Lars mit ganzer Kraft, aber die Frauen reagierten nicht.

Das Leuchten in ihren Augen nahm zu und es sah aus, als würden sie sich gegenseitig mit einem Spotlight anstrahlen.

Plötzlich registrierte Lars, dass die Sicht von Sekunde zu Sekunde schlechter wurde. Zuerst dachte er, es würde brennen. Er schaute sich um und erwartete, irgendwelche Möbelstücke in Flammen zu sehen, doch das war glücklicherweise nicht der Fall. Es war auch gar kein Rauch, der den Flur mittlerweile in ein trübes Licht tauchte, sondern eine Art Nebel. Wie aus dem Nichts bildete sich vom Boden her aufsteigend eine tiefgraue Nebelfront. Binnen weniger Augenblicke erreichte sie die Decke und hüllte den gesamten Raum ein.

In der Mitte des Flurs leuchtete der Nebel intensiv und farbig. Es war, als ob eine helle, blaue Glühbirne dort aufgestellt worden wäre. Aus den Augenwinkeln heraus bemerkte Lars, wie sich Sophie zwei, die bisher regungslos auf dem Treppenabsatz gestanden hatte, in Bewegung setzte. Langsam schritt sie auf das blaue Licht zu. Ihre Augen waren nun geschlossen, der Kopf leicht vorgebeugt. Lars berührte sie am Arm, aber es schien sie nicht zu stören. Er wollte sie festhalten, doch sie schüttelte seine Hand mit einem energischen Ruck ab.

Der Nebel breitete sich weiterhin aus und wurde sogar noch undurchdringlicher. Nur mit Mühe konnte er seine Frau erkennen, die ebenfalls losgegangen war und nun direkt vor der Lichtquelle stand. Ihr gegenüber, keinen Meter entfernt, befand sich Sophie zwei.

Für einen Moment verdeckten Nebelschwaden die Umrisse der beiden Körper. Das blaue Licht schien eine Spur heller zu werden, der Boden vibrierte einmal. Plötzlich kam Bewegung in die Nebelwand. Wie von einem gewaltigen Staubsauger angezogen, stob der Nebel in die Mitte des Raumes, direkt in das blaue Licht hinein. Innerhalb kürzester Zeit war er komplett verschwunden und der Flur in seinem gesamten Ausmaß wieder klar und deutlich zu erkennen.

Lars blinzelte erschrocken und ging auf die Frauen zu. Beide Sophies standen sich nun unmittelbar gegenüber. Ihre Nasenspitzen schienen sich leicht zu berühren. Lars rief nach ihnen, aber noch immer reagierten sie nicht. Ihre Augen waren geschlossen, und ihre Köpfe neigten sich zur selben Seite. Dann wurde ihm bewusst, dass er sich geirrt hatte. Der Nebel war doch nicht vollständig verschwunden. Direkt zwischen den Frauen schwebte eine runde, fußballgroße Rauchwolke einen Meter über dem Boden, die ein blau pulsierendes Licht abgab. Fasziniert blickte er die Erscheinung an. Was es auch sein mochte, es sah wunderschön aus. Als er bis auf wenige Schritte herangekommen war, änderte die Wolke unvermittelt ihre Farbe und strahlte nun in einem grellen Orange.

Der helle Schein blendete in seinen Augen, ihm kam es vor, als schaute er in einen stark unter Feuer stehenden Kamin. Die Luft begann zu flimmern. Zunächst nur in der Nähe des Feuerballs, dann in einem immer größer werdenden Umkreis. Plötzlich hatte er Angst. Der Luftstrom, der seine Haut berührte, war heiß und trocken. Lars wollte sich gerade umdrehen, als ein markerschütterndes Zischen sein Trommelfell fast zum Platzen brachte. Die Luft verfestigte sich und schien sich wie eine Wand rasend schnell auszubreiten. *Eine Druckwelle*, dachte er entsetzt und sah, wie beide Sophies nach hinten gerissen wurden. Er wollte weglaufen, doch es war zu spät. Er merkte, wie ihn eine gewaltige Kraft von den Beinen riss und durch den Flur schleuderte. Sein Kiefer schlug gegen die Wand und ein metallischer Geschmack breitete sich in seinem Mund aus. Dann wurde es dunkel um ihn herum.

*

Früher bekamen Fenster Sprünge, wenn sie kaputtgingen. Zielte man perfekt, war es sogar möglich, ein Loch in eine Scheibe zu hauen, ohne dass ringsherum etwas mit dem Glas passierte. Die Scheibe blieb einfach in ihrem Rahmen.

Erschrocken stellte Carl fest, dass diese Zeiten anscheinend vorbei waren. Es kam ihm vor, als würde sich eine gewaltige Explosion ereignen, sobald der Stein gegen das Glas traf. Die Scheibe zerbarst fast augenblicklich in Tausende von kleinen Splittern, die mit einem ohrenbetäubenden Krachen größtenteils auf das Parkett im Schlafzimmer fielen. Ihm war nicht einmal der Gedanke gekommen, schützend den Blick abzuwenden. Es ging alles viel zu schnell.

Die Stille, die unmittelbar danach eintrat, wirkte bedrohlich. Im Haus schien niemand den Lärm gehört zu haben und die Alarmanlage versagte offenbar ihren Dienst. Oder Lars hatte sie überhaupt nicht eingeschaltet. Ein weiteres Indiz dafür, dass sich sein Freund irgendwo dort drinnen befand. Carl hätte sich gern umgedreht und geschaut, ob jemand den Steinwurf mitbekommen hatte, aber er fürchtete, dann doch noch eine Schwindelattacke zu bekommen. Wenn ein aufmerksamer Spaziergänger in diesem Augenblick die Polizei rief, konnte er sowieso nichts daran ändern.

Vorsichtig betrat er die letzte Leitersprosse und lehnte sich ins Fenster. Am Rahmen waren keinerlei Splitter zurückgeblieben und Carl konnte sich bequem abstützen. Mit einem Satz sprang er ins Haus. Es knisterte, als wären Hunderte Knallerbsen vor ihm ausgeschüttet worden. Die Fenstersplitter hatten sich mehrere Meter in allen Richtungen verteilt, doch das nahm Carl nur nebenbei zur Kenntnis. Sein Blick ging zum Ehebett der Kleidenaus.

Es war leer. Niemand lag schwer atmend oder zusammengebrochen unter der Decke.

Er stöhnte erleichtert auf, nur um sich im nächsten Moment noch größere Sorgen zu machen. Lars konnte in jedem Raum von einem anaphylaktischen Schock überrascht worden sein. Er riss die Tür zum Flur auf und rief den Namen seines Freundes.

Alles wie ausgestorben. Es befand sich auch keiner im Bad. Carl suchte das gesamte Obergeschoss ab. Das Gästebett war leer und der Computer im Arbeitszimmer ausgeschaltet. Im Erdgeschoss bot sich ihm das gleiche verlassene Bild. Sollte Lars einen neuerlichen Ausflug ins Parkdeck B gemacht haben? Aber was war mit Sophie? Begleitete sie ihn etwa? Vielleicht hatte sie darauf bestanden, eingeweiht zu werden. Carl konnte sich bildlich vorstellen, wie Lars seiner Frau von der Parallelwelt berichtet hatte. Natürlich würde Sophie kein Wort davon glauben, also sah Lars sich gezwungen, ihr handfeste Beweise zu liefern. Und der einzige Beweis für die Existenz dieser Welt stellte ein Besuch in ebenjener dar. Immerhin brannte im Keller das Licht, als er vorhin um das Haus gegangen war. Es bedeutete eine große Gefahr, mit einer so unbedarften Person wie Sophie in die andere Welt zu reisen.

Ob Lars sich das richtig überlegt hatte? Carl nahm mehrere Stufen auf einmal, als er die Kellertreppe hinunterhastete.

25.

Lars schlug die Augen auf und blickte auf die hölzerne Fußleiste. Er lag ausgestreckt auf dem Boden und fühlte sich wie durch den Wolf gedreht. Etwas in seinem Mund musste aufgeplatzt sein, ununterbrochen strömte frisches Blut in seinen Gaumen. Außerdem war da ein stechendes Pochen oberhalb der Augenbrauen. Die Haut fühlte sich so dick an, als würde er permanent die Stirn runzeln.

Das Knallen einer Tür im oberen Stockwerk ließ ihn augenblicklich wachsam werden. Wie lange war er bewusstlos gewesen? Sein Blick streifte den umgekippten Flurschrank, auf dem für gewöhnlich seine Aktentasche stand. Die Tasche lag verkehrt herum auf dem Boden. Ein Kugelschreiber rollte in seine Richtung. Erleichtert stemmte Lars sich hoch. Wenn Dinge sich noch bewegten, die aufgrund der Druckwelle durch den Raum geschleudert worden waren, konnte seine Ohnmacht nicht allzu lange angehalten haben.

Von oben drangen Geräusche zu ihm herunter. Glas zersplitterte, und nur Sekunden danach schlug etwas Massives auf den Fliesen auf. Lars war sich sicher, dass der Krach aus dem Badezimmer kam. Jemand knurrte laut und gereizt. Was um Himmels willen machte sein Parallel-Ich dort oben? Es klang, als ob sein Doppelgänger die Vase mit voller Wucht gegen den Spiegel oder die Duschwand geschleudert hatte. Es musste jetzt schnell gehen, ihm blieb nicht mehr viel Zeit.

Die beiden Sophies lagen eng umschlungen nebeneinander. Sie umarmten sich und ihre Beine bildeten einen einzigen Knoten. Lars achtete nicht auf seine eigenen Schmerzen und ließ sich neben sie auf die Knie fallen. Ihre Augen waren geschlossen, aber sie lebten. Unter den Bademänteln war das gleichmäßige Heben und Senken der Brustkörbe gut zu erkennen. Doch die Druckwelle hatte ihnen stark zugesetzt, ihre Gesichter waren mit unzähligen Schürfungen und blauen Flecken überseht. Ob sie ernster verletzt waren? Er versuchte, die aufkommende Panik zu unterdrücken. Er musste einen kühlen Kopf behalten. Gerade jetzt. Aber das war leichter gesagt als getan. Ihm fiel ein, dass er erneut einen Körper die Treppen hinunterhieven musste. War das in seiner Verfassung überhaupt zu schaffen?

Oben zerstörte die Vase den nächsten Einrichtungsgegenstand. Sein Doppelgänger befand sich jetzt im Schlafzimmer.

»Sophie! Wo verdammt bist du?«, ertönte plötzlich eine dröhnende Stimme. »Du Schlampe. Ich krieg dich.«

Lars bekam eine Gänsehaut. Wie surreal das war, sich selbst aus der Entfernung fluchen zu hören! Es würde nicht mehr lange dauern und alle Räume im ersten Stock wären durchsucht. Dann würde sein Parallel-Ich ins Erdgeschoss kommen. Er schien ein aggressiver Psychopath zu sein, selbst wenn es bei einem Zusammentreffen zwischen ihnen zu keiner Explosion kommen sollte, wäre eine Begegnung mit diesem Menschen gefährlich. Wahrscheinlich hatte sein Doppelgänger keinerlei Skrupel, ihm den Schädel einzuschlagen.

Lars bückte sich und stemmte die Sophie in die Höhe, die näher zur Treppe lag. Er sah an ihrem Hals die Striemen, die dieser durchgeknallte Kerl ihr verpasst hatte. Ihr Mund war zu einem schmalen Strich verformt, aber trotzdem lag ein leichtes Lächeln auf ihren Lippen. Lars legte ihren schlaffen Arm um seine Schulter, umfasste ihre Taille und humpelte Richtung Kellertreppe. Sophie stöhnte, half aber mit, indem sie die Beine durchdrückte und kleine Schritte machte. Dennoch erforderte es unglaublich viel Anstrengung, das Gleichgewicht auf den Stufen zu halten.

Nach der Hälfte der Treppen musste er eine Pause einlegen. Sein Atem ging laut und keuchend, am liebsten hätte er sich hingelegt und sich keinen Millimeter mehr von der Stelle bewegt. Wo trieb sich der andere Lars herum? War dieser Geistesgestörte schon ins Erdgeschoss gekommen? Lars konnte nichts hören. Das Interesse, Dinge zu zerstören, schien sein Doppelgänger jedenfalls verloren zu haben.

Der Schweiß lief ihm in die Augen, während er Sophie am Beckenrand losließ. Kurz sah es so aus, als wollte sie einfach stehen bleiben, doch als seine Hand ihren Körper nicht mehr stützte, verloren ihre Beine schlagartig an Spannung. Er öffnete ihren Bademantel und warf ihn auf seinen, den er ebenfalls abgestreift hatte. Mit einem gewaltigen Satz sprang er ins Wasser, tauchte unter und kam wieder an die Oberfläche. Eigentlich hatte er angenommen, die nassen Fluten würden ihm seine Lebensenergien zurückgeben, aber das Gegenteil war der Fall. Plötzlich wurde ihm bewusst, wie viele Schürfungen und Verletzungen er sich zugezogen hatte. Sie alle brannten in dem lauwarmen Chlorwasser, als hätte man Spiritus darauf gegossen. Für einen Moment fürchtete er, erneut die Besinnung zu verlieren.

Schnell schwamm er zur Aluminiumleiter, hielt sich daran fest und atmete kräftig ein und aus. Unmittelbar neben der Leiter lag Sophie auf dem Boden und wartete anscheinend nur darauf, ins Wasser gezogen zu werden. Lars streckte die Hände aus und hielt dann inne. Ob der Übergang klappte, wenn eine der Personen ohnmächtig war? Es blieb ihm keine andere Möglichkeit, als es auszuprobieren. Mit der Linken ergriff er Sophies Schulter, seine Rechte legte sich auf ihren Oberschenkel. Sein Blick fiel auf ihr Knie. Sekundenlang starrte er auf die Wunde direkt unterhalb der Kniescheibe, auf der sich bereits eine Kruste gebildet hatte.

Wie konnte das sein? Hatte sich die andere Sophie ebenfalls das Knie aufgeschlagen? Er schaute auf ihr regungsloses Gesicht, welches mittlerweile an verschiedenen Stellen angeschwollen war und weder Ähnlichkeit mit dem Gesicht seiner Frau noch mit dem von Sophie zwei besaß. Fieberhaft durchkämmten seine Hände ihre verklebten Haare. Zum ersten Mal wünschte er sich, dass seine Frau eine kürzere Frisur hätte. Er zitterte und Schweißtropfen rannen ihm von der Stirn. Sie trafen Sophie an der Nase und kullerten gemächlich ihre Wange herunter. Dann fühlten seine Hände die verschorfte Haut an der rechten Kopfseite. Sophies Haare waren hier besonders stark zusammengeklebt. Im nächsten Moment fühlte er eine warme Flüssigkeit über seine Finger laufen. Er musste die gerade geschlossene Wunde wieder aufgekratzt haben. Es war eindeutig: An dieser Stelle hatte er seine Frau mit der Vase niedergestreckt.

Hektisch griff er ins Becken und spritzte Sophie Wasser ins Gesicht und auf den Hals. Die dunklen Male, die wie Striemen aussahen, waren nur Schmutz oder getrocknetes Blut und ließen sich ohne Probleme abwaschen.

Lars schlug frustriert mit den Händen auf die Wasseroberfläche. Jetzt bestand kein Zweifel mehr, er hatte die falsche Sophie gerettet und in den Keller geschleppt.

*

Noch während Carl sich fragte, ob seine Theorie nicht doch zu abenteuerlich wäre, fand er einen Bademantel, der unordentlich auf die Fliesen neben den Beckenrand geworfen worden war. Ein anderer befand sich in unmittelbarer Nähe. Auf einem der Liegestühle lagen zwei ordentlich zusammengelegte Handtücher. Also stimmte seine Vermutung.

Etwas auf der Wasseroberfläche erregte seine Aufmerksamkeit. Mehrere Papierschnipsel schwammen im Pool herum. Hatte Sophie die neusten Kontoauszüge von Lars gesehen und sie vor Freude ins Becken gestreut?

Carl ging zur Leiter und schnappte sich einen der Schnipsel. Schon beim Zugreifen wurde ihm klar, dass er sich irrte. Es handelte sich nicht um Kontoauszüge oder andere Papierausdrucke. Es waren Fotos. Sein Daumen strich über die typisch glatte Rückseite des Bildes und er drehte es um.

Das Wasser hatte dem Foto bereits zugesetzt, die Farben wirkten ausgebleicht. Dennoch war Sophie darauf zu erkennen. Sie befand sich im Treppenhaus, neben ihr ein hagerer Mann, dessen Gesicht zerlaufen war. Doch er schien ihm größer als Lars. Carl legte das Bild auf das Handtuch und schaute sich suchend um. Die meisten Fotos waren von der sanften Strömung in die Mitte getrieben worden und rotierten gemächlich um ihre eigene Achse. Ein Kescher lehnte einige Meter entfernt an der Wand. Carl griff danach, fischte die Bilder auf und setzte sich mit seinem Fang auf den Liegesessel.

Bereits das erste Foto, das er herausnahm, ließ ihn für einen Moment das Atmen vergessen. Sophie saß nackt auf einem Mann, der ganz eindeutig nicht Lars war, auch wenn man sein Gesicht nur undeutlich sehen konnte. Der Mann trug entweder eine Perücke oder besaß tatsächlich so lange Haare wie seine Küchenmagd in Brasilien.

Einige der anderen Bilder waren kaum mehr zu erkennen, aber die, auf denen Sophie und Casanova zweifelsfrei auszumachen waren, zeigten sie beim Sex.

26.

Um keinen Preis der Welt sollte seine eigene Frau zurück nach Hause kommen. Wütend griff Lars nach dem Bademantel und lief auf die Treppen zu. Es war noch nicht zu spät, noch konnte er seinen Plan in die Tat umsetzen.

Ein ärgerliches Schnaufen nicht weit entfernt ließ ihn in seiner Bewegung erstarren.

»Sophie! Was liegst du hier rum?«, fragte eine gefährlich leise Stimme, die ihm erneut auf eine merkwürdige Art vertraut und unvertraut vorkam. Sein Parallel-Ich stand im Flur. Lars drückte sich an die Wand und wagte kaum, zu atmen.

»Hast du mir das angetan? Wolltest du mir damit irgendetwas beweisen?«

Etwas klatschte. Sollte dieser Bastard die bewusstlose Sophie geschlagen haben?

»Du Hure. Wie sieht das hier überhaupt aus? Na warte. Ich hole mir jetzt einen Drink. Wenn du nicht aufgestanden bist, bevor ich zurückkomme, prügle ich dich windelweich.«

Ein weiterer Schlag ertönte. Lars ballte die Fäuste, nur mit äußerster Anstrengung konnte er dem Drang widerstehen, in den Flur zu stürmen und Sophie beizustehen.

»Es wird mir eine Freude sein, dir einen deiner Zähne auszureißen. Ganz langsam. Damit es richtig wehtut. Das ist die Strafe dafür, dass du mich unter das Bett gesteckt hast.«

Die Wohnzimmertür knallte zu.

Lars stieß sich von der Wand ab und rannte die Stufen hinauf. Noch bevor er Sophie sah, drang ihr leises Schluchzen zu ihm herüber. Sie war also aufgewacht.

Sophie kauerte auf dem Boden und hielt sich die Wange. Tränen rannen aus ihren Augen und sie schaute verwirrt auf ihre Füße. Die Arme wusste beim besten Willen nicht, was geschehen war. Dieser Zustand würde sich gleich noch verschlimmern.

»Sophie kannst du aufstehen?«, fragte er leise.

Ihr Gesicht war genauso geschwollen wie das seiner Frau. Zusätzlich leuchteten ihre Wangen dunkelrot. Als sie seine Stimme hörte, weiteten sich ihre Augen. Sie blickte ihn eine Sekunde fragend an und schaute dann auf die Wohnzimmertür.

»Wie bist du so schnell …«

Lars legte seine Hand beruhigend auf ihre Schulter. »Psst. Egal.« Er half ihr vorsichtig auf die Füße.

Sie betrachtete ihn mit einer Mischung aus Angst und Unverständnis.

»Bitte verstümmel mich nicht. Ich kann mir nicht erklären, warum du plötzlich gefesselt …«

Wieder unterbrach er sie. »Schon gut. Komm mit. Wir müssen uns beeilen.«

Sie konnte sich ohne Hilfe auf den Beinen halten, wie er erleichtert feststellte. Sicher wäre es ihm nicht noch einmal gelungen, einen apathischen Körper die Treppe hinunterzubegleiten.

»Bestraf mich nicht«, bat Sophie flüsternd.

Er streichelte behutsam durch ihre Haare und wollte zu einer Antwort ansetzen, als plötzlich die Klinke der Wohnzimmertür nach unten gedrückt wurde.

»Schnell! In den Keller!«

Sein laut gerufener Befehl ließ Sophie für den Bruchteil einer Sekunde zu Eis erstarren. Dann richtete sie sich auf und stürmte auf die Kellertreppe zu.

Hinter ihnen flog die Tür gegen die Wand.

»He, was ist hier los?«, brüllte sein Parallel-Ich mit überschnappender Stimme. »Wer bist du Schwein? Lass meine Frau los!«

Ein kalter Schauer durchfuhr Lars. Er konnte förmlich die Blicke spüren, die sein Parallel-Ich ihm zuwarf. Es fühlte sich an, als wäre ein riesengroßer Bunsenbrenner auf seinen Rücken gerichtet, der seine Haut langsam heiß werden ließ. Aber anscheinend reichten einseitige Blicke nicht aus, um eine Reaktion auszulösen. Dazu musste auch er ihm in die Augen sehen.

Erst dann wurde ihm bewusst, dass sich Sophie sehr wohl umgedreht hatte. Mit weit aufgerissenen Augen stand sie an der Treppe.

»Was hat das zu bedeuten?«

Lars griff nach ihren Händen.

»Das werde ich dir erklären. Aber nicht jetzt. Komm mit.«

Ihr Mann löste sich von der Tür und kam auf sie zugeeilt.

»Ich werde euch beiden die Augen ausstechen!«, verkündete er laut.

Lars hörte die Eiswürfel in seinem Drink klirren. Wie viel hatte er an der Wohnzimmerbar in sich hineingeschüttet? Es war also keine Einbildung gewesen, dass seine Stimme ein wenig lallte.

Sophie war zu langsam. Bis auf die glühenden Wangen hatte ihr Gesicht jegliche Farbe verloren. Sie hatten erst eine Handvoll Stufen genommen, als sein Doppelgänger an der Treppe auftauchte. Er streckte den Arm und bekam den Bademantel seiner Frau zu fassen. Wie gern hätte Lars sich jetzt umgedreht und diesem Mistkerl die Faust in die Zähne gerammt. Doch ihm kam eine andere Idee. Wie ein wütendes Pferd trat er nach hinten aus und spürte, dass sein Fuß etwas traf. Sein Doppelgänger stieß einen heiseren Schrei aus, es klirrte, als das Whiskyglas die Treppe herunterfiel.

Lars trat ein weiteres Mal hinter sich.

Sein Parallel-Ich kreischte und unvermittelt wurde Lars zur Seite gerissen. Wie ein gefällter Baum fiel sein Doppelgänger an ihm vorbei und landete kopfüber auf den Stufen. Durch den Schwung rollte sein Körper die Treppe hinab und blieb regungslos auf dem Bauch liegen. Lars traute sich dennoch nicht, ihn genauer unter die Lupe zu nehmen, er hatte gesehen, was passierte, wenn zwei gleiche Personen die Blicke kreuzten.

Sophie hatte sich eng an die Wand gedrückt und wimmerte leise vor sich hin. Lars berührte ihren Arm und realisierte erst dann den Schmerz in seinen Fingern. Sie hatte seine Hand energisch weggestoßen.

»Rühr mich nicht an«, fauchte sie.

Lars lehnte sich ebenfalls an die Wand.

»Ich weiß, wie verwirrend das für dich sein muss. Ich werde dir alles erklären. Aber kommt bitte mit mir mit.«

Erneut streckte er die Hand aus, und wieder schlug sie nach ihm.

»Komm mir nicht zu nahe.«

Ihr Blick wechselte unruhig zwischen ihm und dem regungslos daliegenden Körper an der Kellertreppe. Sie zitterte.

Gerne hätte er sie jetzt an seine Brust gezogen und getröstet. Aber wie es aussah, kam er um eine Erklärung nicht herum. In knappen Sätzen erzählte Lars von dem Geheimnis, welches Carl ihm verraten hatte, den zwei Welten und den unterschiedlichen Charakteren.

»Woher weiß ich, dass das stimmt?«, fragte Sophie und runzelte die Stirn. Dabei riss eine haarfeine Wunde oberhalb ihrer Augenbrauen auf und einige Bluttröpfchen liefen auf ihr Lid zu. Als Lars die Tröpfchen mit der Hand behutsam wegwischte, wehrte sie sich nicht.

»Hör auf dein Herz«, sagte er eindringlich. »Wir haben so harmonische Stunden miteinander geteilt. Ich war es, den du ohnmächtig im Arbeitszimmer gefunden hast. Erinnerst du dich an diesen schönen Abend, den wir zusammen verbracht haben?«

Sophie nickte und schaute ihm aufmerksam ins Gesicht.

»Genau wie der Tag, an dem wir gemeinsam Rosen geschnitten haben. Das war nicht dein Mann, das war ich.«

Wieder nickte sie. »Und der Sex …?«

»War wunderschön«, fiel Lars ihr ins Wort. »Für mich jedenfalls.«

Endlich lächelte sie. »Für mich auch. Es war so schön wie nie. Und völlig anders als sonst. Magisch.«

»Genauso magisch wie dein Streicheln, als wir auf der Wiese vor dem mickrigen Bäumchen lagen.« Lars nahm ihre Hände und drückte sie fest. »Meine Sophie wollte mich umbringen. Sie spekulierte darauf, dass ich mich von einem schweren allergischen Schock nicht mehr erholen würde. Daher dachte ich, ich könnte euch einfach austauschen. Meine schäbige Sophie passt viel besser zu deinem schäbigen Lars in diese Welt. Eigentlich wollte ich dir das alles in Ruhe bei einer Tasse Kaffee erklären, aber irgendwie hat mein Plan nicht besonders gut funktioniert. Dein Mann hat sich viel schneller befreit, als ich gedacht hatte, und war vor dir auf den Beinen. Und meine Sophie hat es geschafft, die Fesseln zu lösen, die ich ihr angelegt hatte. Dann ist sie geflüchtet und das Chaos war perfekt.« Lars erwähnte die Gefahren des Zusammentreffens, von denen Carl gesprochen hatte. »Ich weiß nicht, was passiert ist, aber plötzlich lagt ihr beide bewusstlos auf dem Flur. Ich habe eine von euch in den Keller geschleppt und erst am Pool gemerkt, dass es die falsche Sophie war.«

Zu seiner Überraschung lachte Sophie leise.

»Schätze, das kann passieren, wenn zwei Frauen genau gleich aussehen«, bemerkte sie achselzuckend. Dann wurde sie ernst und beugte sich zu ihm. Ihre

Hand berührte sein Gesicht und fuhr die Linien seiner Fältchen unter den Augen nach. »Du hast ein so sanftes Gesicht. Das fiel mir bei unserem ersten Abend schon auf. Ich habe gespürt, dass etwas anders war. Ich habe mich noch nie so wohlgefühlt wie in deiner Gegenwart.« Sie gab ihm einen Kuss, und Lars spürte ihre rauen, verletzten Lippen. Dennoch war dies einer der schönsten Küsse, die er je bekommen hatte. »Wir sollten uns jetzt auf den Weg machen.«

Lars nickte und sie gingen die Stufen hinab. Ohne auf den Körper am Boden zu achten, machte Lars einen großen Schritt darüber hinweg und blickte auf das Schwimmbecken. Hinter ihm raschelte der Bademantel, als Sophie sich neben ihren Mann beugte.

»Und?«, fragte er, den Blick weiter geradeaus gerichtet.

»Er lebt.«

»Gut.«

Ihm missfiel der Gedanke, dass sein Parallel-Ich tot sein könnte. Zunächst natürlich, weil es seine Frau dann zu einfach haben würde. Sollte sie sich ruhig mit diesem Tyrannen herumschlagen. Aber da war noch etwas anderes. Wer konnte schon sagen, in welcher gegenseitigen Wechselbeziehung Lars und sein Parallel-Ich standen. Durchaus möglich, dass auch ihm etwas passieren würde, wenn der andere Lars seinen Geist aufgab.

Er schaute an den Beckenrand und blieb wie erstarrt stehen.

Seine Frau war verschwunden.

*

Carl starrte die Fotos lange an. Was war hier unten im Keller geschehen? Sophie hatte ganz offensichtlich eine Affäre. Und Lars wusste davon. Hatte Clepper ihm die Bilder zugespielt? Aber warum musste er sie seiner Frau ausgerechnet im Pool präsentieren? Gab es keine geeigneteren Orte? Oder kamen die Aufnahmen am Ende von Sophie selbst? Wollte sie ihm irgendetwas beweisen? Was hatte das Parkdeck B mit dieser delikaten Angelegenheit zu tun? Womöglich nichts. Eventuell hatte es einen großen Krach zwischen den beiden gegeben, der damit geendet hatte, dass sie beide wutentbrannt das Haus verlassen und sich zu Fuß in unterschiedliche Richtungen aus dem Staub gemacht hatten. Nicht sehr wahrscheinlich. Spekulationen halfen nicht weiter. Er musste sich ein eigenes Bild machen. Er musste ebenfalls eine Runde baden gehen.

Carl zog sich aus und merkte plötzlich, wie seine Finger zitterten. Was würde er dort drüben auf der anderen Seite vorfinden? Was bezweckte Lars damit, seiner untreuen Gemahlin die Parallelwelt zu zeigen? Eine schreckliche Vermutung stieg in ihm auf.

Mit zwei kräftigen Kraulbewegungen erreichte er die Mitte des Beckens. Das Wasser war ungewöhnlich warm und machte jede Bewegung anstrengend. Aber das sollte ihn jetzt nicht stören. Er atmete tief durch und tauchte unter.

27.

Endete dieser Albtraum denn nie? Wo war Sophie hin?

Lars rieb sich die Schläfen. Ein Knarren irgendwo neben den Liegestühlen ließ ihn aufschrecken. Dann erkannte er den Schatten, der blitzschnell hinter der Lehne eines Stuhles hervorschnellte. Seine Frau schaute ihn mit wutverzerrtem Gesicht an, in ihren Händen hielt sie eine schmiedeeiserne Öllampe. Er hatte vor einigen Jahren ein halbes Dutzend dieser Lampen für den Poolbereich gekauft. Sie besaßen einen massiven runden Fuß und waren knapp einen Meter hoch. Am oberen Ende thronte ein kegelförmiges Gefäß mit einem Docht, in das man Petroleum füllen konnte. Lars hatte gehofft, mit dieser stilvollen Beleuchtung die Lust am Schwimmen bei ihm und seiner Frau wecken zu können, aber dies war nicht der Fall gewesen. So fristeten die Lampen in einer hinteren Ecke des Kellers ein trostloses Dasein. Zumindest in seiner Welt. Hier waren sie in einer Reihe neben dem Pool aufgestellt, ganz so, wie er es sich eigentlich vorgestellt hatte.

»Ich bringe dich jetzt um«, verkündete sie flüsternd und ein hämisches Grinsen umspielte ihren Mund. »Und alle werden mir glauben, dass es Notwehr war.«

Sie hatte nur Augen für ihn und achtete weder auf den bewusstlosen Mann vor der Treppe, noch auf die Frau, die nach wie vor neben ihm kniete. Mit einer erstaunlich grazilen Bewegung tänzelte seine Frau vier Schritte auf ihn zu und ließ den schweren Eisenfuß niedersausen. Lars taumelte zurück und merkte, wie unsicher er auf den Beinen stand. Die Strapazen der letzten Stunde forderten ihren Tribut. Viel zu langsam versuchte er, aus dem Gefahrenkreis der Lampe zu entkommen. Der Fuß traf ihn am Unterarm und riss ihn zu Boden. Mit zwei weiteren Schritten war seine Frau über ihm und funkelte ihn an. Sie hob das Leuchtmittel, lachte und korrigierte dabei ihren Stand, bis die Öllampe direkt über ihm baumelte. Er wollte sich bewegen, nach unten kriechen oder ihre Beine wegstoßen, aber es ging nicht. Es war, als wäre alle Kraft aus seinem Körper entwichen. Sein Gesicht würde nur noch Matsch sein, wenn der mächtige Eisenfuß seinen Kopf zersplitterte.

Erst jetzt bemerkte Lars die Gestalt hinter seiner Frau. Einen Moment glaubte er, doppelt zu sehen. Sophie zwei näherte sich auf Zehenspitzen. Er brauchte einen Augenblick, bis er den stählernen Kartuschenfilter erkannte, den sie mit beiden Händen hoch über den Kopf hielt. Das blanke Eisen blitzte im Licht der Deckenbeleuchtung. Der Filter hatte etwa die Form und die Größe eines normalen Eimers mit Deckel. Ein Druckzahlmesser ragte aus der Mitte des Behälters heraus. Sophies Gesicht war schweißnass. Der Filter wog mindestens fünfzehn Kilo. Erstaunlich, dass sie das Gerät in ihrer momentanen körperlichen Verfassung überhaupt stemmen konnte.

Seine Frau registrierte seinen Blick und wollte herumwirbeln. Bevor sie sich jedoch ganz umdrehen konnte, ließ Sophie zwei den Filter niedersausen und traf seine Frau an der Schulter.

Durch die Wucht des Aufpralls verlor Sophie zwei den Halt. Der Eisenfilter rutschte ihr aus den Händen und schlug klirrend auf die Fliesen. Als wäre es das Wichtigste auf der Welt, bemerkte Lars, dass ein daumengroßes Stück der Fliese splitterte und im hohen Bogen davonflog.

Seine Frau stand noch immer über ihm. Ein träger roter Rinnsal lief an ihrer Haut herab. Sie öffnete ihre Hände und taumelte einen Schritt zur Seite. Nur beiläufig registrierte Lars, dass die Öllampe wenige Zentimeter neben seinem Kopf auf die Erde knallte. Sie landete auf ihrem Fuß und blieb aufrecht stehen. Seine Frau gab ein krächzendes Geräusch von sich und fiel wie eine angeschossene Antilope auf die Seite. Sophie zwei richtete sich blitzschnell auf und stammelte aufgeregt vor sich hin.

»Ist sie …? Habe ich sie …?«

Sie hatte die Arme um ihren Körper geschlungen.

»Schau sie nicht an«, warnte Lars. »Wende deinen Blick ab.«

Sophie gehorchte und starrte zum Wasser. Lars krabbelte zu seiner Frau und spürte nach ihrem Puls.

»Sie lebt. Jetzt lass uns zusehen, dass wir von hier verschwinden.« Er zog seinen Bademantel aus und bemerkte ihren erstaunten Blick. »Du musst nackt sein.«

Sie stellte glücklicherweise keine Fragen und warf ihren Bademantel vor sich auf den Boden. Gemeinsam stiegen sie in den Pool. An Sophies schmerzverzerrtem Gesicht konnte Lars erkennen, dass auch ihre zahlreichen Wunden bei der Berührung des Wassers brannten, als würde sie in siedendes Öl steigen.

»Und jetzt?«

»Kannst du für einige Sekunden die Luft anhalten?«

Sophie nickte.

»Dann folge mir. Bei drei geht es los.«

28.

Lars war gerade mit dem Kopf unter Wasser getaucht, als er an seiner Schulter ein schmerzhaftes Stechen bemerkte. Zuerst dachte er, es wären Sophies Fingernägel. Vielleicht krallte sie sich aus Angst vor dem Unbekannten fest an ihn? Erst dann fiel ihm auf, dass Sophie ihn nicht umarmte. Sie hielten sich gegenseitig an den Händen.

Ein schemenhafter Umriss erschien über der Wasseroberfläche. Kurz darauf schlug etwas gegen Lars' Kopf. Es fühlte sich an, als ob eine Schar Wespen wie durch ein geheimes Kommando hin gleichzeitig auf ihn einstäche. Er verschluckte sich und glaubte, sein gesamter Rachen würde voll Wasser laufen. Er musste auftauchen und erneut Luft holen. Seine Hand ließ Sophie los. Mit einer energischen Bewegung seiner Beine durchstieß er die Wasserfront und begann augenblicklich, tief einzuatmen. Zu spät erkannte er den armlangen Gegenstand, der zum zweiten Mal mit Wucht auf ihn niederstieß.

Es war, als würden sich messerscharfe Zähne durch seine Haut bohren und tiefe Krater in die Schädeldecke reißen. Plötzlich schlangen sich Arme um seinen Hals. Sophie war ebenfalls aufgetaucht.

»Mein Mann steht am Beckenrand. Schau nicht hin.«

Wie zur Bestätigung knurrte sein Parallel-Ich bedrohlich.

»Ihr entkommt mir nicht. Ich drücke euch unter Wasser und lasse euch jämmerlich ertrinken. Das wird ein Spaß.« Er johlte fröhlich. »Sophie, du warst schon immer ein Mega-Dummchen. Anstatt aus dem Haus zu rennen, flüchtet ihr in die Pfütze. So was Bescheuertes.«

Den letzten Teil des Satzes lallte sein Doppelgänger, obwohl er versuchte, jede Silbe einzeln zu betonen. Hatte er Lars inzwischen eigentlich erkannt? Er ließ es sich jedenfalls nicht anmerken. Vielleicht dachte er auch, seine alkoholgetränkten Sinne würden ihm einen Streich spielen.

Lars achtete darauf, nur auf die Beine seines Parallel-Ichs zu schauen. Endlich nahm er den Gegenstand wahr, mit dem sein Doppelgänger wie ein wild gewordenes Frettchen herumhantierte. Es handelte sich um eine massive Beckenwandbürste aus Metall. Sie besaß einen knapp vier Meter langen Stil. Dutzende daumengroße Borsten ragten an der Unterseite aus dem Metallgestell heraus. Mit einer geschmeidigen Bewegung ließ sein Parallel-Ich die Bürste ein weiteres Mal niederfahren. Lars registrierte zu spät, dass er überhaupt nicht Ziel dieser Attacke werden sollte. Er schrie Sophies Namen. Blitzschnell erfasste auch sie die Situation, ließ ihn los und zog die Luft ein. Ihr Körper tauchte im selben Moment ab, wie die Metallkante der Bürste auf dem Wasser aufschlug. Tropfen spritzten im hohen Bogen durch die Luft und trafen Lars im Gesicht. Die Bürste verschwand gurgelnd im Becken.

Wurde Sophie getroffen? Lars schaute auf den Schatten unter sich. Das Wasser um ihren Kopf nahm augenblicklich eine dunklere Färbung an. Zähflüssige Schlieren, die aussahen wie braune Bindfäden, tanzten um ihre Wangen. Er zog die Luft ein und bemerkte nur am Rande, wie Lars Nummer zwei die Bürste wieder ins Freie hob. Hektisch tauchte er ab. Sophie schwebte im Wasser wie in einem luftleeren Raum. Ihre Haare flogen wie ein eigenständiges Wesen um ihren Kopf. Ihre Augen waren geschlossen.

Lars packte sie und nahm sie in die Arme. Wenigstens gab es keine sichtbare Wunde. Er wollte mit ihr auftauchen, als er erneut den Schatten der Bürste über sich kreisen sah. Sein Parallel-Ich wartete nur darauf, dass sie die Köpfe aus dem Wasser streckten.

Das Gefühl der Panik machte sich breit. Er hatte in der Aufregung kaum genug Luft geholt, um bequem auf den Grund tauchen zu können. Und was war mit Sophie? Konnte er es riskieren, sie bewusstlos an die Fliesen heranzuführen? Wenn sie ohnmächtig war, sollte sie nicht mehr lange unter Wasser sein.

Plötzlich verdeckte eine Gestalt die Bodenfliesen des Beckens. Lars verdrehte die Augen. Hatte sein Parallel-Ich noch ein weiteres Werkzeug gefunden, mit dem er ihnen zusetzen konnte? Mit einer beherzten Bewegung schoss etwas auf sie zu. Mit der rechten Hand umklammerte Lars Sophie, die linke hielt er abwehrend nach unten.

Es dauerte eine Weile, bis ihm klar wurde, dass er in Carls Gesicht schaute. Sogar unter Wasser lächelte Carl ihm zu. Sein Freund schien erleichtert zu sein, ihn zu sehen.

Carl warf einen Blick auf Sophie und gab Zeichen, schleunigst aufzutauchen. Lars schüttelte den Kopf und zeigte zur Wasseroberfläche.

Carl erfasste die Lage erstaunlich schnell. Sein Blick folgte kurz der Metallbürste und wanderte dann zu der schemenhaften Gestalt am Beckenrand. Er deutete auf Lars, und Lars nickte ihm zu. Mit zwei flinken Schwimmbewegungen gelangte Carl an den Rand des Beckens und ließ den Oberkörper aus dem Wasser gleiten. Lars sah, wie das Kreisen der Bürste schlagartig aufhörte.

Ein stumpfer Ton drang an sein Ohr. Jemand hatte geschrien. Lars zögerte keine Sekunde mehr und tauchte prustend auf, zusammen mit Sophie, die er in den Armen hielt.

Seine Augen brannten, und kurzzeitig fehlte ihm jede Orientierung. Zufällig blickte Lars in die Richtung, in der seine Frau zusammengebrochen war. Sophie war verschwunden. Ihr Körper lag nicht länger bewusstlos auf den Fliesen. Ehe er weiter darüber nachdenken konnte, ertönte ein wütendes Brüllen.

Sein Doppelgänger wirkte panisch und verwirrt zugleich. Die Beckenwandbürste sauste erneut herab, doch Carl wich geschickt aus und bekam gleichzeitig den Stil zu fassen. Mit den Händen umklammerte er das Ende des Metallstiels, seine Beine stützten sich am Beckenrand ab. Mit Kraft zog er die Bürste zurück. Ein lallendes Fluchen ertönte. Hatte sein

Parallel-Ich die Stange losgelassen? Lars traute sich nicht, in die Richtung zu schauen, aber es sah tatsächlich so aus, als ob Carl ihm das Werkzeug hatte entreißen können.

Lars atmete tief ein, da er annahm, sie würden nun sofort zum Grund tauchen, doch Carl dachte anscheinend gar nicht daran. Er umklammerte den Stil noch immer und richtete seinen Körper gerade auf. Dort, wo er sich befand, war das Becken nur etwa eineinhalb Meter tief und man hatte einen relativ sicheren Stand.

»Komm nur, du Finanzgenie! Komm her und fang mich!«, rief er laut.

Sein Doppelgänger stieß einen unartikulierten Ton aus, bevor einigermaßen verständliche Worte seinem Mund entrannen.

»Carl? Scheiße, Carl? Wieso bist du in meiner Pfütze?«

Aus den Augenwinkeln heraus nahm Lars wahr, dass sein Parallel-Ich tatsächlich näher kam. »Scheiße, was habt ihr mir nur in meinen Drink …«

In diesem Moment verwandelte sich Carl in einen Ritter, der bei einem Lanzenturnier den ersten Platz erreichen wollte. Er senkte die Bürstenstange und bewegte die Hände blitzschnell nach vorn. Sein Doppelgänger sah den Stiel anscheinend überhaupt nicht kommen. Es gab einen dumpfen Laut und einen erstickten Aufschrei. Augenblicke später fiel ein schwerer Körper auf die Fliesen.

»Jetzt nichts wie weg!«, rief Carl und schleuderte das Reinigungswerkzeug auf die andere Seite des Beckens, wo es scheppernd unmittelbar vor der Fensterfront zum Liegen kam.

»Sie ist noch ohnmächtig«, rief Lars frustriert. »Geht das?«
»Weiß ich nicht. Wir müssen es probieren. Wir nehmen sie in die Mitte.«

Carls Hände griffen nach Sophies linkem Arm, und sie tauchten ab. Kaum dass Sophie unter Wasser war, begann sie sich zu bewegen. Sie starrte Carl an und öffnete den Mund. Etliche kleine Bläschen entwichen und stiegen zappelnd an die Oberfläche. Sophie hatte ihr Bewusstsein wiedererlangt. Ausgerechnet jetzt! Ihr Kehlkopf hüpfte auf und ab, und es sah so aus, als würde sie husten. Sie strampelte und wollte sich befreien, aber Carl achtete nicht darauf.

Lars griff um den anderen Arm und gemeinsam tauchten sie zum Grund. Fast augenblicklich durchflutete das Kribbeln seinen Körper. Er schaute neben sich. Sophies Gesicht war verzerrt, sie schien bereits Wasser eingeatmet zu haben. Hatte der Übergang geklappt? Egal. Es war keine Zeit, sich zu vergewissern. Lars umklammerte Sophies Oberkörper und stieß sich mit den Beinen vom Boden ab. Als sie die Oberfläche erreichten, krümmte sich ihr Magen zusammen. Wasser spritzte aus ihrem Mund und sie konnte sich nicht entscheiden, ob sie würgen oder husten musste.

Lars hielt ihren Kopf und streichelte über ihre Wangen. Am liebsten hätte er sie nie wieder losgelassen.

29.

»Wir sind wirklich in der anderen Welt?«

Sophies Stimme klang schwach und skeptisch. Lars hatte sie auf eine der Liegen gebettet und zwei dicke Handtücher über ihren Körper gelegt.

»Es sieht hier genauso aus.«

Lars lächelte. »Na ja, dein wilder Ehemann ist nicht hier.«

»Und deshalb gefällt es mir schon jetzt ausgezeichnet.«

Sie streckte die Arme nach ihm aus. Er fühlte ihre weiche Haut auf seinem Gesicht und gab ihr einen Kuss.

»Du hast für einen Moment die Besinnung verloren. Dein Mann hat dich mit der Metallbürste am Kopf getroffen.«

Sophie hob die Hände und befühlte eine kleine Wunde oberhalb der Schläfe.

»Nicht so schlimm. Ich habe nicht mal Kopfschmerzen.« Sie lächelte und richtete sich ein wenig auf. »Aber ich hatte eine Vision unter Wasser. Ich bildete mir ein, den Geschäftsfreund meines Mannes gesehen zu haben. Plötzlich war er da. Wie ein hungriger Hai. Das passt zu ihm.« Sophie strich sich über die Arme und schaute Lars aufmerksam an. Als er breit grinste, verharrte sie erschrocken in der Bewegung. »Carl war nicht wirklich dort, oder?«

»Doch. Carl hat uns geholfen. Er hat die Waffe deines Mannes außer Gefecht gesetzt. Wir beide waren schon zu angeschlagen dafür.«

»Er hat uns geholfen?«, wiederholte sie, als hätte sie nicht richtig verstanden. »Dieses Monster soll uns geholfen haben?«

Lars wiegte den Kopf hin und her, räusperte sich und zeigte auf eine Gestalt, die gerade mit einem Tablett in den Händen die Treppe herunterkam. Sophies Finger krallten sich in Lars' Arme.

»Ist er gefährlich … Ich meine …«

Er gab ihr einen weiteren Kuss auf die Wange.

»Kein Grund zur Beunruhigung. Das ist der Carl aus meiner Welt. Er ist einer meiner besten Freunde und hat einen untadeligen Charakter. Trotzdem sollten wir ihm nichts von unserem kleinen Geheimnis sagen. Für ihn bist du weiterhin meine Ehefrau.«

»Hat er deine Frau denn nicht am Beckenrand liegen sehen?«

»Nein. Sie war verschwunden. Also gib dich bitte ganz natürlich.«

Carl stellte das Tablett ab und legte die Stirn in Falten.

»Was schaut ihr mich so groß an?«

»Och, wir haben nur ein wenig über dich gelästert«, sagte Lars grinsend. »Da bist du schon so alt und weise und kannst es immer noch nicht lassen, den verdammten Helden zu spielen.«

»Na warte. Ihr sollt mich kennenlernen.«

Mit einer für sein Alter absolut behänden Bewegung rannte Carl zum Beckenrand, formte mit den Händen einen Trichter und tauchte sie in den Pool. Mit drei weiteren Schritten stand er wieder neben Lars und spritzte ihm das Wasser ins Gesicht. Lars wich prustend zurück und strich sich vergnügt die nassen Strähnen aus der Stirn. Es tat gut, ausgelassen herumzualbern. Selbst Sophie schien das so zu sehen, sie lachte mit und hielt sich schützend ein Handtuch vors Gesicht.

»Anstatt eure auf den Knien vorgetragenen Dankesbekundungen zu formulieren, macht ihr mir Vorwürfe«, grollte Carl. Seiner Mimik sah man jedoch an, dass er absolut nicht böse darüber war. »Ich werde mir gut überlegen, ob ich euch noch einmal das Leben retten werde.« Er setzte sich auf den Liegestuhl neben Sophie und wurde schlagartig ernst, als er Lars anblickte. »Was hast du dir nur dabei gedacht, Sophie mit ins Parkdeck B zu nehmen?«

»Ja, das war leichtsinnig. Ich wollte ihr die Parallelwelt zeigen.«

»Und dann wart ihr gleich über zwölf Stunden dort? Das darf es doch nicht geben.«

Lars nickte reumütig und klopfte seinem Freund auf die Schulter. »Zum Glück bist du ja gekommen. Aber sag mal, was zum Teufel machst du überhaupt hier?«

Spät am Abend saßen sich Lars und Carl am Esstisch gegenüber und hielten jeweils ein Portweinglas in ihren Händen. Sophie war bereits vor über zwei Stunden zu Bett gegangen. Kurz nachdem sie den Keller verlassen hatten, verspürte sie das Bedürfnis, sich dem übermächtig werdenden Schlaf zu ergeben. Lars war ihr ins Badezimmer gefolgt und hatte ihre Kratzer, Schürfungen und Blutergüsse mit verschiedenen Salben und Cremes behandelt. Dann hatte er sie ins Bett geleitet.

»Schlaf gut in deiner neuen, friedlichen Welt.«

»Ich fühle mich, als wäre ich endlich zu Hause angekommen«, hatte sie zufrieden geflüstert.

»Woran denkst du gerade?«, fragte Carl und holte ihn zurück in die Gegenwart.

»An Sophie.«

Carl nickte stumm und fuhr mit den Fingern über das dunkle Holz des Tisches.

»Sei mir nicht böse, ich will nicht in deinem Privatleben herumschnüffeln, aber Hans hat mir von Clepper erzählt. Und als ich in den Pool stieg, nun ja, an die Fotos kannst du dich sicherlich selbst erinnern.«

Lars versuchte, nicht allzu erschrocken dreinzublicken. An die Fotos hatte er in all der Aufregung überhaupt nicht mehr gedacht. Wenn Sophie zwei die gesehen hätte!

»Wo sind die Bilder?«, fragte er so neutral wie möglich.

»Ich habe sie alle aus dem Wasser gefischt und in ein Handtuch eingewickelt. Möchtest du darüber reden?«

Lars schnaufte gedehnt. Er hätte seinem alten Freund liebend gern die Wahrheit erzählt, aber irgendwie glaubte er, dass es besser wäre, niemand würde von dem Frauentausch erfahren.

»Eine kurze Affäre mit einem gewissen Ludger Pöller. Aber sie ist beendet. Das hat mir auch der Detektiv bestätigen können. Ich bin darüber hinweg. Und ich trage es ihr nicht nach. Wir haben uns ausgesprochen und wieder versöhnt. Aber da ist etwas anderes, was mir Sorgen bereitet. Wenn sich unsere Parallel-Ichs in gewissen Situationen ähnlich verhalten, auch wenn sie vom Charakter unterschiedlich sind, kommen wir dann nicht in Schwierigkeiten? Als ich in der anderen Welt war, musste ich an dich und das Gästezimmer denken. Schlief auch deine schlechtere Hälfte bei meiner schlechteren Hälfte? Womöglich wollte der Carl dort seinem Lars ebenfalls die andere Welt zeigen?«

»Wenn dem so wäre, hätten wir Chaos« gab Carl zurück. »Und zwar schon seit den Zeiten, als die ersten Übergänge entdeckt wurden. Ein Übertritt wäre ja kaum möglich, wenn auch die Parallelleute von der anderen Seite quasi gleichzeitig herüberreisen wollten. Denke daran, die Parallel-Ichs schlafen glücklicherweise, wenn wir erscheinen.«

»Ja, aber wenn wir schlafen, könnten sie kommen. Oder wir werden plötzlich müde, weil sie im Begriff sind, zu kommen.«

»Nein, so ist das nicht. Welche Gründe auch immer eine Rolle spielen, unsere Parallel-Ichs wissen nichts von dem Übergang. Ich habe darüber damals ausgiebig mit meinem alten Mentor gesprochen, der mich in das Geheimnis der anderen Welt eingeweiht hatte. Es scheint stets so zu sein, dass nur eine der identischen Prallelpersonen über den Zugang Bescheid weiß.«

»Wie meinst du das?«

»Du kennst den Übergang, ich kenne den Übergang. Damit ist klar, dass Lars und Carl zwei keine Ahnung haben, was da am Grund des Pools existiert.«

Lars kräuselte die Stirn. »Aber hast du nicht gesagt, dass auch Personen von dort hierher reisen könnten?«

»Ja, das ist so. Aber das wird keine Person sein, dessen Zwilling in dieser Welt bereits über das Parkdeck B Bescheid weiß. Vielleicht ist die Putzfrau von Lars zwei eingeweiht, weil es deine ganz bestimmt nicht ist. Verstehst du? Es können nur Personen von dort sein, die hier garantiert nicht über das Wissen verfügen. Vielleicht so eine Art Sicherheit, die das Universum eingebaut hat.«

Lars lachte. »Nun mache mal einen Punkt.«

»Wer kann das schon beantworten? Was wissen wir schon von all den Dingen? Klar ist nur, dass du dir keine Sorgen machen musst. Dein und mein Parallel-Ich werden hier nicht auftauchen.«

»Und die Zufälle, von denen du gesprochen hast? Dass jemand unbeabsichtigt das Deck wechselt?«

»Die gibt es. Die allerallermeisten Leute auf beiden Welten haben ja keine Ahnung von den Übergängen, insofern kann der eine oder andere bedauernswerte Mensch durchaus mal versehentlich das Parkdeck wechseln. Dass so ein ›Unfall‹ aber ausgerechnet jemandem passiert, dessen Parallel-Ich den Zugang ebenfalls kennt, ist bei acht Milliarden Menschen wirklich zu vernachlässigen. Du kannst dir die Wahrscheinlichkeiten selbst ausrechnen.«

*

Bis in die frühen Morgenstunden saßen sie beisammen. Dabei leerten sie zwei Flaschen Port und mehrere Flaschen Mineralwasser. Sie sprachen über die alten Zeiten und kamen zu der Erkenntnis, dass es früher irgendwie leichter gewesen war, an die Vermögen der Privatleute zu kommen. Der Horizont hob sich bereits mit einem hellen Orange vom Nachthimmel ab, als Carl sich ein Taxi rief.

Beide standen sie auf der schmalen Straße vor dem Haus, die verträumt und menschenleer in die Weite führte. Es würde heute wieder ein heißer Tag werden. Noch aber war die Luft frisch und kühl, und ein lauer Wind wehte über ihre Köpfe.

»Ich habe die ganzen letzten Stunden mit mir gehadert«, stellte Lars unvermittelt fest.

»Du willst mir noch etwas über Sophie erzählen.«

Überrascht blickte Lars seinen Freund an. »Du hast es wieder mal geahnt.«

»Ich kenne deine Frau. Schon seit Ewigkeiten. Ich habe mich mit ihr arrangiert, weil du mir wichtig bist. Die Sophie, die dich im Keller auf so unglaublich sanfte und liebevolle Art berührt hat, hatte nicht viel gemein mit deiner verdrießlichen Ehefrau.«

»Sie war es ja auch nicht.«

Lars erzählte seinem Freund die komplette Geschichte und war selbst erstaunt darüber, wie ruhig er über die Geschehnisse reden konnte. Carl hatte sich auf den Bürgersteig gesetzt, hörte zu und schüttelte hin und wieder den Kopf.

»Und das ist sicher? Ich meine, dass sie dir was unters Essen gemischt hat?«

»Ja. Da besteht leider überhaupt kein Zweifel. Clepper hatte die Probe in einem Labor untersuchen lassen. Seit ich ihre Mahlzeiten nicht mehr anrührte, ging es mir besser. Wie kann man nur so abgebrüht sein und darauf spekulieren, dass ich an einem Anfall elendig zugrunde gehe?«

»Niemand hätte deiner Frau das zugetraut.«

»Sie hat jedenfalls ihre gerechte Strafe erhalten. Sie muss sich jetzt mit meinem Parallel-Ich herumärgern. Er ist ein richtiger Tyrann. Ob Lars Nummer zwei mitbekommen hat, was geschehen ist?«

»Ich denke, er wird euch erkannt haben«, sagte Carl.

»Aber er hatte sich ziemlich die Kante gegeben. Ich habe ihn lallen gehört. Wahrscheinlich wird er annehmen, der Alkohol hätte ihm einen bösen Streich gespielt und Halluzinationen verursacht.«

»Gut möglich.«

Als das Taxi neben dem Haus hielt, reichte Carl ihm die Hand. Für einen Moment meinte Lars, ein skeptisches Funkeln in seinen Augen erkannt zu haben.

»Ich melde mich«, sagte Carl und Lars nickte.

»Vielen Dank für alles.«

Carl grinste ihn aus dem Fond des Wagens an und winkte zweimal mir seiner Rechten. Lars schaute dem Taxi nach, bis es hinter einer Kurve verschwunden war. Er ging zur Haustür und atmete die belebende Morgenluft ein. Ja, dieser Tag würde perfekt werden. Der erste mit seiner neuen alten Ehefrau. Glücklich öffnete er die Tür. Sollte er sich noch ein bisschen zu ihr legen, die Wärme ihrer Haut genießen oder bereits das Frühstück vorbereiten? Wie auch immer er sich entschied, er konnte nur gewinnen. Jetzt begann der goldene Rest seines Lebens und Lars freute sich schon auf jeden einzelnen Moment.

30.

Acht Wochen später

Carl war müde. Nie hätte er geglaubt, nach nur zwei Monaten schon wieder eine Maschine nach Deutschland besteigen zu müssen.

Aber der Verkauf des elterlichen Hofes gestaltete sich als äußerst mühsam. Vor einigen Tagen erreichte ihn der Anruf seiner Schwester. Das Käuferehepaar war wie vom Erdboden verschwunden. Eine Überprüfung ergab sogar, dass Name und Adresse des Paares nicht übereinstimmten. Also setzte sich Carl wieder ins Flugzeug. Es stellte sich als eine nervenaufreibende Angelegenheit heraus, die Verträge rückgängig zu machen. Viele bürokratische Hürden waren zu überwinden, doch der Erfolg kam prompt. Gestern hatten sich neue Käufer gefunden. Diesmal ging alles mit rechten Dingen zu.

Clara kam mit einer Champagnerflasche ins Wohnzimmer spaziert. Sie lächelte glücklich.

»Endlich haben wir den Hof verkauft. So wie ich dich kenne, wirst du gleich morgen den ersten Flug nach Brasilien nehmen.«

Carl stützte den Kopf auf die Hände. »Eigentlich ja. Aber ich werde wohl trotzdem noch einmal kurz bei Lars in Hamburg vorbeischauen.«

»Ist was mit ihm?«

»Wahrscheinlich nichts. Wenn etwas nicht stimmen würde, hätten mir seine Mitarbeiter längst eine Nachricht zukommen lassen. Dennoch möchte ich mir ein eigenes Bild machen.«

»Du hast ein ungutes Gefühl.«

»Irgendwie ja. Aber frag mich nicht, warum. Ich könnte es selbst nicht erklären.«

»Wann brichst du auf?«

»Morgen Vormittag.«

*

Die Maschine nahm Fahrt auf, nachdem sie beinahe zehn Minuten vor dem Rollfeld gewartet hatte. Der Flug von Stuttgart nach Hamburg würde nur etwas mehr als eine Stunde dauern. Carl lehnte sich zurück. Seine Schwester wusste vieles von ihm, alles wusste sie jedoch nicht. Er hatte bisher mit niemandem über die Geschehnisse gesprochen, die sich vor vier Jahren ereignet hatten. Beatrice' Tod, der tragische Unfall, als seine Frau unvorsichtigerweise über das Geländer fiel, davon wussten Clara und alle anderen natürlich. Aber die Einzelheiten hatte er für sich behalten. Dass Beatrice ihn töten wollte, ging keinen Menschen etwas an. Rechtzeitig vor Eintreffen der Polizei und des Arztes hatte Carl das Messer verschwinden lassen.

Die Trauerfeier war angemessen, der Rahmen feierlich und getragen gewesen. Sogar seine in Deutschland lebenden Verwandten waren vollzählig angetreten, um seiner Frau die letzte Ehre zu erweisen. Keiner von ihnen hätte sich vorstellen können, dass nicht seine Frau in dem weißen Sarg lag, aufgebahrt in einer reich verzierten Kapelle, sondern die Beatrice aus der Parallelwelt.

Die Stewardess lächelte ihn kurz und geschäftsmäßig an und fragte nach seinem Getränkewunsch. Am liebsten hätte er etwas Alkoholisches geordert, aber es war noch früh am Tag. Da tat es ein Tomatensaft mit reichlich Pfeffer auch.

Mit einem weißen Plastikstäbchen rührte Carl gedankenverloren in dem zähflüssigen roten Saft herum. Wie gut er sich noch an jenen verhängnisvollen Tag im April erinnern konnte. Bea hatte über Kopfschmerzen geklagt, schon eine ganze Weile lang. Es gab zwar einen Arzt im Nachbarort, nur knappe acht Kilometer entfernt, aber dieser Mann besaß einen eher zweifelhaften Ruf. So behalf sich Bea mit Schmerztabletten. Sie wollten gemeinsam in der Woche darauf in die nächstgrößere Stadt fahren und den Arztbesuch mit einigen anderen Erledigungen verbinden, doch so viel Zeit blieb ihnen nicht.

Am Nachmittag jenes Aprildonnerstages, nachdem seine Frau bereits unzählige Kopfschmerztabletten zu sich genommen hatte, brach sie im Speisezimmer plötzlich zusammen. Die Rettungskräfte kamen prompt, und schon wenige Stunden später befand sie sich in einer Spezialabteilung eines renommierten Krankenhauses. Dort teilte man Carl mit, dass Beatrice einen Tumor im Kopf habe und keine Hoffnung mehr bestehe. Innerhalb von drei bis vier Wochen würde sie sterben.

Carl war geschockt. Es lief gerade alles so wunderbar in Brasilien, und jetzt das. Diese gemeine Krankheit, die sich in ihre Idylle geschlichen hatte, machte ihrer beider Leben von einer Sekunde auf die nächste kaputt.

Ihre Villa besaß keinen Übergang zur Parallelwelt. Aber Carl kannte einen Geschäftsfreund in Rio, dessen Pool entsprechend ausgestattet war. Im Nachhinein konnte er gar nicht genau sagen, warum ihn das drängende Bedürfnis überkam, in die andere Welt zu reisen. Was würde dort anders sein?

Aber es war anders. Vollkommen anders. Wie durch ein Wunder blieb die Beatrice aus der Parallelwelt von der heimtückischen Krankheit verschont. Carl wollte nicht als Witwer weiterleben. Er holte die Parallel-Beatrice in seine Welt, kurz bevor seine Frau verstarb. Zu dieser Zeit lag sie schon im Krankenhaus und war in ein gnädiges Koma gefallen.

Als die blonde Frau in ihrer dunkelblauen Uniform das nächste Mal an seinem Platz vorbeikam, bestellte sich Carl doch einen Cognac. Die Erinnerungen taten einfach zu sehr weh. Dabei verlief am Anfang alles sehr harmonisch. Carl nahm Abschied von seiner geliebten Frau und begrub sie im Garten der Villa, hinter einem mächtigen und uralten Baum. Die Charaktere der beiden Beatrices waren nicht allzu verschieden. Zusammen mit seiner Frau war er an den Abenden gern ausgegangen zum Essen. Die Parallel-Beatrice fand es im Haus am schönsten und kochte lieber selbst. Dafür teilte sie seine Leidenschaft für Backgammon. Seine Frau konnte diesem Spiel nie etwas abgewinnen. Insofern ergänzten sich die beiden im Grunde genommen ziemlich gut. Carl wollte die Parallel-Beatrice auch nie als Ersatz für seine Frau verstanden wissen, das wäre ihm schäbig vorgekommen. Sie kam ihm manchmal eher wie die Zwillingsschwester seiner Frau vor, die jahrelang verschollen gewesen war und auf erfrischende Weise andere Charakterzüge aufwies. Das Andenken seiner Frau hielt er in Ehren, ging täglich zu ihrem Grab und sprach ein paar Worte mit ihr.

Doch dann traten die Veränderungen ein.

Carl hätte im Nachhinein nicht sagen können, wann Beatrice anfing, sich merkwürdig zu verhalten, aber es passierte relativ schnell, innerhalb weniger Wochen. Sie wurde unruhiger, lachte weniger, saß oft einfach nur da, in sich gekehrt und in Gedanken versunken.

Schließlich wurde sie aggressiv, gab ihm Schläge ins Gesicht oder in den Bauch. Drei Tage, bevor Beatrice mit dem Messer hinter ihm her stürmte, verletzte sie ihn mit einem Kamin-Schürhaken. Ohne Grund und ohne Vorwarnung ging sie während der Satellitenübertragung von *Wetten dass …?* zum Kaminbesteck, nahm den Haken von der Halterung und kam schimpfend auf ihn zu. Bevor Carl reagieren konnte, sauste das Edelmetall auf ihn herab. Glücklicherweise traf der Haken sein Knie nur mit der stumpfen Seite, sodass ihm genug Zeit blieb, ihr das Werkzeug zu entreißen.

Eine Stunde später wusste Beatrice nichts mehr von ihrer Attacke. Carl hatte so gehofft, dass diese Schwierigkeiten vorübergehen würden, vielleicht so plötzlich aufhörten, wie sie angefangen hatten, aber dem war nicht so. Die folgenden zwei Tage waren ihm wie die Hölle auf Erden vorgekommen. Zahllosen Angriffen hatte er sich erwehren müssen, die schließlich in der Messerattacke gipfelten.

Die Stewardess beugte den Kopf schräg zu ihm vor, sodass ihre Augen sich trafen. Sie schien ihm eine Frage gestellt zu haben.

»Entschuldigung?«

»Ich sagte, wir landen in zwanzig Minuten. Kann ich noch etwas für Sie tun?«

Carl schüttelte den Kopf. Für ihn brauchte nichts getan zu werden, er hatte sich mit seiner Vergangenheit so weit arrangiert. Aber was war mit Lars? Konnte man etwas für ihn tun? Lars hatte die Parallel-Sophie mit in diese Welt gebracht. Was, wenn sich die Geschichte wiederholte? Was, wenn Sophie plötzlich ebenfalls aggressiv würde?

Eine energische Stimme in ihm protestierte. Nur weil seine Parallelfrau irrsinnig geworden war, musste das noch lange nicht auf andere Parallelfrauen zutreffen, die sich in dieser Realität befanden.

Richtig, antwortete er dieser Stimme. *Aber es kann nicht schaden, vorsichtshalber nach dem Rechten zu sehen.*

31.

Hans war überrascht, ihn so schnell wiederzusehen. Er erzählte, dass Lars in den letzten Wochen geradezu aufgeblüht sei. Es gab keinerlei Beschwerden mehr bei ihm und sein Einsatzwille zeigte sich ungebrochen. Als Carl fragte, ob Lars im Büro sei, lachte Hans und sagte, dass er Urlaub genommen habe. Sofort wurde Carl misstrauisch.

»Urlaub? Seit wann, wie lange?«

»Zehn Tage. Die Hälfte ist rum.«

»Und er hat zwischendurch nicht mal angerufen?«

»Nein.«

»Ist das nicht ungewöhnlich?«

Hans legte einen Kugelschreiber auf die Arbeitsplatte und brachte ihn mit Daumen und Mittelfinger zum Drehen.

»Etwas schon. Eigentlich kann Lars sich sehr schlecht vom Job lösen. Aber Sophie und er haben sich nach den schwierigen letzten Wochen wieder versöhnt. Sie turteln miteinander, als hätten sie sich gerade erst kennengelernt.«

Carl nickte und verabschiedete sich von den Kollegen. Er war fest davon ausgegangen, Lars im Büro anzutreffen. Er wollte sich hier ein Bild von ihm machen und dann beruhigt und mit reinem Gewissen die Abendmaschine zurück nehmen.

Natürlich hatte jeder Mensch Anrecht auf Urlaub, aber Lars war keiner von denen, die mehrere Tage hintereinander einfach abschalten konnten. Telefonisch hätte er sich auf alle Fälle mindestens jeden zweiten Tag in der Firma gemeldet. Es ging bei ihm nicht anders.

Carl stieg in ein Taxi und gab dem Fahrer die Adresse der Kleidenaus. Reagierte er diesmal zu hektisch? Was, wenn Lars und seine neue Sophie nur für ein paar Tage in Liebesurlaub gefahren waren? So eine Art Flitterwochen für Parallelpaare? Sein Bauchgefühl schien anderer Meinung zu sein. Carl fühlte das gleiche Kribbeln wie schon vor ein paar Wochen, als er sich gerade noch rechtzeitig Zutritt zur Villa verschafft und Lars und Sophie in Sicherheit gebracht hatte.

*

Erneut huschten flüchtende Kühe durch seine Gedanken. Doch diesmal gab es eine Reaktion auf sein Läuten. Irgendwo wurde eine Tür geschlossen, dann machte sich jemand am Schloss zu fassen. Die beiden verbrachten die Tage also nicht in Venedig und testeten aus, ob man sich während einer Fahrt auf dem Canale Grande permanent küssen konnte.

Die Haustür schwang zur Hälfte auf und Carl blickte in Sophies fragendes Gesicht. Sie trug ihr Haar offen. Ihre braun gebrannten Arme kamen bei der weißen ärmellosen Bluse besonders gut zur Geltung. Einen Moment schien sie irritiert, dann umspielte ein sanftes Lächeln ihren Mund.

»Carl? Du meine Güte, was tust du denn hier?«

»Hallo Sophie. Ich hatte kurzfristig in eurer Ecke zu tun und da dachte ich mir, schaue ich doch mal spontan vorbei. Hoffe, ich störe nicht?«

Sophie kräuselte für den Bruchteil einer Sekunde die Stirn, dann lächelte sie ihn wieder an.

»Ein bisschen ungelegen kommst du schon.«

»Ich bleibe nicht lange. In ein paar Stunden geht meine Maschine zurück. Ich wollte bloß Lars schnell Hallo sagen. Ist er da?«

Sophie zögerte einen Moment und schüttelte den Kopf.

»Bedauerlicherweise nicht. Er wollte noch mal los, einkaufen.«

Carl nickte und ließ einige Augenblicke verstreichen. Es sah nicht so aus, als würde Sophie ihn in absehbarer Zeit hineinbitten wollen. Sofort wurde sein grummelndes Gefühl im Magen eine Spur stärker.

»Weißt du was? Ich warte hier draußen einfach auf ihn. Der wird Augen machen.«

An ihrer Mimik war deutlich abzulesen, dass sein Vorschlag ihr gründlich missfiel.

»Du willst vor der Haustür warten?«

»Warum nicht? Er kommt doch bald.«

Sophie seufzte leise. Endlich öffnete sie die Tür komplett und forderte ihn mit einer einladenden Geste auf, hineinzukommen.

»Drinnen lässt es sich besser warten, oder?«

»Drinnen gibt es bestimmt auch Portwein, oder?«

Während Sophie nickte, betrat Carl das Haus seines alten Freundes. Ihm kam der Gedanke, dass es in letzter Zeit stets recht schwierig war, in dieses Gebäude hineinzugelangen. Sophie drehte sich um, ihr Lächeln wirkte jetzt eindeutig gequält. Sie zeigte in Richtung Wohnzimmer und er ging vor ihr weg. Ein schneller Seitenblick verriet ihm, dass Lars' Schlüsselbund am Haken hing. Sollte man es ungewöhnlich finden, wenn sich jemand ohne Haustür- und vor allem ohne Autoschlüssel auf zum Einkaufen machte?

32.

Sophie begleitete ihn zum Sofa und wirkte einen Moment unschlüssig. Sie verschränkte die Arme vor der Brust und deutete dann auf die Bar.

»Einen Portwein also?«

»Sehr gerne.«

Umständlich hantierten ihre Hände an der Flasche herum. Carl sah, dass sich mehrere rote Kratzer quer über ihren Handrücken zogen. Auch ihr linker Oberarm wies zwei Striemen auf, die frisch genug waren, um sich deutlich von der sonnengegerbten Haut abzusetzen. Sophie reichte ihm ein Glas und er wollte gerade fragen, ob sie sich eine Katze zugelegt hätten, als das Telefon klingelte.

»Entschuldige mich einen Moment.«

Sophie ging in den Flur hinaus und nahm das Gespräch an. Sie schien sich mit dieser Realität bereits bestens angefreundet zu haben, denn Carl hörte sie in den Hörer kichern und leise sprechen. Keine Selbstverständlichkeit, immerhin waren für Sophie die Freundinnen von Lars' Frau vor nicht allzu langer Zeit noch vollkommen Fremde gewesen.

Der Portwein schmeckte bitterer als sonst. Sein Magen war unruhiger als noch vor ein paar Minuten. Die Schlüssel machten ihm Sorgen. Lars verließ das Haus doch nicht ohne seinen Schlüsselbund. Carl stellte das Glas ab, erhob sich und ging in den Flur.

Sophie lehnte sich an den Türrahmen der Küche und hörte versonnen der Stimme aus dem Hörer zu.

Carl räusperte sich und zeigte die Treppe hinauf.

»Ich werde kurz das Bad aufsuchen.«

Sophie nickte und ließ ihn aus den Augen.

Im Obergeschoss angekommen betrat er zunächst das Schlafzimmer. Einen kleinen Moment verharrte sein Blick auf dem Seitenfenster, das natürlich längst repariert worden war. Im Nachhinein fiel es ihm schwer, sich vorzustellen, dass er hier wirklich mithilfe einer Leiter und eines Steines eingedrungen war.

Das Bett war ordentlich gemacht. Lars befand sich nicht in diesem Raum. Carl schlich weiter zum Arbeitszimmer, doch auch dort gab es keine Spur seines Freundes. Das Gästezimmer wirkte verlassen wie eh und je, und im Badezimmer herrschte gähnende Leere.

Auf der Treppe horchte er nach Geräuschen. Sophie telefonierte noch immer, ihre Stimme war leiser geworden, sie musste sich in der Küche oder im Wohnzimmer befinden. Carl zögerte nur kurz, wandte sich dann nach links und betrat die Stufen, die ihn bis in den Keller führen würden. Ein schneller Blick in den Poolbereich konnte nicht schaden.

*

Der Käfig war nicht zu übersehen. Die Hälfte der Liegestühle war beiseitegeschoben worden, um Platz für ihn zu machen. Vier stählerne Elemente und ein Dach waren fachmännisch zusammengeschraubt worden und erweckten den Eindruck, ein sicherer Aufbewahrungsort für Kampfhunde zu sein. Nur befand sich im Inneren kein Kampfhund, sondern ein vollkommen entkräfteter Mann. Trotz zahlreicher Wunden und Schürfungen und einem beinah komplett zerkratzten Gesicht, erkannte Carl seinen Freund sofort.

Lars lag nackt und zusammengekrümmt in diesem Zwinger, bewegte sich nicht und schien schwer verletzt zu sein. Carl hatte Mühe, nicht die Beherrschung zu verlieren. Er kniete sich vor die Gitterstäbe und berührte die geschundene Haut seines Freundes. Lars gab kein Lebenszeichen von sich. Carl rannte zum Becken und fischte zwei Handvoll Wasser heraus. Als das lauwarme Nass in sein Gesicht spritzte, gab Lars ein herzzerreißendes Stöhnen von sich und winkelte die Beine an.

»Um Gottes willen, Lars! Was ist denn nur mit dir geschehen?«

Carl hatte auf keine ernsthafte Reaktion gehofft, doch zu seiner Erleichterung drehte Lars den Kopf in seine Richtung und seine Augen blickten ihn mehrere Sekunden lang an.

»Carl? Was … was machst du hier …«

»Das sollte ich dich fragen.«

Carl rüttelte an einer viereckigen, etwa achtzig Zentimeter hohen Tür, doch sie ließ sich nicht öffnen. Der Schiebehebel war durch ein Vorhängeschloss verschlossen.

»Sophie …«, flüsterte Lars mit brüchiger Stimme. »Sie ist gefährlich … krank … will mich töten … Hat wieder Kontakt zu Ludger …«

Carl nickte, während sein Blick unruhig durch den Keller schweifte. Die neue Sophie hatte also, unter welchen Umständen auch immer, Bekanntschaft mit Ludger geschlossen und die Affäre der alten Sophie einfach fortgeführt.

»Ich muss das Schloss zerstören«, sagte er leise. »Ich muss dich so schnell wie möglich rausschaffen.«

Doch das war leichter gesagt als getan. Es gab nichts im Keller, mit dem man ein Vorhängeschloss demolieren konnte. Plötzlich ertönten Schritte über ihnen. Jemand ging in den Flur. Das Telefon gab einen kurzen Ton von sich, als es zurück in die Basisstation gestellt wurde.

»Carl?«, rief Sophie laut. »Carl? Bist du noch da oben?«

»Ich kann nicht antworten. Sie würde hören, dass ich hier unten bin.« Hektisch drehte er sich um die eigene Achse und sein Blick fiel auf die Öllampen, von denen Lars erzählt hatte. Carl beugte sich zu seinem Freund vor.

»Kannst du Sophie rufen, in den Keller locken?«

Lars starrte ihn einen Moment an und in seinen Augen spiegelte sich das blanke Entsetzten. Was hatte diese Frau ihm bloß angetan? Schließlich nickte er und schaffte es, sich ein Stück aufzurichten.

Lauter, als es Carl für möglich gehalten hätte, schrie Lars um Hilfe. Dabei trommelte er mit den Fäusten gegen die Gitterstäbe und erzeugte auf diese

Weise einen permanenten, unangenehm hohen Ton. Die Reaktion ließ nicht lange auf sich warten. Die Schritte im Flur wirbelten herum und die Kellertreppe wurde betreten. Carl langte nach einer der Lampen und schlich hinter ein Regal, auf dem etliche Polstergarnituren für die Gartenmöbel lagen.

Sophie rannte in den Keller, als wäre ihr der Teufel höchstpersönlich auf den Fersen. Ihre Finger griffen nach einem Holzstock, der neben dem Treppengeländer stand, und knurrend holte sie aus. Lars brachte sich gerade rechtzeitig in Sicherheit. Der Stock knallte gegen die Gitterstäbe, genau dorthin, wo seine Hände eben noch Krach gemacht hatten.

»Du widerlicher Drecksack«, schimpfte sie.

Sie stach mit dem Holz zwischen die Stäbe und traf Lars an der Schulter. Er heulte kurz auf und prallte unsanft gegen die hintere Wand. Sophie begann zu lachen.

»Dir gefällt es wohl, wenn ich dir wehtue. Das kannst du haben. Ich werde dich prügeln, bis dir irgendwas bricht!«

Erneut stach sie zu. Lars hatte sich inzwischen schützend zusammengerollt. Für ihn gab es keine Möglichkeit, den Hieben auszuweichen. Die spitz zulaufende Kante des Stockes bohrte sich in seinen Oberschenkel.

»Ich werde dich durchlöchern wie einen Schweizer Käse.«

Noch einmal holte sie aus. Lars drückte sich fest an eines der Seitengitter. Tränen rannen ihm über die Wangen und er begann zu schluchzen.

»Heul nur, du Memme! Dein Carl ist im Badezimmer und kann dich nicht hören.«

»Irrtum, meine Liebe«, rief Carl und tänzelte hinter dem Regal hervor.

Ihm war bewusst, dass es nur eine einzige Chance gab, Sophie außer Gefecht zu setzen. Sie war zwar verrückt, aber körperlich in bester Verfassung. Und mit Sicherheit auch schneller und wendiger als er. Doch er hatte das Überraschungsmoment auf seiner Seite.

Keuchend wirbelte Sophie herum. Dabei blieb der Stock zwischen den Stäben klemmen und fiel ihr aus den Händen. Carl überlegte nicht lange, als er den Öllampenfuß wie einen Rammbock in ihre Brust stieß. Sophie wurde nach hinten geschleudert, ihr Kopf stieß gegen die Gitterstäbe und dann sackte ihr Körper benommen zu Boden. Einen Augenblick verharrte Carl regungslos über ihr, den Lampenfuß weiterhin im Anschlag. Es fiel ihm schwer, zu glauben, dass dieser eine Hieb sie bereits außer Gefecht gesetzt haben sollte. Doch als Lars auf sie zu krabbelte und ihre Arme und ihre Wange berührte, zeigte Sophie keine Reaktion. Zufrieden senkte Carl die Waffe.

»Wird Zeit, dich da rauszuholen. Wo ist der Schlüssel?«

33.

Carl fesselte Sophies Hand- und Fußgelenke, und Lars half mit, so gut es ihm möglich war. Er hielt den Daumen auf die Knoten und achtete darauf, sich ansonsten nicht viel zu bewegen. Den Schlüssel hatte Carl nach ewigem Suchen schließlich im Schlafzimmer gefunden. Sehr präsent stand in einer Schminkecke mit Spiegel und etlichen Dosen mit Kosmetik und einem halben Dutzend Lippenstiften, eine goldene Schatulle. Darin befanden sich ein opulenter Diamantring und der einfache Schlüssel zum Vorhängeschloss. Als er Lars davon erzählte, während er ihn aus dem Käfig befreite, lächelte dieser bitter. Den Ring hatte er Sophie einen Tag nach der Flucht aus der anderen Welt gekauft, und die goldene Schatulle gleich dazu. Und jetzt bewahrte sie ausgerechnet darin seinen Gefängnisschlüssel auf.

Als Sophie verschnürt auf den Fliesen lag, geleitete Carl seinen Freund zu einem der Liegestühle. Aus der Küche hatte er Obst und Mineralwasser besorgt und schnitt nun einen Apfel in kleine Stücke. Im Käfig hatte Lars jegliches Zeitgefühl verloren, aber nach seinem Bericht wurde deutlich, dass Sophie ihn bereits vor vier Tagen überwältigt und eingesperrt hatte. Seit dieser Zeit bekam er nur zweimal etwas Brot und eine Literflasche Wasser.

Lars nahm ein Apfelstück in den Mund und schloss für eine Sekunde die Augen.

»Es hatte alles so vielversprechend angefangen«, sagte er niedergeschlagen. »Mehrere Wochen lief es unglaublich harmonisch zwischen uns. Dann veränderte sich Sophie plötzlich.«

»Sie wurde aggressiv.«

»Genau. Woher weißt du?«

»Später. Erzähl weiter.«

»Sie gab mir für die verrücktesten Sachen die Schuld, sogar fürs Regenwetter war ich verantwortlich. Und sie hatte Geheimnisse. Ich weiß nicht wie, aber es gab wieder Kontakt zu Ludger.«

»Ist der Käfig seine Idee?«

»Weiß ich nicht. Sophie sprach nie von ihm. Aber ich habe gespürt, dass da was war.« Lars blickte auf die nach wie vor bewusstlose Parallel-Sophie und seufzte laut. »Was ist bloß schiefgegangen?«

»Ich habe keine Ahnung. Aber du bist nicht der Erste.«

Über Beatrice zu sprechen, fiel Carl immens schwer. Er hatte die Geschichte so lange für sich behalten. Etwas in ihm sträubte sich davor, die erschütternden Erlebnisse einer anderen Person zu erzählen. Aber Lars musste es wissen. Sie hatten eine schwierige Entscheidung zu treffen.

Während er von der Veränderung der Parallel-Beatrice erzählte, die in der Messerattacke gegipfelt hatte, stellte Carl zu seiner Verwunderung fest, dass es auf eine Art sogar befreiend war, dieses dunkle Geheimnis endlich mit jemandem teilen zu können.

Lars schaute ihn vollkommen fassungslos an, als er seinen Bericht damit schloss, wie er das Messer hatte verschwinden lassen.

»Du glaubst wirklich, es gibt einen Zusammenhang zwischen unseren Parallelfrauen?«

»Es sieht doch so aus. Entscheidend ist, dass Sophie gefährlich für dich ist. Sie wird versuchen, dich zu töten, selbst wenn sich alle ihre Wünsche erfüllen und sie in einem Schloss mit Ludger leben darf. Sie kann anscheinend nicht anders.« Carl zeigte auf den Pool. »Und deshalb müssen wir die beiden Sophies wieder austauschen.«

»Unter keinen Umständen!«, rief Lars erschrocken. »Meine Frau ist doch nicht besser. Sie will mich ebenfalls umbringen.«

»Sie wird damit aufhören, jetzt, da du ihr und ihrem Liebhaber auf die Schliche gekommen bist.«

»Da wäre ich mir nicht so sicher. Die Parallel-Sophie hat einige Tage nach unserem dramatischen Übergang das Döschen mit dem Geschmacksverstärker in einem der Küchenschränke gefunden. Es war gut versteckt und befand sich hinter dem alten Kaffeegeschirr meiner Eltern, das eigentlich nur aus Respekt einen Platz in der Küche innehatte. Doktor Meinhardt hatte es sich nach meinem Anfall nicht nehmen lassen, mit Sophie die Schränke zu inspizieren. Natürlich war ihm das Versteck nicht aufgefallen. Mit welcher Ruhe Sophie neben ihm gestanden haben musste, als er in die Schränke geschaut hat.«

»Doch ihr Plan schlug fehl. Sie wird es nicht wagen, dir noch einmal etwas anzutun. Inzwischen gibt es zu viele Mitwisser. Aber die Parallel-Sophie wird immer wieder und wieder versuchen, dich umzubringen. Sie denkt nicht rational. Ihr ist es einerlei, ob sie entdeckt wird. Ihr sind die Gefahren egal. Sie handelt aus einem Zwang heraus.«

»Weil sie verrückt ist.«

»Ja. Und es gibt noch einen zweiten Grund, warum wir den Tausch rückgängig machen müssen. Was würde wohl passieren, wenn deine Frau plötzlich nicht mehr da wäre? Wie würden ihre Freundinnen reagieren? Oder deine Kollegen? Bestimmt wissen mehr Leute, als dir bewusst ist, dass es in letzter Zeit bei euch kriselte. Vielleicht wissen einige ihrer Freundinnen sogar von Ludger. Und nun stell dir vor, dass Sophie unter mysteriösen Umständen aus heiterem Himmel verschwindet. Der Verdacht, dass du ihr etwas angetan haben könntest, würde sich sofort wie ein Lauffeuer verbreiten.«

Lars schaute ihn erschrocken an. »Du meinst, man würde annehmen, ich hätte sie getötet?«

»Natürlich. Vielleicht würde sogar die Polizei ermitteln. Es könnte zu einem reinen Indizienprozess kommen, bei dem du verurteilt wirst. Na gut, das ist vielleicht zu sehr schwarzgemalt, aber bei so einer Geschichte bleibt immer etwas hängen. Die Ermittlungen würden von den Zeitungen breitgetreten werden und viele deiner Kunden, die auf Diskretion setzen, würdest du verlieren.«

Lars drehte sich mühsam um und schaute auf die gefesselte Frau.

»Es war so schön mit ihr.«

Carl verzog den Mund. »Mit Bea war's am Anfang auch schön. Aber dann wurde aus dem Traum ein Albtraum.«

Er sah, wie sein Freund mit sich haderte. Es fiel ihm schwer, loszulassen. Schließlich seufzte Lars und nickte.

»Was hast du vor?«

34.

Da er Lars verletzt und körperlich total ausgemergelt aus seinem Gefängnis befreit hatte, blieb die Ausführung des Planes an Carl hängen.

Er sprang ins warme Wasser und prustete laut aus. Lars stand hinter Sophie und wartete auf Carls Zeichen. Er gab es und Lars schob die Frau ins Schwimmbecken. Sobald ihr Kopf unter Wasser kam, erwachte Sophie aus ihrer Ohnmacht. Ihre Augen weiteten sich und die Arm- und Beinmuskeln zuckten, doch die Fesseln hielten und sie tauchte gemächlich immer tiefer. Carl beobachtete das Schauspiel einen Moment und machte einen langen Atemzug. Allmählich verließ ihn die Lust an dem ständigen Badengehen.

Der Übergang klappte problemlos, Sophie keuchte wie ein getriebenes Pferd, als Carl sie auf den Rand des Beckens wuchtete. Seine Hand umgriff das Geländer der Treppe und einen Moment schloss er die Augen. Sein Herz ging eine Spur zu unregelmäßig. Wie sagte Lars so richtig, er wurde zu alt für diese Art von Abenteuer. Doch leider fand sich nirgendwo ein jüngerer Held, der ihm die Arbeit abnahm. Carl grinste und wollte den Fuß gerade auf die Leiter setzen, als ein Rascheln direkt vor seinem Gesicht ihn erschrocken zurückfahren ließ. Noch ehe sein Blick aufklarte, spürte er einen grässlichen Schmerz an der Nase. Wasser lief in seine Atemwege und kurzzeitig fehlte ihm jede Orientierung. Als er zurück an den Beckenrand schwamm, war Sophie verschwunden. Dort, wo sie bis eben noch gelegen hatte, breitete sich eine nasse Pfütze aus. Ein Schatten sprang die Treppe hinauf. Carl brauchte eine Weile, um die Situation zu analysieren. Er hatte Sophie mit Stoffstricken gefesselt, die zu den Polstern der Gartengarnitur gehörten. Die Stricke mussten sich im Wasser gelöst haben. Sophie hatte sich befreien können und es sich nicht nehmen lassen, ihm noch einen gehörigen Tritt zu verpassen, bevor sie die Treppe hochgestürmt war.

Seine Nase fühlte sich wie ein Feuerball an, als er zu rennen begann. Nach der Hälfte der Stufen drang ein überraschtes Brüllen an seine Ohren. Sophie war jemandem begegnet. Aber es handelte sich nicht um die andere Sophie. Eine dunkle Stimme lallte etwas Unverständliches. Carl hätte sie überall erkannt. Der Parallel-Lars betrat die Bühne.

»Hast dich gut erholt, Memme?« Das war Sophies Stimme.

Hatte die Arme etwa noch gar nicht realisiert, dass sie sich wieder in ihrer Realität befand?

»Aber ein bisschen unsicher auf den Beinen, oder? Geh zurück in deinen Käfig, sonst schlage ich dich …«

»Schlampe!«, keifte der andere Lars im überschnappenden Tonfall. »Wie redest du Hure mit mir? Und wieso bist du Sau nackt?«

Es gab mehrere klatschende Geräusche in kurzer Reihenfolge und im Anschluss fiel jemand auf die Knie.

»Wieso läufst du hier überhaupt rum? Ich habe dir befohlen, den ganzen Tag im Schuppen zu bleiben.«

Erneut schlug der Parallel-Lars auf die Parallel-Sophie ein. Sie begann zu kreischen.

Carl konnte sich gut vorstellen, wie ihr zumute war. In der anderen Welt war sie die dominante Person und in der Lage, mit Lars zu verfahren, wie es ihr passte. Und plötzlich wurde sie wieder in die Defensive gedrängt. Das musste mehr als verwirrend sein.

Er drehte sich um und rannte zurück in den Keller. Das Zusammentreffen des Paares ersparte ihm jede Menge Sucherei. Sophie befand sich im Schuppen. Bei den Blumentöpfen und dem Alibimäher!

*

Die Fensterelemente ließen sich beinahe geräuschlos aufziehen. Eine Handvoll vertrocknete Blätter wehte von der Terrasse herein, zwei davon landeten im Becken. Carl schaute ihnen nach, und für einen Augenblick kamen ihm die Fotos wieder in den Sinn. Warum hätte Sophie ihren Mann nicht einfach verlassen können? Was für einen durch und durch verdorbenen Charakter sie besaß, ihn heimtückisch umbringen zu wollen. Und dennoch ging von ihr nun keine Gefahr mehr aus. Sie war aufgeflogen, man wusste über ihren Plan Bescheid. Das machte sie harmlos. Viel harmloser jedenfalls als die andere Sophie.

Carl trat auf die Terrasse und zurrte den Bademantel fest. Oben polterte es. Sophies Schreie waren bis hierher zu hören, ihr Mann schien übel auf sie einzuschlagen. Kurz tat ihm die Frau leid, dann erinnerte er sich an seinen misshandelten und beinahe verdursteten Freund im Käfig und jegliche Gefühle für diese durchgedrehte Person schwanden.

Die Schuppentür sah neu aus, die dunkle Farbe frisch aufgetragen und das Fenster glasklar und ohne Kratzer. Carl drückte die Klinke herunter und atmete laut aus. Natürlich abgeschlossen. Die Zusammenhänge zwischen den beiden Welten waren ihm noch immer mehr oder weniger ein Rätsel. Wenn etwas in unserer Realität kaputtging, konnte man damit rechnen, dass es hier früher oder später ebenfalls zu Bruch ging. Was wohl in dieser Realität mit der alten Tür geschehen war? War sie eines Tages einfach auseinandergebrochen? Hatte ein Einbrecher oder ein heftiger Sturm sie zerstört? Müßig, darüber nachzudenken. Die neue Tür sah jedenfalls nicht stabiler aus. Es handelte sich wahrscheinlich um einen baugleichen Typ. Also besaß sie auch den gleichen Schwachpunkt.

Carl schaute an sich herunter und bemerkte nun erst seine nackten Füße. Es würde verdammt wehtun, ohne Schutz gegen das Holz zu treten. Dennoch war es möglich. Er musste nur darauf achten, dass seine Ferse zuerst die Tür berührte.

Es knackte laut und vernehmlich. Gleichzeitig flammte ein ungeheurer Schmerz auf. Er stöhnte und glaubte, sich den Fuß gebrochen zu haben. Aber das Geräusch rührte nicht von seinem Knöchel her, wieder einmal war es ihm gelungen, die Schließvorrichtung eines Fertigschuppens zu zerstören. Trotz des Erfolges hatte er Mühe, das Gleichgewicht zu halten. Ans Auftreten konnte er momentan nicht einmal denken. Zehen und Ballen fühlten sich an, als hätte man eine ätzende Flüssigkeit darauf verteilt. Aus mehreren Stellen tropfte Blut, ein Holzsplitter steckte eingeklemmt im Nagelbett seines großen Zehs.

Carl lehnte sich an den Schuppen und behielt die Tür im Auge. Es war damit zu rechnen, dass Sophie die Chance zur Flucht nutzte und hinausstürmte. Doch nichts rührte sich im Schuppen. Sollte sie mit einem Blumentopf bewaffnet in einer Ecke stehen und auf ihn warten? Vorsichtig gab er der Tür einen Schubs, hinkte einen Schritt vor und spähte hinein. Der rotgelbe Elektromäher war verschwunden. Auch die Leiter musste der trinkfeste Lars woanders untergebracht haben. Statt der Geräte lag ein geschundener und verkrümmter Körper auf den Boden und hob stöhnend den Kopf, als Sonnenlicht auf ihn fiel.

Sophie sah in etwa so aus wie Lars im Käfig. Nur waren ihre zahllosen Verletzungen eher geschwollen und blau als blutend und rot. Anstelle eines spitzen Holzstockes, den die Parallel-Sophie verwendet hatte, um Lars zu quälen, hatte sein aggressives Gegenstück lieber seine Fäuste an ihr trainiert. Die Pupillen ihrer glasigen Augen wanderten kurz zu seinem Gesicht und starrten dann teilnahmslos an ihm vorbei. Anscheinend hatte sie ihn überhaupt nicht wahrgenommen. Dass sie wegrennen würde, musste Carl nicht befürchten, eher würde er Schwierigkeiten bekommen, Sophie bis an den Pool zu bringen.

Ein schneller Blick zurück sagte ihm, dass er vorerst weiterhin ungestört blieb. Der Parallel-Lars schien sich nach wie vor mit seiner Frau zu vergnügen.

Carl bückte sich, zog den Splitter zwischen Nagel und Haut heraus und entfernte gleich noch einen weiteren, der sich tief in die Seite gebohrt hatte. Die Schnitte waren zwar schmerzhaft, aber nicht so dramatisch wie anfangs befürchtet. Als er den Fuß aufsetzte, durchzuckte es ihn wie ein Stromschlag, aber immerhin konnte er ihn belasten.

Sophie brauchte einen Moment, um mit der Situation klarzukommen, doch dann schien sie in ihm endlich den Verbündeten aus der besseren Welt zu sehen und ließ sich aufhelfen. Trotz ihrer Blessuren gelang es ihr, den Weg weitestgehend ohne Hilfe zurückzulegen.

Als Carl ihr zurief, sie solle ins Becken springen, zögerte Sophie keine Sekunde.

EPILOG

Die Arbeiter verstanden etwas von ihrem Handwerk. Routiniert nahmen die Männer die gläsernen Schiebeelemente aus den Verankerungen und legten sie jeweils geschützt durch mehrere Schaumstofffolien übereinander auf den Rasen.

Carl schaute ihnen zu, als eine Hand seine Schulter berührte. Ein geschniegelter Mann mit grau melierten Haaren, einem perfekt gestutzten Vollbart und unnatürlich weißen Zähnen grinste ihn an.

»Dass ich diese Villa noch einmal vermitteln würde, hätte ich nie im Leben für möglich gehalten.«

»Ich auch nicht«, antwortete Carl versonnen.

Natürlich wollten und konnten Lars und Sophie nicht mehr zusammen unter einem Dach leben. Schon als er Sophie zurückbrachte, würdigten die beiden sich keines Blickes und sprachen kein einziges Wort miteinander. Carl ließ seine Kontakte spielen und organisierte für Lars einen gemütlichen Bungalow nicht weit von hier entfernt. Sophie zog es in die Stadt und ihre Entscheidung fiel auf eine geräumige Altbauwohnung in Eppendorf. Es wurde ein Vertrag aufgesetzt, in dem Sophie eine ansehnliche Summe zugesprochen bekam. Lars war es recht, er wollte bloß in Ruhe gelassen werden.

»Morgen bringen wir die Verkaufsanzeige auf unsere Maklerhomepage. Zwei Tage später erscheint sie in der Zeitung. Ich denke, es wird nicht lange dauern, das Objekt zu veräußern.«

Carl nickte zufrieden. Je eher die Villa verkauft war, umso eher konnte Lars mit der Vergangenheit abschließen.

Einer der Arbeiter kam auf ihn zu und machte eine vage Handbewegung Richtung Straße.

»Die Maschinen sind jetzt da. Sollen wir wirklich beginnen?«

»Ja.«

»Es ist ein Jammer.«

»Trotzdem.«

Der Mann trottete über den Rasen und verschwand durch die blaue Pforte.

Carl hatte noch nie dabei zugesehen, wie ein Schwimmbecken abgerissen wurde. Abreißen war im Grunde genommen auch das falsche Wort dafür. Wie sollte man ein Loch im Boden abreißen? Die Arbeiter schlugen die Fliesen ab und nahmen die Technik aus der Wandverkleidung. Anschließend würden sie die Mulde auffüllen und schließlich den Estrich verteilen.

Stunden später schien die Sonne auf den Scherbenhaufen, der früher der Boden des Beckens gewesen war. Carl bückte sich und griff nach einer der kaputten Fliesen. Fast erwartete er, das Kribbeln an seinen Fingern zu spüren, doch es geschah nichts. Vielleicht brauchte es etwas Wasser? Er schaute sich um und entdeckte an der Hauswand einen Wasserhahn, vor dem mehrere Gefäße und Gießkannen standen. In einem großen schwarzen Eimer befand sich ein Rest Erde, den er in das Beet nebenan schüttete. Carl füllte den Eimer mit Wasser und tauchte anschließend das Fliesenstück hinein. Wieder blieb das Kribbeln aus. Die Magie war endgültig verschwunden, der Übergang geschlossen.

Während er das Bruchstück zurück zu dem anderen Gerümpel warf, drängte sich das Foto von Sophie und Ludger in seine Gedanken. Die Sophie aus der Parallelwelt hatte keine Affäre, weil es nicht ihrem Wesen entsprach. Doch kaum hier angekommen, ließ auch sie sich auf Ludger ein. Wer konnte schon sagen, welche Eigenschaften unsere Handlungen bestimmten. Sicher, vieles von unserem Verhalten war antrainiert, anerzogen, vorgelebt oder vererbt. Aber vielleicht gab es auch eine Art Urverhalten, dem alle Menschen ausgesetzt waren, die auf dieser Erde lebten. Und dieses Urverhalten, das auf jedem Parkdeck in einer anderen Weise vorhanden war, setzte sich irgendwann immer durch und ließ alle Personen so agieren, wie sie auf dieser Welt zu agieren hatten. Und wenn das nicht ihrer Natur entsprach, weil sie eben nicht von dieser Welt stammten, kam ihr Geist damit nicht klar und der Irrsinn hielt Einzug.

Noch einen Moment schaute Carl den Männern zu, ehe er das Handy aus der Jacketttasche nahm und ein Taxi rief. Sein Flug ging heute Abend. Er hatte Sehnsucht nach Brasilien. Bestimmt waren die Blumen auf dem Grab hinter dem Baum längst vertrocknet.

Ruhiggestellt Martin S. Burkhardt

Ein gemütliches Wochenendfrühstück mit seiner Familie wird zum Beginn eines Albtraums. Lenny Eggert kommt ein unheilvoller Verdacht, als das Wasser einfach nicht kochen will. Ist eine Substanz absichtlich ins Leitungswasser gegeben worden, um den bevorstehenden G8-Gipfel zu sabotieren?

Es kommt weitaus schlimmer. Nachdem Versuchstiere zunächst nur apathisch in ihren Käfigen lagen, haben sie sich tags darauf gegenseitig zerfleischt. Wie viele Menschen haben bereits das Wasser getrunken?

Eine Katastrophe steht bevor. Lenny hat nur noch einen Gedanken: Er muss seine Familie schützen und die Menschen warnen – doch er gerät in ein Netz aus Vertuschung und Desinteresse – und plötzlich befindet er sich auf der Flucht vor Auftragskillern ...

ISBN Print: 978-3-384-05189-9, E-Book: 978-3-384-09511-4

Der Autor:

Martin S. Burkhardt, Jahrgang 1970, lebt mit seiner Familie bei Hamburg und ist Geschäftsführer der Online Schreibschule »Akademie Modernes Schreiben«. Mit Leidenschaft sorgt er für Gänsehaut bei seinen Lesern.
Mehr auf seiner Webseite: www.martin-s-burkhardt.de

Romanveröffentlichungen:

Titel: Deja Vu - Sie sind überall
Genre: Mystery-Horror
Verlag: Luzifer Verlag
ISBN: 9783958358171

Titel: Auf Leben und Tod
Genre: Horror
Verlag: Luzifer Verlag
ISBN: 9783958351141

Titel: Ausradiert
Genre: Mystery-Horror
Verlag: Luzifer Verlag
ISBN: 9783958351103

Titel: Lenas Freundin
Genre: Horrorthriller
Verlag: Gmeiner Verlag
EAN: 9783734992346

Titel: Hinter dem Tor
Genre: Fantasy
Verlag: Gmeiner Verlag
EAN: 9783734992322

Titel: Seelentausch
Genre: Horror
Verlag: Aufbau Digital
EAN: 9783841221018

Der mysteriöse Mann im Imbisswagen

Er zieht sich wie ein unauffälliges Band durch die Romane von Martin S. Burkhardt, der Mann hinter dem Tresen des zitronengelben Imbisswagens.

Bei „Seelentausch“ taucht er auf, bevor Maren und ihre Mitstreiter die Fähre in den Norden erreichen, bei „Ruhiggestellt“ erscheint er erst am Ende der Story und lächelt gelöst. Bei „Ausradiert“ bleibt er eine Randnotiz, Moritz und seine Freunde beachten ihn kaum, im Gegensatz zu „Auf Leben und Tod“, wo extra eine Entführung für einen Snack unterbrochen wird. Bei „Das Echo der Zukunft“ ist Hauptprotagonist Lars regelrecht erschrocken, als ihn die Mayonnaise verweigert wird, bei „Lenas Freundin“ ist der Aufenthalt dort beschwingt und voller Freude.

Der Mann hinter dem Tresen verhält sich stets ähnlich, aber nie gleich.
Ich glaube, bei fiesen Charakteren spart er mit Ketchup, Protagonisten, die ihren Kampf noch vor sich haben, schenkt er ein aufmunterndes Lächeln. Doch nicht jeder „Gute“ bekommt automatisch auch eine Portion Mayonnaise.

Was steckt hinter diesem Mann, welche Absicht verfolgt er? Will er die Protagonisten warnen, ihnen Vorhaltungen machen? Kennt er ihre Schicksale?

Martin S. Burkhardt selbst sagt: „Ich glaube, es handelt sich bei diesem Mann um ein unglaublich mächtiges Wesen, eine Art Gottheit womöglich. Es zieht alle Hauptprotagonisten magisch an, aber WARUM es das macht, erschließt sich mir noch nicht ganz. Ich hoffe, das wird von Roman zu Roman deutlicher …“

Ich bin jedenfalls zum Bersten gespannt auf jeden neuen Roman, denn ich möchte unbedingt wissen, wie es mit diesem Wesen weitergeht!

Tanja Sturm
Lektorin und Schreibtrainerin

Trotz sorgfältiger Korrektur kann ein Buch Fehler enthalten. Wenn Sie einen Schreibfehler finden, senden Sie uns bitte eine Mail an fehler@akms.info. Als Dankeschön erhalten Sie eine kleine Überraschung.